O QUE ME LEVA A VOCÊ

JULIANNA BAGGOTT
& STEVE ALMOND

Diretor editorial
Luis Matos

Gerente editorial
Marcia Batista

Produção editorial
Letícia Nakamura
Raquel F. Abranches

Tradução
Guilherme Summa

Preparação
Alline Salles

Revisão
Yonghui Qio
Nathalia Ferrarezi

Arte e capa
Renato Klisman

Diagramação
Nadine Christine

Dados Internacionais de Catalogação na Publicação (CIP)
Angélica Ilacqua CRB-8/7057

B134q

Baggott, Julianna
O que me leva a você / Julianna Baggott, Steve Almond ;
tradução de Guilherme Summa. –– São Paulo : Universo dos Livros, 2025.
256 p. : il.

ISBN 978-65-5609-759-6
Título original: *Which brings me to you*

1. Ficção norte-americana
I. Título II. Almond, Steve III. Summa, Guilherme

25-0165

CDD 813

Universo dos Livros Editora Ltda.
Avenida Ordem e Progresso, 157 — 8º andar — Conj. 803
CEP 01141-030 — Barra Funda — São Paulo/SP
Telefone: (11) 3392-3336
www.universodoslivros.com.br
e-mail: editor@universodoslivros.com.br

O QUE ME LEVA A VOCÊ

JULIANNA BAGGOTT
& STEVE ALMOND

São Paulo
2025

Grupo Editorial
UNIVERSO DOS LIVROS

"Que outra coisa me deleitava senão amar e ser amado?"
As confissões de Santo Agostinho (JB)

"O mundo está repleto de amores que não se concretizam."
R. B. Morris (SA)

PRELÚDIO

30 DE SETEMBRO

Eu conheço minha própria espécie. Somos óbvios um para o outro. Suponho que isso também seja verdade para outros tipos: pirralhos militares, por exemplo, anarquistas, vendedores de colchões, mulheres que um dia ganharam pôneis como presente de aniversário.

Aí eu vejo esse cara parado sob um sino de casamento de papel crepom branco (tão triste esse sino idiota, tão extenuado e medonho, que até mesmo ele quer estar em outro lugar). O sujeito parece em apuros. Foi um longo evento em uma igreja abafada e antipática. Todos os homens suaram em seus ternos. O fotógrafo acabou de lhe dizer para sorrir. O sorriso está além de sua compreensão, mas ele dá um jeito de mostrar algo instintivamente jovial e então é atingido pelo flash.

O sujeito está a algumas pessoas na minha frente na fila, assinando o livro de casamento. Eu o reconheço como um integrante da minha espécie. Sem conhecê-lo, já estou convencida de que sua jaqueta é grande demais porque pertence a outra pessoa. (Minha própria espécie não é boa com planejamentos.) E a descontraída flor na lapela, já amassada (o homem esbarrou em alguma coisa? Será que foi abraçado pela mãe bastante emotiva de alguém?), foi presa ali por alguém contra sua vontade — a irmã? Um bom samaritano amigo que o ama por espírito de caridade, como se doasse para uma organização sem fins lucrativos sem dedução de impostos? E, enquanto a fixava, essa irmã, essa benfeitora, dizia coisas como: *Isto não precisava ser um suplício, você sabe disso, né? Não o convidaram para torturá-lo.* Ainda assim, o sujeito não consegue evitar levar a alegria efusiva do novo casal um pouco para o lado pessoal, como se estivessem fazendo tudo aquilo só para esfregar na cara dele. O sino de casamento de papel, de verdade, era mesmo necessário? Eu o observo assinar e se afastar arrastando os pés para procurar um lugar na extremidade das coisas (nossa espécie não se cansa de extremidades), não importa que tenha recebido um pedaço de papel indicando que deveria se sentar na mesa sete. (Estou na quinze.)

Minha própria espécie. Não tenho certeza se há uma denominação para nós. Desconfio que nascemos assim: o coração duro, já um pouco partido. Abominamos o sentimentalismo barato, mas, ao mesmo tempo, somos profundamente sensíveis. Românticos de segunda categoria. Fortes, mas suscetíveis. Afligidos por estacionamentos, pátios vazios, música pop nostálgica. Quando chorávamos sem motivo na época em que éramos bebês, simplesmente começando a lamúria do nada, nossos pais pareciam saber, por instinto, que não eram assaduras ou cólicas. Era algo mais profundo para o qual eles não conseguiam encontrar conforto, embora os bons tentassem com dedicação, sacudindo chocalhos feito loucos e cantando "Parabéns para você" um pouco mais alto que o necessário. Não éramos crianças melancólicas. Poderíamos ser muito felizes.

Pode ter existido uma tribo primitiva de pessoas como nós. Teríamos nos saído bem em pintura rupestre, mas nem tanto na caça. Só teríamos iniciado uma guerra se estivéssemos extremamente entediados. (O tédio é nosso estado de espírito mais perigoso.) Mas é provável que tenhamos nos separado e nos dispersado. A causa número um: distração avassaladora.

Um casamento é o pior cenário. Em geral, estamos solteiros — que grande surpresa, eu sei — e ficamos ainda menos à vontade quando somos obrigados a dizer "Ai, que fofo!" sobre gatinhos, claro, ou cartões de felicitações e, no presente caso, brindes horríveis em que contadores às lágrimas dizem coisas como: *Ao feliz casal. O céu é o limite!* Os casamentos estão repletos de "Ai, que fofo" socialmente impostos. E por isso tenho certeza de que encontrarei esse cara no bar onde divertiremos o barman, depois passearemos pelo campo de golfe, conversaremos sobre cultura pop, destilaremos cinismo. Tenho quase certeza de que faremos sexo num lugar desconfortável, como no carro dele ou na chapelaria, assim que vazarmos entre "YMCA" e "Shout!" (embora eu possa me arrepender de perder a oportunidade de ver homens de meia-idade rasgando a bainha da calça cantando *A little bit softer now, A little bit softer now*), e mais tarde um de nós vai ligar para o outro ou não, ou nós dois vamos pensar a respeito disso e não ligaremos. É um pouco cansativo.

Chego ao livro de assinaturas e me pergunto como devo efetuar meu registro, simplesmente realizando uma associação de pensamentos: Senhorita Pacman, Senhorita Panacara, Senhorita Mojunto... SQN, Senhorita Rastada Até Aqui, Senhorita Quigráfica. Escolhi Senhorita Petúnia Rechonchuda porque há algo pavoroso no caimento desse vestido.

Subo o dedo pela lista de nomes e lá está ele: Ted Nugent, endereço: A Terra do Rock and Roll. Na seção de comentários, ele acrescentou o que considero um princípio inspirador de Nugent: "Eu testo toda a carne". Uma boa escolha, sem dúvida, de modo geral. Mandou bem.

É um casamento. Recuso-me a descrevê-lo em detalhes. Não sei por que estou aqui. De repente, fico confusa quanto aos pormenores. Um dos noivos é meu parente? É coisa de trabalho? Não importa. O noivo fica zanzando para lá e para cá enquanto troca apertos de mão. Quando há uma interrupção, uma escassez de mãos, ele perambula e encontra mais algumas, oferecendo-lhes cumprimentos. O rosto da noiva está vermelho-escuro, beirando o roxo. Ela sente dificuldade de respirar porque o vestido é apertado demais. Isso a faz parecer um gigantesco filé de peixe cru.

Os dois há muito murcharam sob a tensão de toda essa adoração melosa, mas o fotógrafo continua fotografando-os, o casal continua sorrindo e os convidados continuam dizendo "Aiii, que fofo". A banda ("Fast Train") irradia uma intensidade emocional subserviente. A qualidade do som deles é péssima, mas compensam com amplificadores poderosos e uma vocalista que pretende ser Carol King ou Queen Latifah. Ela não consegue se decidir.

Evito o cara de lapela amassada durante a dança, o corte do bolo e o arremesso de coisas. Também evito o primo do noivo que parece pensar que é o Marquês de Sade de sua faculdade. Quando saio pela porta dos fundos para passear pelo terreno, não estou pensando nem um pouco na minha própria espécie; estou fazendo uma excursão pela minha vida amorosa, a versão Madame Tussaud que existe na minha cabeça. É claro que houve uma curva fechada que deixei passar, aquela que teria me levado ao vestido de noiva. Não importa o quanto eu odeie o vestido, é claro, ou este grande evento. O caso é que o amor — algo puro e menos sedento por glamour — carrega consigo uma carga promissora, e ele deitou e rolou feio comigo.

O sol está se pondo. A grama do campo de golfe está aparada em dois centímetros e meio. Caminho por um suave declive. Há uma lagoa, um gramado, um poste e um carrinho de golfe abandonado. E, um pouco mais à esquerda, há uma figura olhando para o chão.

Desço um pouco mais a colina até estar a alguns metros de distância. Agora vejo que ele está olhando para uma protuberância branca no chão. Eu digo:

— Está sabendo que Ted Nugent pode estar presente neste casamento?

O homem ergue os olhos e assente, como se meio que esperasse minha presença.

— Sem comentários — responde. — Não estou pronto para dar qualquer tipo de declaração. — Ele abre um leve sorriso. É um cara bonito. Tem lábios carnudos e olhos azul-acinzentados. É alto, curvado, meio desleixado na aparência. Aponta para o monte branco no chão. — Gato morto. Caucasiano. Causa da morte: desconhecida.

— Talvez fosse um gato mais velho republicano e branco — declaro. — Ouvi dizer que os campos de golfe são onde a maioria deles vem para morrer. — E aqui estou, fazendo todas essas coisas que não consigo parar de fazer. Lambo os lábios e os esfrego um no outro, apertando os olhos de um jeito que acho que me deixa mais exótica ou, no mínimo, mais interessante, mas agora, pensando bem, deve me fazer parecer míope. Baixo os olhos para os sapatos dele e, em seguida, ergo-os lentamente. — Você cutucou essa coisa?

— O quê?

— O gato. Você deve sempre cutucar uma coisa morta que encontrar. Sua mãe nunca lhe ensinou?

— Fui criado por freiras — retruca o homem. — Freiras gostosas e cheias de tesão.

Já escureceu a essa altura, e ele parece um pouco mais brando, um pouco mais gostoso, destacado contra o verde preguiçoso do campo. Posso sentir o vinho que bebi durante o jantar batendo, quente sob as costelas. O sujeito está de pé sobre o gato, olhando para baixo de uma forma que me dá vontade de mordiscar (com delicadeza) sua mandíbula. Três pensamentos passam pela minha mente, em rápida sucessão:

1. O armário de casacos da chapelaria
2. Minha ficha corrida de fracassos
3. A completa irrelevância da minha ficha corrida de fracassos

Afinal de contas, sou uma mulher adulta em um casamento ruim. Deveria ter permissão para mandar Gandhi à merda.

— Quando tasquei o olho em você — digo —, achei que deveríamos fazer sexo no armário de casacos da chapelaria.

O homem inclina a cabeça, abre um sorriso, tenta fingir que não foi pego de surpresa com o meu comentário.

— Você também?

— Agora já não tenho tanta certeza. Parece uma sacanagem com os casacos.

— A impressão que eu tenho é que eles conseguiriam lidar com isso numa boa, os casacos na chapelaria. Poderíamos fazer algum tipo de aconselhamento psicológico. — Traduzindo: ele está com todo gás para sexo. É um homem, afinal. Acho que, com essa, pulei algumas etapas.

Essa é a parte em que algo deve acontecer, algo convincentemente carnal. O cara deveria dar um passo em minha direção, colocar as mãos na mercadoria e soltar um longo suspiro de satisfação. Deveria apalpar meus ombros daquele jeito que os homens sempre acham que as mulheres gostam. Deveria colocar meus cabelos para trás da orelha, pressionar a boca contra ela e murmurar, no mais puro estilo de Nugent, "Wang Dang Sweet Poontang".[1] Não é isso que estamos buscando aqui?

Mas ele não faz nada, desperdiçando a deixa. Em vez disso, olha para o brilho da tenda do casamento. Uma versão reggae de "My Cheri Amour" está se espalhando pelo gramado. Por um instante, acho que o sujeito pode ter perdido o interesse e estar prestes a vazar, recolhendo-se àquela solidão maravilhosa da qual nossa espécie é tão adepta. Então, ele se vira e olha diretamente para mim, e posso sentir aquele friozinho na barriga, essa estranha concessão parcial ao que pode estar acontecendo aqui.

Devagar, seus olhos percorrem a frente do meu vestido, um olhar longo e avaliador que me faz engolir em seco.

— Cometi um equívoco — apresso-me em dizer —, foi algum tipo de erro de julgamento. De modo geral. Sofro de uma falta prolongada de clareza de raciocínio.

— A clareza de raciocínio é meio que superestimada — observa o sujeito. Seus olhos pousam no decote do meu vestido.

— Não ia acabar bem.

— Mas já chegamos ao fim? — Ele dá um passo em minha direção, ficando próximo o bastante para eu inalar discretamente seu cheiro, sentir a loção pós-barba, algo não muito doce, quase acre. — E quanto ao começo? Sou muito bom em começar.

---

[1] Título de uma canção de Ted Nugent que, de forma rimada, faz referência explícita às genitálias feminina e masculina. (N.T.)

— E terminar?

— Terminar? Humm, vejamos. Não tão bom em terminar.

— O que há de errado com a gente?

— Pode ser o alternador. Ou a corrente de distribuição.

— Deveríamos cortar o mal pela raiz.

— Provavelmente.

O homem dá um passo para trás e balança um taco de golfe invisível, uma ação que quase desprende a flor em sua lapela, e a perspectiva disso, por nenhuma boa razão que eu possa identificar, deixa-me à beira das lágrimas.

Não dizemos nada durante algum tempo. Permanecemos ali parados olhando um para o outro, depois para o gato morto, e de novo um para o outro. Por fim, ele se agacha, dá uma cutucada no animal com o dedo, em seguida se levanta e enfia as mãos nos bolsos.

E, então, após um rápido momento de hesitação, um suave tremor de pelo branco, o gato morto rola. Ele se lambe sem o menor pudor, encara-nos com desdém e se afasta com cautela pelo gramado.

— Ou... — diz o homem.

— É: ou...

O armário de casacos da chapelaria está escuro. Mais cedo, havia uma mulher corpulenta enfiando cabides nas mangas, distribuindo números aos clientes. Mas ela se foi agora. O hall de entrada está vazio.

Os casacos farfalham conforme nos mexemos entre eles. As roupas balançam como coisas subaquáticas. Ocorre-me que não sei o nome desse cara. Mas agora é tarde demais, estamos nos beijando. Sua boca tem gosto de gim e pesto. Há uma parede em algum lugar. Nós a encontramos, abaixando devagar até estarmos no chão entre dois cabides. Casacos — como são simples e desprovidos de alma — dependuram-se como peles velhas, mas imagino como em breve as pessoas enfiarão seus corpos dentro deles, e os corpos aquecerão os casacos com seu sangue ardente, o pulsar obstinado de corações trabalhando. E aqui estamos nós, apalpação e afobação exploratórias entre duas pessoas envolvidas em um caos sexual polido.

— Adorei o vestido — comenta o homem, percorrendo as mãos pela saia estilo sereia, por cima da minha bunda. Trato de tirar o casaco dele e começo a desabotoar a camisa. Ainda estamos tentando nos beijar, mas o processo se torna um pouco frenético ao nos desfazermos das roupas.

Desajeitado, o sujeito abre o zíper do meu vestido, sussurrando "Beleza, beleza", meio que para si próprio, ao que parece, e eu também estou ocupada soltando os últimos botões de sua camisa até que, de repente, tanto a camisa quanto o vestido somem de vista e há toda essa pele para se contemplar, a pele dele, a minha pele, e nossos ombros estão em chamas.

Então, ouvimos um barulho agudo de batida, como o disparo distante de um rifle (estamos sendo alvejados?) e nós dois congelamos. Uma voz chama:

— Oi? Olá? Tem alguém aí atrás? Preciso do meu casaco. — A voz é rouca, imponente, ainda que a fala esteja um pouco arrastada, algum tio de um dos pombinhos com três coquetéis de vodca acima do limite. — Tem alguém aí?

— Só a gente, os casacos — sussurra o homem ao meu lado.

Aguardamos o que vai acontecer a seguir. Será que esse cavalheiro invadirá a chapelaria e nos pegará no flagra, duas farinhas do mesmo saco, praticamente despidos e ofegantes de pavor? ("Ah, entendi, desculpem-me, sim, entendi...")

Não, o cara só chama mais uma vez, consternado, e ouvimos o ruído de seus sapatos se afastando.

Esta é, sem dúvida, uma boa hora para recobrar o juízo, e eu pretendo fazê-lo, de verdade. (Ô, juízo, bom senso... voltem já aqui!) Mas... mas esse estranho comprido e de olhos azuis está em cima de mim, e o deltoide arredondado de seu ombro esquerdo está à mostra e, antes que consiga me conter, tomo em minha boca a carne, quente, salgada de suor, e deixo meus dentes se enterrarem de leve.

Os olhos dele transparecem o susto, uma reação que o deixa fofo além da conta, e eu mordo com mais força e ele se abaixa com delicadeza sobre mim, até que o sinta por inteiro. Em seguida, sua mão está subindo pela minha coxa, sob este medonho vestido que mais parece uma flor desabrochando, e não sente pressa alguma, muito bem, obrigada, enquanto traça as curvas e as cavidades como veludo. Estou tão aliviada por ter decidido me depilar, só por garantia (Deus abençoe o otimismo sexual inesgotável de nossa espécie!). Seus dedos deslizam para dentro da minha calcinha e ele me toca, bem devagar. Isso prossegue por alguns minutos (três ou quatro, ou talvez sessenta e sete). A língua dele está no meu pescoço, e eu me vejo perdendo o controle.

Quando recupero o fôlego o suficiente para falar (mais ou menos), ergo os olhos para o sujeito.

— As freiras ensinaram isso a você?

— Os freis.

Eu o viro decidida para o tapete e monto sobre ele. Anda logo! Minha mão desliza até sua coxa e posso senti-lo ficar tenso, uma fina faixa de músculo contraindo-se ao meu toque. Afoita, retiro seu cinto, jogando-o por sobre meu ombro, enquanto o sujeito sobe a mão. Já não é suficiente. Além do fato de que tudo o que tenho a oferecer é uma camisinha com sabor de mirtilo (é uma longa história), apesar da falta de bom senso e de uma superfície razoável, eu quero o pacote completo, a configuração eufórica e pegajosa do ato.

Ele me gira com classe para a posição inversa, e, antes que eu perceba, estou de costas no chão, contorcendo-me para tirar a calcinha, e o homem tirou a calça e a cueca e está pronto (sim!), e eu também estou pronta. Eu o seguro e estamos nos pressionando um contra o outro, bem no auge da ação. Coloco as mãos em sua bunda — um belo e pequeno patrimônio, como costumam ser — e pressiono para baixo. Posso senti-lo ali, pressionando também, e aquela sensação maravilhosa e familiar pouco antes de ser tarde demais.

O sujeito apoia os joelhos no tapete e tenho certeza de que está fingindo ser tímido, prolongando o momento (que não quero mais prolongar), mas então ele se afasta e seu rosto é tomado por uma expressão terrivelmente séria, que, lamento informar, já vi antes nessas circunstâncias. É aquele pretenso cavalheirismo moderno em vigor, lubrifica a dama, mas a força a decidir, assim não há questão de responsabilidade ou culpa no tribunal do arrependimento que está por vir.

— Está tudo bem — digo, um pouco impaciente. — Eu quero.

Ele meneia a cabeça.

— Acho que não consigo.

Espio lá embaixo a prova inequívoca de sua excitação, que está transmitindo a mensagem básica: *Mas eu consigo! Eu consigo, chefe!*

— Discordo — insisto. Inclino meus quadris para cima, deslizo ao longo da extensão dele, e o sujeito solta um gemido. — Preciso explicar as regras? Eu serei a mulher e você, o homem.

— Por favor — diz ele. Seu tom é de súplica. Ele rola para longe de mim, esperando excluir sua ereção da discussão, então se inclina de novo na minha direção e coloca a mão no meu rosto.

— Você está falando sério, não está? — pergunto.

— Infelizmente, sim. — Ele me encara com melancolia. — Desculpe. Estou agindo como um verdadeiro babaca, não estou?

Não tenho certeza do que dizer. O cara consegue estar ainda mais bonito agora. Já mencionei que um dos dentes se projeta acima de outro? Ele esfrega os nós dos dedos contra o queixo enquanto me encara, e sinto uma dor no coração.

— Está tudo bem — asseguro-o.

— Magoei seus sentimentos. Desculpe. Eu quero fazer isso. Adoraria fazer isso. — Ele deixa os olhos percorrerem meu corpo, que de repente parece patentemente nu. Cruzo os braços à frente do peito. A frase de um filme antigo me vem à cabeça; Myrna Loy diz: "Feri seu ego", e Cary Grant responde: "Não, não, eu só ia levar meu ego para passear". Mas está tudo errado. Eu sou Cary Grant? Deveria pelo menos ter um bolso no qual enfiar a mão, como quem não quer nada.

— Claro que não — rebato. — A única coisa que eu gosto mais que fazer sexo em um armário de casacos é não fazer sexo em um armário de casacos. Sério. Foi demais. Não se preocupe com isso. — Olho para seu terno, abandonado ao nosso lado, a lapela arruinada.

Tento deslizar para longe do sujeito, mas ele rola atrás de mim, de modo que estamos realmente sob uma arara de casacos, as bainhas roçando nossos ombros. Ele aproxima os lábios do meu ouvido.

— Vai parecer loucura o que vou falar — diz —, mas acho que gosto de você. — Ele solta um suspiro quente, e um arrepio percorre minhas costas. — Não me sinto assim com muita frequência e tenho medo de que fazer isso, desse jeito, antes mesmo de nos conhecermos, possa, sabe, estragar as coisas.

— Você está terminando comigo? — questiono. Ofereço-lhe um sorriso, para que saiba que estou brincando, entretanto a verdade é que não me agrada muito a situação em que nos encontramos, o encanto do desejo quebrado e todo esse papo cheio de significado com que ele está vindo para cima de mim. Será que estou olhando para outro idiota em conflito, outro par de ombros duvidosos?

— Olha só, eu tenho uma ideia. Vou ficar no Hotel 8, que até que é chiquezinho, no fim da rua.

— Eu nem sei o seu nome.

— John — diz ele, estendendo a mão.

— Jane.

Esta é a primeira confissão, nossa mediocridade. É incrível como parecemos comuns agora, reduzidos pelo sexo, pelo quase sexo.

— Por que você não vem para o hotel comigo?

— Não.

— Por que não? Me dê uma chance de explicar. Pegue um sabãozinho grátis.

— Acho melhor não — insisto.

— Por quê?

— Porque não.

— "Porque não"? É difícil contrariar um "porque não".

Eu me levanto primeiro. Ele faz igual. Buscamos nossas roupas no espaço apertado, arrumando-nos, embora seja inútil. O casamento está quase no fim. John fecha o zíper. Encontro meu sapato perdido.

— O gato foi um pequeno milagre — diz ele.

— O gato mudou tudo.

O sujeito está olhando para mim. Gosto do jeito como a camisa gruda nele e revela o contorno da clavícula. A solidão se intensifica. De repente, lembro-me de meus pais comendo os cozidos de seus pratos, o intervalo de silêncio. Penso no que está por vir, o longo trajeto de volta para o meu apartamento, passando pela pior parte da cidade, com suas avenidas de varejo empertigadas e sinos rachados.

— Olha — digo —, meu passado está cheio de arrependimentos, e prefiro não o adicionar à lista. Prefiro não ter de encaixá-lo em uma memória superlotada. — Ah, o passado, aquela maré cheia, a podridão sem fim de Asbury Park, um garoto correndo a galope pelo gramado verde do campus sob a chuva torrencial, uma mulher zanzando por um quintal com pedras nas mãos, de punhos fechados. Por que estou aqui neste armário de casacos da chapelaria com este homem? — Prefiro descarregar as lembranças, para ser sincera.

— Então, faça isso — encoraja ele, com um aceno da cabeça. — É sério. Me conte tudo. Farei a mesma coisa. Vamos contar tudo um para o outro. — John parece um soldado ou algo do tipo. Poderia estar parado perto de um ônibus com uma mochila do exército. — Seria como entregar um dossiê.

Corro a mão pela fileira de casacos. Cabides vazios no fim da arara repicam.

— Confissões — digo.

— Transparência total.

— Bom saber.

John pega minha mão e beija a palma.

— Estou falando sério. Vamos fazer isso.

Mas ainda não estou pronta para perdoá-lo. Eu me viro e começo a olhar para os casacos. Gosto do sobretudo feminino azul-claro. Distraída, deslizo a mão para dentro do bolso. Vazio.

— Eu tive uma ótima infância — conto-lhe. — Quero dizer, não cresci num cenário devastado pela guerra. Não tenho nenhuma desculpa real para mim.

— Eu também não.

O bolso do casaco bege tem duas balas de hortelã. Do tipo seco e poroso.

— Onde você mora? — pergunta John.

— Sul da Filadélfia — respondo. — Lá na ponta. — Ele me conta que mora em Nova York. — O confessionário mais próximo para os dois pode ser meio difícil de encontrar — comento.

— Podemos escrever cartas.

Parece algo divertido agora.

— Tudo bem — concordo e estou me perguntando se estamos falando sério. É difícil dizer. No bolso do sobretudo bege de um homem há um clipe de dinheiro com notas de vinte. Parece uma coisa idiota de se fazer... Quem deixaria um maço de dinheiro em um sobretudo? Eu o devolvo ao bolso. — Nada de e-mails.

— Com certeza — diz John. — Cartas de verdade. Tinta. Papel. A coisa toda. Seremos como os pioneiros, aguardando em nossas janelas pelo Pony Express. De chapéu de caubói.

— Mas não podemos ser sinceros e cortejar um ao outro ao mesmo tempo.

— Sem sedução. — John já não é um soldado agora. Está mais para escoteiro. Dedos unidos e estendidos. Obediente. — Vou me comportar direitinho. Vou me ater às confissões, ao passado. E, então, nós nos veremos de novo, se assim desejarmos, depois de termos dito tudo o que precisamos.

— Você pode não querer — aponto.

— Talvez você também não queira.

— Sim, aí é que a coisa pega.

— Achei que já tivéssemos passado pela pegação.

Ba dum tss!, faz a bateria em resposta à péssima piada, e eu encaro John. Seus olhos estão úmidos, os cílios pesados.

— Você não é um assassino com machado, é?

— Não. Você é?

— Ainda não.

A corpulenta responsável pela chapelaria está voltando para trás do balcão. Ri e conversa com alguém à distância.

— ... nem em um milhão de anos! — está dizendo a mulher. Ela torce um brinco, senta-se bufando no banquinho, cutuca a saia.

— Pois é, não consigo encontrar — digo em voz alta.

A cabeça da mulher vira imediatamente na nossa direção. Ela espia pela fileira de casacos.

— Posso ajudá-los?

— Tivemos que procurar nós mesmos. Você não estava aqui — afirma John, quando passamos por ela. — Mas não tivemos sorte.

— Fazer o quê... — reforço.

— Não abandonem seus casacos aqui! — protesta a moça, como se toda noite lhe sobrassem tantos casacos... os orfãozinhos... e não soubesse o que fazer com todos eles.

Mas já estamos saindo pelas portas de vidro da frente. Ainda ouvimos o cigarrear estridente de quem bate um garfo sucessivamente num copo de vinho e depois outro e mais um, até que, por fim, os noivos se encontram e expressam o afeto obrigatório.

O ar noturno está agradável. Na verdade, a própria noite meio que admite com humildade a claridade perfeita. Caminhamos juntos até o estacionamento. Eu digo:

— Em nossas confissões, temos que usar palavras que as pessoas não usam... Como é que se diz? Se arrependimento matasse...

— Eu me arrependo desta flor na lapela — comenta John.

— Você acha que não me arrependo de comprar este vestido? — observo.

— Eu adorei o vestido.

— Por que sempre desgrenhado e nunca grenhado?

— Por que desconcertado e nunca concertado ou, melhor ainda, certado?

Estamos parados ao lado do meu carro agora. Mexo irrequieta no fecho da pulseira. John afrouxa a gravata, puxa-a pelo colarinho e, sem motivo aparente, abotoa os punhos. É uma visão adorável, sem dúvida, a forma como um homem abotoa as mangas da camisa. Requer certa delicadeza.

— Não devemos comentar os fracassos do outro — continuo. — Isso não é uma terapia.

— Por Deus, não. Apenas os pecados.

As luzes que se espalham pelo amplo gramado se apagam. Há garçons recolhendo taças das mesas do pátio. Os convidados começaram a sair pelas portas da frente às nossas costas. Eles vagam pelo estacionamento, dobram-se para dentro dos carros. A banda ainda não encerrou a noite. Estão tocando uma balada de Chicago, algo sobre o destino, sem muito empenho. Ocorre-me que não nos conhecemos.

— Tenho certeza de que isso é um erro — reitero.

— Talvez — reconhece ele.

Mas ainda assim trocamos endereços no meu carro. Eu lhe digo:

— Olha, você não precisa escrever uma carta.

— Mas eu vou.

— Mas não precisa.

— Nem você.

Ergo a vista para os postes de iluminação do estacionamento e aperto os olhos. Sabendo que nunca mais terei notícias de John, sabendo que vou colocar o cartão no cinzeiro e nunca mais olhar para ele, eu falo:

— Mas, se der certo...

— Vamos contar aos nossos filhos a história do gato.

— Que era um gato morto.

— Isso. Estava mortinho da silva e aí ressuscitou.

JODI DUNNE

9 DE OUTUBRO

Querida Jane,

Eu tinha dezesseis anos quando comecei a namorar Jodi Dunne. Espanta-me hoje em dia pensar em mim com essa idade. Espanta-me pensar nos dezesseis. Vejo essa garotada do meu bairro zanzando por aí com umas botas gigantes, o cabelo todo esculpido com gosma, como se nunca fossem levar uma porrada da vida. É triste.

Jodi estava um ano atrás de mim. Sentávamo-nos um de frente para o outro em Artes do segundo período. Quem dava a aula era um velho, o sr. Park, que era famoso na nossa escola por ser uma baita bichona. Ele usava uma boina e nos chamava de crianças. "Crianças", dizia, "quem é que vai fechar essas persianas, hein?". Ficávamos totalmente apavorados por ele. Toda aula era a gente olhando slides de pinturas, enquanto o sr. Park andava de um lado para o outro e falava sobre como eram deliciosas. Havia uma espécie de intimidade naquelas aulas, é o que estou dizendo. Não dá para colocar um bando de adolescentes em uma sala escura e lhes mostrar os nus de Gauguin sem esperar que o interesse sexual comece a florescer.

Jodi se sentava bem perto da tela. As luzes coloridas das pinturas revelavam os aspectos mais sutis de sua beleza: a articulação das narinas, o volume rosado dos lábios. Ela tinha uma boca pequena e excepcionalmente expressiva. E os cabelos dela... Jodi tinha o melhor cabelo que eu já tinha visto; um laranja-claro que ficava loiro no verão, e, se você examinasse cada fio, um por um (como fiz depois), via que a cor passava de ferrugem, nas raízes, para um ouro polido. Se eu fechar os olhos, ainda posso ver essas coisas.

Fato curioso sobre Jodi é que ela era uma menina muito grande. Não gorda. Estava longe de ser gorda. Mas bunduda e carnuda. No Ensino Médio, como você deve se lembrar, ou se era magro ou se era gordo. Não havia nenhuma categoria intermediária de fato. Além disso, ela jogava vôlei e saía com as garotas que jogavam vôlei, muitas das quais eram boiotas (ou qualquer que seja o equivalente feminino para boiota). Às vezes usava calças de moletom para ir à escola. Não estava interessada em tentar se embelezar, o que sugeria algum tipo de força interior da qual, é claro, a maioria de nós, meninos, não queria nem chegar perto. Queríamos as dóceis, aquelas que usavam maquiagem, jogavam os cabelos para trás e mascavam chiclete o tempo todo para não ficarem com bafo. O principal, o que mais me envergonha dizer, é que a família de Jodi não tinha muito dinheiro. Eu sabia disso porque uma vez perguntei a Sean Linden sobre Jodi e ele me disse que ela morava perto de Los Robles, que era uma parte ruim da cidade com casebres térreos.

Nada disso deveria ter importância, sobretudo sua condição financeira. Mas teve. Uma coisa que você deveria saber é o seguinte: desde o começo, eu vinha formando certa opinião a respeito de Jodi, colocando-me um pouco acima dela. Era uma espécie de doença em nossa família, uma forma de eliminar a fraqueza adotando uma postura de superioridade.

Soube que sentia atração por Jodi já na primeira semana de aula, mas não a chamei para sair e fiquei adiando. Comecei a me sentir inseguro e a duvidar de mim mesmo. Mal consigo imaginar o choque terrível que é para você ler isto, considerando o meu comportamento no armário de casacos da chapelaria, algo pelo que peço perdão, mais uma vez, imensamente, e não apenas a você, mas a mim mesmo, pois posso lhe garantir que fico me martirizando por aquele meu maldito numerozinho bancando o sensível quando eu deveria estar caindo de cabeça nas suas águas encantadoras. E, se me permite acrescentar, correndo o risco de perder de vez o fio da meada, ainda posso sentir seus contornos em minhas mãos, em particular a curva dos quadris, mas também as covinhas na parte inferior das costas, que eu não vi, só senti e imaginei, e, falando nisso: passei o voo inteiro cheirando minha camisa, que ainda tinha o seu perfume, e ficando de pau duro no meu assento da janela. Mas tudo bem, chega. Prometemos nenhum pingo de sedução. Nada de manifestações vulgares.

Voltando ao assunto.

Quase toda tarde eu via Jodi e suas amigas reunidas na frente do giná-sio de joelheiras e pensava: ela é meio pesadona, e as amigas dela são um tanto chatas. Quatro meses dessa bobagem. Tudo que eu conseguia fazer era olhar para ela todos os dias. E ela olhava de volta. Então, era assim que nos paquerávamos. Ficamos sentados naquela sala escura encarando um ao outro. Chegamos, inclusive, a desenvolver uma espécie de linguagem corporal entre nós, uma primeira troca de olhares que dizia algo como "Oi, bom dia!"; depois outra, um pouco mais ardorosa, que significava "Está elegante, hein!", e certos movimentos de sobrancelhas se Park dissesse algo num tom particularmente efeminado ou, caso um de nós fizesse um comentário na aula, um breve e respeitoso aceno de cabeça, tipo "Mandou bem!". A coisa toda era tão Hello Kitty. Lembro que um dia fui pego colando na aula de Matemática e fiquei tão envergonhado que tudo que consegui fazer foi ficar encarando Jodi, o que é óbvio que a confundiu muito, e ela me olhou de volta com tanta ternura como quem pergunta "Você está bem? Qual é o problema?", o que me deixou ainda mais furioso, então dei essa caçoada silenciosa, e ela se aborreceu e desviou os olhos, aí entrei em pânico e tentei sinalizar com o olhar um pedido de desculpas ("Ó, desculpa, é que estou tendo um dia difícil"), mas Jodi não olhava para mim. Então, parei de olhar para ela. Beleza. Tivemos esse desentendimento que durou uma semana inteira, um pequeno evento emocional bastante dramático, isso sem trocar, de fato, uma palavra.

Deus sabe que esse episódio deveria ter me encorajado a convidá-la para sair. Não encorajou. O que aconteceu foi o seguinte: um dia, Brent Nickerson me puxou de lado depois da aula.

— Sua mina arranjou uma caranga nova — contou ele. — Um Ford Mustang.

— Ela não é minha mina — eu o corrigi.

— Se liga — disse Nickerson. — A bagaça é virgem. — Então, ele me deu um soco no ombro.

Nickerson era um garoto popular, um daqueles caras que estão sempre querendo pegar garotas. Ele tinha comido Melissa Camby e Holly Kringle, diziam que na mesma festa. O fato de ele ter notado Jodi a levou a um nível completamente diferente na minha mente. Além do Mustang. Essas coisas sugeriam que ela não era apenas o que aparentava ser, que existia fora do mundinho em que eu a inserira e com o qual quebrava a cabeça dia após dia.

Não me lembro de como tudo começou, como eu finalmente superei minha própria insegurança, só que em determinado momento estávamos sem camiseta no estacionamento atrás do Swensen's.

Passamos muito tempo em estacionamentos nos beijando, nos tocando. Não tínhamos experiência, mas estávamos ansiosos para aprender. Da forma como víamos, o sexo era nosso passaporte mais seguro para a intimidade, para podermos nos sentir mais autoconfiantes no mundo. E éramos carinhosos um com o outro. É disso que me lembro mais vividamente.

Uma noite, já com alguns meses de namoro, entramos de fininho na sala onde meu pai guardava o piano de cauda, deitamos no tapete grosso e antigo, e Jodi me fez um boquete. Era algo novo entre nós. Tínhamos nos cansado de nos apalpar da cintura para cima. Mas eu estava muito constrangido para concluir o ato. Em vez disso, entreguei-lhe um lenço de papel. Achei que essa era a coisa mais cavalheiresca a se fazer. Gozar era confuso e estranho. A ideia de me jorrar todo nos adoráveis dentes de Jodi me fez sentir vergonha. (Acredito que Clinton, a propósito, teve essa mesma sensação com Monica. Se você ler o Relatório Starr — sou culpado das acusações —, fica claro que a razão pela qual ele fica se segurando não é por medo de incriminação; é porque não quer degradá-la, ou degradá-la ainda mais, e há uma ternura nesse tipo de controle que sempre fez eu sentir uma lealdade bizarra ao cara.)

De qualquer modo, peguei um lenço e toquei com gentileza o ombro nu de Jodi. Ela ergueu os olhos para mim, na luz azulada, e sorriu. Não havia nada de indecente naquele sorriso. Poderia ter sido uma enfermeira.

— Está tudo bem — sussurrou ela. — Eu quero isso.

Havia também uma boa dose de incompetência erótica. O incidente que me vem à mente, bastante desagradável, ocorreu alguns meses depois que começamos a fazer sexo. Eu tinha ido para o México jogar futebol, então não nos víamos há algumas semanas. Toco nisso porque gostaria que servisse como uma espécie de desculpa para minha ejaculação precoce, embora, na verdade, eu fosse um verdadeiro rei da ejaculação precoce (talvez "o" rei da ejaculação precoce, com "r" maiúsculo) naquela época. Tinha que fingir que não tinha gozado. Minha estratégia era murmurar algo sobre estar "muito excitado" e, em seguida, passar a fazer sexo oral em Jodi. Ou então eu falava que tinha que ir ao banheiro. Minha única salvação era que conseguia recarregar relativamente rápido e retomar de onde havíamos parado, embora quase sempre eu ejaculasse rápido demais de novo.

Pois bem.

Nessa noite que me vem à cabeça, após a viagem ao México, continuamos com nossa esfregação de sempre e, claro, Jodi precisava desse tempo de preparo; era a maneira como seu corpo se aprontava para o sexo, enquanto eu era uma ereção ambulante. Jodi tirou a roupa e lá estava seu grande corpo curvilíneo, com seios convidativos destacando-se contra o bronzeado. Ela se deitou e me puxou para si, dizendo-me o quanto sentira minha falta e identificando todas as várias partes do corpo que tinha sentido falta.

— Deixa eu colocar a camisinha — falei.

Ela balançou a cabeça.

— Não precisa pôr. Já cuidei disso.

E esse gesto, sobre como estava pronta para eu fazer sexo com ela, o quanto estava molhada, a perspectiva de cavalgar sem sela ali, dentro dela. Jodi colocou as mãos na minha bunda e se empurrou para baixo. Ela me mostrou o caminho das pedras, sussurrando. Eu tinha essa ideia na cabeça de que poderia ganhar algum tempo. Mas o que aconteceu foi que Jodi esticou a mão e me segurou lá embaixo e aquele mero toque gentil — nem chegou a ser uma fricção, foi uma meia fricção, uma *fric* — despertou-me. Não queria que ela soubesse o que estava acontecendo, que eu estava arruinando nosso reencontro, então tentei deslizar por seu corpo, descendo devagar, e meio que levantei os joelhos e abaixei a cabeça para que ela pudesse perceber o que eu pretendia fazer e até comecei a me explicar, dizendo: "Meu amor, quero te provar primeiro", mas era tarde demais, eu já tinha começado, e o resultado de todo esse torce e retorce foi que gozei na minha própria boca. Não há necessidade de me estender sobre a física da coisa, os ângulos e assim por diante, embora me sinta compelido a acrescentar que esguichei um pouco no olho, uma manobra que, segundo fontes confiáveis, é conhecida nos círculos pornográficos como "olho de pirata". Então, aquele era eu: o Capitão Queima-largada!

Imagino que não seja surpresa saber que Jodi tenha sido menos "acessível" no quesito orgasmo. Passamos muito tempo *Em busca do… orgasmo de Jodi*. Eu li livros. Consultei amigos. Comprei um gel destinado a anestesiar a ponta do meu equipamento. Descrevi essas medidas como uma nobre consideração quando, na verdade, eram uma espécie de vaidade desesperada. ("Qual é o problema, Nuge? Não consegue fazer sua mina gozar?") Tratei o aparelho sexual de Jodi como uma prova preparatória na qual eu esperava me sair bem. Não havia me ocorrido que o principal determinante do orgasmo feminino era um estado de relaxamento.

E assim, por mais estranho — exasperante — que pareça, as poucas vezes que Jodi foi às nuvens foram sempre aleatórias e inesperadas. O melhor exemplo que posso dar aconteceu em um show de Berlin (a banda, não a cidade), durante o qual deslizei a mão na frente da calça dela. Ela estava com o botão seletor no modo arquejando intensamente no fim de "Like Flames" e, lá pelas tantas de "Take My Breath Away", o seletor havia girado para orgasmo concluído com sucesso.

Percebo que estou colocando muita ênfase no sexo. Mas essa era a área de destaque no tempo que passamos juntos. Assunto não nos faltaria — amigos, aulas, planos para a faculdade —, mas éramos jovens demais para conversar sobre o que de fato importava, as desgraças secretas que nossas famílias nos infligiam, nossos planos de fuga parcialmente concretizados.

Amávamos nossas famílias, afinal. Jodi adorava o fato de meu pai ter sido cantor de ópera, de minha mãe ganhar a vida escrevendo livros, de minha querida irmã mais velha, Lisa, estar no Corpo da Paz. Não conseguia explicar para ela que havia um caráter implacável nas conquistas deles; eu mesmo estava apenas vagamente ciente disso.

Os Dunne, em comparação, eram molezinha. Jodi era a filha mais nova por uma diferença de dez anos, uma alegre escorregadela. Você tem a sensação de que criar os outros três os havia esgotado. O casal parecia encantado por ter essa doce jovem por perto para lhes fazer companhia. Bill passava a maior parte do tempo em sua oficina, projetando o barco que esperava construir quando se aposentasse da Ford, onde trabalhava como engenheiro. (Isso explicava o Mustang — ele fazia um leasing de um novo modelo todo ano.) Havia servido na Marinha muito tempo atrás e se movia como um marinheiro, com um andar amplo e ondulante. Faltavam-lhe alguns dentes. Tinha mãos grandes e ásperas, com manchas amareladas por causa de seus Newports e uma forma cínica de lidar com o mundo que disfarçava o fato de ser extremamente tímido. Acho que a palavra "rabugento" se aplica aqui. A mãe de Jodi, May, assistia às novelas da noite, ria muito e me abraçava sempre que eu aparecia na casa dela.

Ambos eram alcoólatras. Não presenciei nada disso, é claro. Os dois simplesmente pareciam mais relaxados e afetuosos que os meus pais, um pouco melosos depois que começavam a beber, Bill com o copo de uísque ao lado dos cigarros em sua bancada de trabalho, May com a taça de vinho tinto. Bêbados felizes. E daí? A maior parte do mundo é composta de bêbados felizes.

Os irmãos e a irmã mais velhos de Jodi eram consideravelmente menos felizes. Eram todos divorciados; tinham problemas financeiros. Às vezes, tarde da noite, quando eu estava escapulindo de fininho do quarto de Jodi pelo pequeno quintal ao lado do quarto dos Dunne, ouvia May ao telefone, sua abafada voz de contralto erguida: "Eu sei, querida. Eu sei. É difícil".

A irmã mais velha dela, Sue, passou alguns meses em casa, com os dois filhos. Jodi e a mãe adoraram o alvoroço causado pela presença das crianças, no início. Mas esses meninos eram impossíveis. Desenhavam coisas nas paredes, faziam cocô na banheira. Sue pegou um daqueles empregos de revendedora, comercializando cosméticos feitos de damasco e algas marinhas. Por cerca de uma semana, ficou felicíssima. Investiu seiscentos dólares no material e ia ganhar dez vezes mais. Ainda me lembro dela sentada à mesa da sala de jantar com uma garrafa de xerez, quebrando a cabeça com sua lista de dívidas. Tinha os mesmos cabelos bonitos de Jodi, embora o rosto tivesse desabado de tanto chardonnay.

Jodi tinha outro irmão, Dave, mas não ouvia comentarem muito sobre ele. O rapaz tinha ido viver na Europa com uma belga e o filho dela. Eram artistas de rua, malabaristas ou algo assim. Billy, o filho mais velho, morava em um barco perto de Half Moon Bay. Ele convidou a família para almoçar uma vez e fomos até uma lagoazinha próxima ao porto, para que os filhos de Sue pudessem pescar peixes-lua de água doce. Billy era um sujeito bonito, encantador, mas tinha a mesma personalidade agitada do pai. Depois do almoço, os dois desceram para a cozinha. Ele queria que o sr. Dunne o acompanhasse em um barco fretado. Esse acabou se revelando o propósito do convite, no fim das contas. Podíamos ouvir Billy traçando o plano, sua voz se erguendo nas manifestações de súplica. Mas o pai tinha dúvidas. Billy já estivera encrencado com a polícia, tivera alguns problemas com drogas, o que quer que fosse.

Billy reapareceu, de mau humor e cara feia, e todos se afastaram dele. Uma das crianças, Devin, reclamou do prato de frutas que o tio havia preparado. Não gostava de abacaxi. Billy se aproximou e pegou a travessa — era uma daquelas de plástico em promoção que você compra numa loja de 1,99 — e arremessou pela lateral da embarcação.

— Acabou o abacaxi — declarou.

Devin deu um chilique, e o sr. Dunne começou a berrar com Billy para ele se acalmar e Billy retrucou aos gritos, então Sue entrou na briga, e a mãe de Jodi, que a essa altura estava embriagada, desceu do convés para chorar. Jodi e eu, enquanto isso, pegamos o bote e vazamos, remando para bem longe dali, onde trepamos muito mal. Era o que fazíamos quando o trânsito familiar ficava muito tumultuado.

Essa era a vida dos Dunne, inebriada e carente, turbulenta. Em suas festas, as pessoas ficavam bêbadas, cantavam e espalhavam a comida por toda parte. Elas flertavam umas com as outras. No fundo, eu adorava a bagunça de suas vidas, as demonstrações imprudentes, os sentimentos fluindo com desleixo de um ser humano para outro. Quando meus pais recebiam amigos, era para conversas intelectuais, pequenos concertos, *linzer torte*. Eram pessoas cerebrais, não carnais, e completamente entediantes para um adolescente.

Os Dunne gostavam de mim. Tinham noção de que estava transando com a filha deles, mas também sabiam que alguém uma hora o faria, e poderia ter feito algo bem mais prejudicial que eu. Eu vinha de uma boa família. O casal conseguia sentir o cheiro da ambição em mim, no entanto, e às vezes isso os deixava um pouco tensos quando eu aparecia.

Minha família, aliás, não era muito mais rica que a dela. Mas acho importante contar um pouco sobre a cidade em que cresci, quanta atenção foi dada às gradações sutis. Havia uma parte rica da cidade, e uma parte super-rica da cidade, e uma grande e próspera universidade onde minha mãe trabalhava. Havia um grupo de jovens que tinham seus próprios carros e outro dos que estavam destinados à Ivy League. Havia mansões com gramados tão verdes que dava vontade de comê-los. Algumas tardes, eu percorria esses bairros a caminho do trabalho e sentia aquele velho desejo americano de dar uma festança só para exibir a minha fortuna e impressionar os outros, como Gatsby.

Não queria ser rico. (Também não era isso que Gatsby queria.) O que eu queria era a sensação de tranquilidade que imaginava que os garotos ricos possuíam, de poder relaxar, sem ter que se empenhar tanto o tempo todo. Queria ser amado, é claro, mas, mais que isso, queria ser capaz de receber amor.

Jodi fez o que pôde para ajudar. Ela me resgatou do que poderia ter sido um terrível sofrimento. Em contrapartida, podíamos ver o drama cruel de nossos colegas de classe, os rompimentos e as pequenas traições, as humilhações públicas das inconstâncias do amor. Uma noite, Jodi e eu saímos com Sean Linden e sua namorada Tess, e foi horrível testemunhar o que ele fez a ela, como o cara não desperdiçava uma oportunidade de diminuí-la. A garota tinha feito um novo permanente que não havia ficado muito bom e ele ficava chamando-a de Shirley (de Shirley Temple), fingindo que estava sendo carinhoso. Sean acariciava a carne macia da barriga da namorada e então colocava a boca ali e assoprava, produzindo um ruído, tratando-a como uma criança. Ela bebeu um pouco além da conta e acabou derramando um pacote de biscoitinhos sortidos no tapete novo e caro, e Sean a fez apanhar cada um deles. Ou, na verdade, pelo que me lembro agora, foi pior que isso, já que Tess os recolheu por conta própria, sem precisar que Sean a incentivasse a fazê-lo. Ainda posso vê-la lá embaixo, de quatro, uma garota bonita com cachos soltos, vasculhando ao redor dos meus pés em busca de minipretzels.

Uma das razões pelas quais odeio tanto Hollywood é que eles retratam as dificuldades da vida adolescente como tão inócuas e divertidas, uma espécie de idílio antes dos compromissos sérios da vida adulta. As pessoas se esquecem de como tudo é doloroso nessa época da vida. Alguém lhe dá um beliscão e você o sente nos ossos. Não querem encarar o bando de adolescentes sádicos, narcisistas feridos e assassinos que eles são. Todas aquelas pessoas que reagiram com choque e indignação quando aqueles meninos em Columbine surtaram — caramba, em que colégio essa gente estudou?

O que quero dizer é que Jodi e eu protegíamos um ao outro de muito disso. Estávamos naquele bote, flutuando para longe da tribulação. Éramos apenas corpos ali, manchados de suor, sensíveis ao toque por causa do sol, apoiados na amurada, absorvidos pelos desajeitados contorcionismos do amor.

Lembro-me de Jodi entrando na sala de música uma noite, enquanto meu pai ensaiava seus *lieder*. Era algo que eu nunca teria feito. Intrometer-se em um momento de vulnerabilidade como esse; não era assim que fazíamos as coisas. Meu pai fracassara como cantor de ópera, afinal. Por isso, vendia partituras. Mas Jodi não o enxergava como um fracasso. Ela sentou-se respeitosamente no banco do piano enquanto meu pai soltava as notas sombrias que viviam dentro de si. Ele era barítono, embora muitas vezes cantasse nas escalas baixas de tenor, e, quando o fazia, seu rosto se inclinava para cima e seus olhos adotavam uma expressão de desejo ardente quase insuportável (minha irmã chamava isso de Cara de Fígaro). As narinas se dilatavam, como se ele pudesse sentir o cheiro da amada correndo em sua direção pela Floresta Negra.

Meu pai terminou a música e ergueu os olhos. Não tinha percebido que Jodi estava lá.

— É tão linda — comentou ela. — Sua voz.

Meu pai sorriu com timidez. Ajeitou as mechas de cabelo na testa.

— Eu estava só me aquecendo.

— O que ele está dizendo?

— Que ama muito e não o suficiente, algo assim.

— Está cantando para a mulher amada?

— Sim.

— É maravilhoso — elogiou Jodi. — Obrigada.

— Bem — observou meu pai —, não fui eu que escrevi.

Jodi inclinou-se para a frente no banco. Parecia querer tocar o braço dele.

— John me disse que você costumava cantar em Nova York.

Houve um momento em que pensei que meu pai poderia amolecer, poderia abrir seu baú de lembranças reservadas e expô-las para Jodi. Mas ele pareceu se conter. Deu um passo para trás, encostou-se ao piano e puxou o ar pelo nariz.

— Você é adorável — murmurou. — Uma jovem adorável. — (Ele devia estar pensando na própria filha, que recentemente havia partido para a faculdade e da qual sentia muita falta. Nós dois sentíamos.)

Mas Jodi causava esse efeito nas pessoas, um otimismo que a mim parecia quase mágico. E houve momentos em que me senti pronto para receber toda a carga de seu amor, em que acreditei que poderíamos viver muito felizes juntos, um desses casais sortudos que encontram a cura cedo. As coisas correram de boa do primeiro ao último ano e, quando chegou a hora de eu me candidatar a uma vaga na faculdade, escolhi cinco instituições, quatro delas na costa leste, mais a Universidade da Califórnia, em Santa Cruz, a escolha número um de Jodi.

Em nossa cidade, entre os jovens e brilhantes lordes e ladies da pequena nobreza, *a instituição* em que você era aceito carregava o peso de uma sentença de prisão perpétua. Vários anos antes, um garoto tentou se matar quando entrou na lista de espera em Harvard. Eu mesmo tentei fingir um ar de indiferença sobre a coisa toda. Ou talvez fosse mais correto dizer que eu estava simplesmente procurando evitá-la. Seja qual for o caso, fiquei bem mais chateado que o esperado quando, em uma única tarde no início de maio, fui rejeitado por três das universidades da costa leste.

Minha mãe, que fizera das tripas coração para não parecer muito preocupada sobre onde eu seria aceito, chamou-me em seu escritório naquela noite.

— Espero que você não leve isso para o lado pessoal — disse ela.

— Ah, não — falei. — Não foi como se me rejeitassem pessoalmente, afinal.

— Já participei desses comitês de admissão, Johnny. Tudo se resume a uma fórmula. Não quero depreciar o processo, mas está repleto de cotas. Diversidade é a nova bandeira.

— Acho que Lisa representava diversidade melhor que eu.

Tratava-se de uma referência, um pouquinho carregada de coitadismo, ao fato de que minha irmã fora aceita em todas as escolas da costa leste, incluindo aquelas para as quais sequer se inscrevera.

— Sua irmã… — minha mãe começou a falar. Então, deteve-se. — Ficou mais competitivo, bem mais. Eu vejo os dados das candidaturas, garoto. Sei sobre essas coisas.

— Gostaria que tivesse sido uma escolha minha, só isso.

— Você ainda tem uma chance.

— Sem contar Santa Cruz — apontei. — Jodi ficaria muito feliz se eu acabasse indo para lá.

— Sim, imagino que ficaria. — Minha mãe suspirou. Ela tirou os óculos e me fitou com um olhar sóbrio. — Agora ouça bem, Johnny. Você sabe como gostamos de Jodi. É uma garota maravilhosa. Isso não tem a ver com ela.

— O que não tem a ver com ela?

— Adoraríamos se você fosse para Santa Cruz, tê-lo por perto, seu pai e eu. Nós queremos que seja feliz. Mas você precisa ter certeza de que está realmente pensando no que quer fazer. Está me entendendo? Você e Jodi são muito jovens.

Eu podia sentir algo apertando dentro do meu peito.

— Então, está me dizendo para esquecer Jodi?

— Não é nada disso — afirmou minha mãe. — Estou dizendo para não se esquecer de si mesmo. Tomar a decisão que é melhor para você. É simples assim. — Olhei para minha mãe, para a enorme estante de livros elevando-se atrás dela, os volumes de Marx, Freud e Spinoza, todos aqueles livros caros de autores judeus com encadernações gastas. — Jodi é uma garota maravilhosa — repetiu ela. — Você sabe como gostamos dela.

Não me lembro da cronologia exata de toda a palhaçada relacionada ao restante do Ensino Médio. Fui aceito naquela última universidade da costa leste e em Santa Cruz, é claro. Isso é tudo de que você precisa saber.

O que devo contar é sobre uma noite em particular, uma semana depois da conversa com a minha mãe. Era uma sexta-feira e meus pais tinham viajado para participar de uma conferência. Jodi e eu íamos passar o fim de semana brincando de casinha, preparando nossas refeições e transando onde bem entendêssemos. Jodi deveria aparecer em casa depois do treino de vôlei, mas já eram 20h e nada dela.

Quando finalmente ligou, pude ouvir vozes altas ao fundo.

— Oi, amor — disse ela. — Você pode vir me pegar?

Imaginei que Jodi e suas companheiras tivessem começado o fim de semana mais cedo, que talvez ela estivesse bêbada, e isso me deixou excitado. Então, ouvi alguém gritar, uma voz masculina com raiva, e o som de algo batendo.

— Onde você está?

— Em casa — respondeu ela. — Dentro da minha casa.

— O que está acontecendo aí?

— Nada. Uma besteira. Mas é melhor eu não usar o carro.

— Você está bem?

— Estou bem. — Ela soltou sua risada paciente. — Apenas um pequeno drama familiar.

— É um momento ruim?

— Não, eu quero que você venha. Só dá uma buzinada. Vou estar pronta.

Então, entrei no carro do meu pai e fui até a casa dela. Imaginei que a mãe ou o pai dela, talvez os dois, tivessem bebido um pouco além da conta. Quando parei na frente da casa de Jodi, pude ver o novo Mustang na entrada da garagem e um carro que não reconheci, colado no para-choque. O Mustang parecia um pouco torto, e, quando passei por ele, pude ver o motivo: o pneu traseiro esquerdo havia sido cortado.

A porta da frente estava escancarada. A janela de vidro jateado ao lado da porta estava quebrada e os cacos estavam espalhados no seixo rolado no concreto da entrada de automóveis. Caminhei até a porta de vidro deslizante. Da cozinha e da sala dava para ver o quintal dos fundos, onde havia uma pequena piscina. Billy Dunne surgiu no meu campo de visão. Um fiozinho de sangue escorria e pingava de sua mão sobre as lajotas. Segurava um copo na outra mão e olhava furioso para o pai, que estava empoleirado na beirada de uma *chaise longue*. Suaves ondulações azuis ficavam refletindo neles, por causa da luz da piscina.

Billy lhe dirigia um monte de insultos.

— Levanta daí! Levanta! Marinheiro de merda! Marujo de araque da porra!

O sr. Dunne estava com o maxilar cerrado, mas pude ver, pela fumaça saindo em espirais de seu cigarro Newport, que suas mãos tremiam.

Então, ouvi outra voz, uma voz feminina suplicante, e pensei: Jodi, é a minha Jodi! Ela está lá atrás! Achei que deveria fazer alguma coisa, correr para o quintal dos fundos e me certificar de que Jodi estava bem. Poderia me colocar entre os homens e fazê-los se acalmar, fazer as pazes. A adrenalina aumentou e estendi a mão para a porta. Billy Dunne levantou no ar o copo de uísque e o arrebentou nas lajotas, e o som foi como o disparo de um rifle.

Recuei um passo. Houve outro grito. Uma mulher surgiu na cena, seus cabelos loiros presos em um rabo de cavalo.

— Você está estragando tudo — berrou ela. — Está acabando com tudo.

Então, May apareceu e a puxou para longe dos dois homens. O sr. Dunne largou o cigarro e começou a se levantar, mas o filho lhe deu um soco, um golpe leve e rápido acima do olho, e o sr. Dunne desabou de volta na espreguiçadeira. Ele parecia atordoado e indefeso, como uma criança.

Naquele momento, algo dentro de mim mudou. Perdi a coragem. Em vez de seguir adiante e me envolver na briga, eu me virei e corri de volta para o meu carro e me curvei sobre a buzina, acionando-a. Disse a mim mesmo que, se Jodi não aparecesse em cerca de um minuto, eu voltaria lá para dentro. Ao refletir sobre esse momento no passado, analisando-o com distanciamento, fiz a gentil suposição de que eu sabia que a mulher de rabo de cavalo era Sue, não Jodi. A verdade é que eu não tinha certeza.

E, então, Jodi de fato apareceu, essa garota grandona e doce correndo na minha direção. Os cabelos estavam molhados e soltos sobre os ombros.

— Oi — disse ela.

— Está tudo bem? — perguntei. — Eu ouvi uns gritos.

— Ah, é um negócio tão bobo. Vamos embora logo, amor. Pode ser?

— Não sei — respondi. — Eu não deveria...

— Por favor. — Ela olhou para mim, pegou-me nos braços e abraçou-me forte. — Eu te amo — sussurrou. — Eu te amo muito.

Passamos um fim de semana fabuloso fodendo, chupando, fritando e bebendo. Jodi era grata por esses prazeres. Nós dois éramos. Consegui me convencer de que havia mostrado um controle admirável a respeito do assunto. Não cabia a mim interferir na política familiar. E por aí afora. Não estava pronto para enfrentar a realidade, a de que você chega a um ponto em todo relacionamento íntimo em que precisa ser corajoso para avançar para um terreno perigoso porque, se não o fizer, não restará nada a você senão recuar.

Meu próprio recuo se manifestou de uma forma conhecida: comecei a julgar. Os Dunne eram uns bêbados, fracassados, criadores de escândalo deploráveis. Sua péssima educação enfim havia se revelado. E quanto tempo levaria até que Jodi tivesse o mesmo destino? Aqui estava, mais uma vez, o meu preconceito emergindo para me resgatar, a ideia de que eu era superior a Jodi, que minha família tinha mais dinheiro e mais refinamento, que nossa cabeça era mais sofisticada, nosso sangue um pouco mais puro.

Não se trata, portanto, de um draminha escolar retratando os perrengues da adolescência cuja culpa é da manguaça. Minha família estava tão doente quanto a dela, atormentada pela inveja, pela culpa e pela necessidade de discrição, toda a violência silenciosa do subúrbio moderno.

Havia algumas outras coisas que eu poderia mencionar, pequenos atos de infidelidade, mas não tenho certeza se importam tanto. Tratava-se mais de efeito que causa. No verão, decidi regressar para a costa leste para estudar e comecei a ir atrás de outras garotas que estavam de mudança para lá, modelos mais magras que distribuíam em doses fracionadas o consumo que eu procurava.

A pior parte, claro, é que Jodi não usou nada disso contra mim. Ela foi, para o meu espanto, totalmente compreensiva. Entendeu que eu não estava pronto para a felicidade que ela oferecia, que eu precisava me afastar da minha família.

A última vez em que a vi, a derradeira e memorável ocasião, foi no verão seguinte. O sr. Dunne havia construído seu barco. Até havia concordado em deixar Billy — recém-saído da clínica de reabilitação e parecendo arrependido — usá-lo para serviços de fretamento. Eles deram uma festa na pequenina marina pública perto dos pântanos e Jodi me enviou um convite, com um bilhete informando que o pai dela insistiu que eu estivesse lá. Foi um evento animado, com margaritas e pratos de salame fatiado e dança. Jodi aproximou-se de mim e me abraçou. Senti o calor sólido de seus flancos contra meu corpo. A brisa soprou seus cabelos, dourados pelo verão. Era estranho voltar a vê-la justamente porque não parecia nem um pouco estranho. Parecia algo natural, como se nosso relacionamento nunca tivesse sofrido um abalo. Então, May veio até mim e me deu um abraço, e Bill jogou seu chapéu de palha gigante no chão do cais e gesticulou para que eu dançasse em volta dele. Não entendi nada. Essas pessoas não conseguiam enxergar o canalha que eu era?

Depois, ao entardecer, Jodi deslizou de seu lugar ao meu lado para se dirigir à inauguração. Ela e a mãe quebraram uma garrafa de suco de maçã no casco e subiram a bordo para a viagem de estreia do *Jodi May*. Todo mundo soltou gritos de alegria, May abraçou Bill e o restante dos Dunne deu tchauzinho freneticamente. Tive então uma sensação muito estranha enquanto eles se afastavam sob as faixas altas e distantes de nuvens coloridas — como se fosse eu que estava me afastando da terra, da multidão feliz no cais, do vinho e da música, do simples prazer humano proporcionado pelo companheirismo. E é verdade, eu estava.

Isso é tudo por enquanto.

Atenciosamente, em constante arrependimento,
Nuge

20 DE OUTUBRO

Prezado Capitão Queima-largada,

Macacos me mordam. Você restaurou um pouco da minha minúscula fé na humanidade; escreveu-me uma confissão! Eu não achava que iria escrever. Não teria apostado nisso. Teria apostado contra você, para ser sincera. Mas aqui está você. E quando digo "aqui está você", estou falando literalmente. Amo a memória do corpo, como as células conservam a lembrança bem no fundo delas — meus quadris em suas palmas, não era disso que estava falando? Também guardei isso; quando fecho os olhos e me concentro, seu peso, toda sua extensão. Penso em você toda vez que coloco meu casaco, toda vez que alguém veste um casaco. Você ficaria surpreso com a quantidade de casacos que existem no mundo e com que frequência as pessoas os vestem.

Embora eu não esperasse uma confissão, ainda assim estava preparando uma, na minha cabeça. Eu estava tentando descobrir como expor minha vida amorosa — fracassada, condenada? — como algum tipo de épico grandioso no qual eu me encontrava em um determinado momento, talvez cega, e então por um milagre recuperei a visão em, digamos, um transatlântico ou em uma pequena *villa* italiana. Mas aí recebi sua confissão, que foi o primeiro choque, e era sincera, que foi o segundo choque. Você gozou mesmo na própria boca? Nossa! Isso é algo que poderia ter sido omitido, fácil. Mas não, você parecia determinado com esse negócio de sinceridade e, portanto, inspirado (e um pouco estupefato — caramba, vamos refletir sobre a física envolvida nisso em algum momento, tá bom?). Eu lhe devo algo sincero.

Acontece que não sou fã de sinceridade. Prefiro mentiras bem contadas. Então, estou numa situação difícil. Não há transatlântico ou pequena *villa* italiana no meu passado. E só tenho um leve astigmatismo no olho direito, que parece permanente.

Toda essa patacoada emocional me deixou paralisada. Não sei se posso lhe contar sobre minha vida — não como você fez com a sua. Quero dizer, uma coisa é sugerir fazer sexo em um armário de casacos da chapelaria com alguém; outra é falar de verdade sobre o próprio passado. Eu. Jane. Essa mesma garota que sentia atração por garotos de Asbury Park, que morava com os pais tristes. Eu era uma garota triste? Será que odiei minha juventude?

E, sem ofensa, mas pelo pouco que conheço de você a sensação que me dá é que você pode começar com a corda toda, mas, quando chegar a hora de comparecer, é provável que dê para trás e tire o corpo fora. É isso mesmo? Essa confissão são só mais preliminares? E, no último minuto, você vai tirar a camisinha sabor mirtilo e ir para casa, Johnnie?

Cautelosamente,
Jane

Prezada Jane Calamidade,

Ah, não, nada disso. Trato é trato, mocinha. O acordo exigia uma confissão, de farto conteúdo escabroso revelado, com a opção de 1 (uma) sequência pornográfica de brinde. Nós dois assinamos.

Obrigações legais à parte, estou decepcionado. O Nuge está decepcionado. Ele recebe o envelope. Vê a letra à mão. E fica… bom, o Nuge está vibrando de empolgação a esta altura. O Nuge criou *expectativas*. E, então, ele abre a carta, o Nuge a abre, e, sabe, ele não está esperando um *Orgulho e preconceito* nem nada assim, mas tudo o que recebe é um arrotinho tímido na forma de um bilhete. Leva talvez um minuto para ler, um minuto extremamente confuso.

Agora, dê uma mãozinha ao Nuge aqui, porque ele ainda está tentando entender isso direito: ele impede a si mesmo de mergulhar no *sweet wang dang* no armário de casacos da chapelaria e confessa que rompeu com a namoradinha do colégio e de repente… ele representa risco de fuga?

Hã?

Não.

Não, não, não.

O Nuge reconhece uma isca quando vê. E esse papinho sobre sinceridade — de que você não é fã de sinceridade. Prefere uma mentira bem contada? Cara, você realmente sabe como bajular um Nuge.

Ou, espere, deixe-me colocar desta forma: eu senti em algum nível essa pele sob a pele. Conheço um pouco sua boca. Não há nada que você *queira* me contar, algo sujo, adorável e verdadeiro?

Não me faça pegar o arco e a flecha,
Nuge, dando uma cutucada

MICHAEL HANRAHAN

27 DE OUTUBRO

Robin Hood Pervertido,

Bem, agora o imaginei com uma besta, usando meias-calças verdes. Sei que Robin Hood não usava meias-calças, mas a imagem, embora lamentável, não pode ser desfeita. Tenho certeza de que você está em uma missão de caridade, forçando-me — subitamente uma espécie de Jane Austen andando nervosa de um lado para o outro em um pequeno aposento com a pena empunhada — a desembuchar de imediato. Vou fazer isso. Promessa é dívida.

Eu adorava garotos — que tal isso? Um começo simples. Adorava os quadris esbeltos, os peitorais musculosos e sem pelos, os colares — muitos chifres italianos balançando nas cavidades das clavículas —, os passos galopantes, os furos inflamados, os lábios macios e úmidos, e os olhos lacrimejantes — alguns já profundamente sentimentais. Eu os amava de um ponto de vista biológico primitivo; eu os amava por causa de uma inclinação interna, um desejo ardente impresso em meus genes, talvez transmitido por minha mãe, atrofiado (e bastante polido também) pela necessidade de romance dela. Eu os adorava como se fôssemos um país em guerra, como se eu fosse uma enfermeira (e não uma enfermeira à la Jodi Dunne com um lenço de papel, não!), uma enfermeira com o coração dolorido e ferida a bala.

E às vezes, admito, fui compelida por um impulso maternal arrebatador. Não tive escolha. Garotos, eles são o lar da minha juventude. Não um belo jardim gramado e uma casinha azul no subúrbio na costa de Jersey, não o gueto de Asbury Park onde eu passava muito tempo. Não, o lar da minha juventude são os corpos dos garotos, esparramados, adoráveis, esse é o lugar onde fui criada.

Assim, seu corpo no armário de casacos da chapelaria foi uma espécie de regresso ao lar. Consegue ver como isso seria verdade? Confundo homens com lar, e nenhum deles — meus homens, meu lar — compartilha as versões do *Saturday Evening Post* do puro sonho americano. Não haverá nada ao estilo Norman Rockwell relatado nestas páginas.

Vou começar com salas de aula mofadas de janelas abertas, primavera, lama e o vigoroso pólen das flores das macieiras. Você tem razão. É um lugar tão bom quanto qualquer outro, embora os porões venham logo a seguir. O porão remodelado com acabamento de painéis de madeira — foi projetado exclusivamente para tatear? Eu já tinha tido o que chamam de namorados — garotos da vizinhança, gordinhos, esguios e educados. Mas Michael Hanrahan é o verdadeiro começo, porque também representou o fim de outra coisa.

Eu gostava dos mesmos cinco garotos de que todas as garotas da nossa escola gostavam — Kevin, Joe, Mark, Mark e Eric. Mas meus gostos acabaram se tornando meus mesmo. E cada vez mais me voltava para os tipos fofos e durões. Não preciso discorrer sobre isso. Acho que você sabe — meio cafetão, meio liga juvenil. Esse sujeito — Michael Hanrahan, moicano, olho roxo, ligeiro bigodinho, cara fechada estudada — apareceu do nada, já plenamente desenvolvido (sem histórico de aparelho ortodôntico ou de ter vomitado na aula de Educação Física ou de ter sido dispensado por uma líder de torcida popular), transferido de um lugar exótico: Ohio.

Frequentávamos o superestimado Colégio Imaculada Conceição (não ria; é tão impróprio). Era um enorme edifício moderno inspirado por um Jesus folclórico dos anos 1960, em cujos corredores movimentados nos misturávamos em meio a freiras de estilo moderno que se vestiam como civis. Definhávamos, impotentes, presos em carteiras e orando antes de cada aula. (No entanto, havia algo nessas orações, nesse definhamento e nessas orações, que era bom para mim. Parte disso se instalou em minha alma, talvez. Uma fina camada sedimentar lá embaixo em algum lugar.) A má notícia: nossos uniformes nem eram xadrez e plissados como uma fantasia de stripper colegial. Sinto muito. Eram saias evasê verdes espinha de peixe com blazers de poliéster. Num lugar desses, alguém poderia pensar que uma bela jovem de uma casa medíocre floresceria ou pelo menos não se envolveria com pessoas como Michael Hanrahan. Eu deveria estar com um garoto que estava saindo da faculdade, mais parecido comigo ou melhor que eu — o filho de um dentista. Isso, sim, teria mostrado alguma ambição real.

Deveria ter saído com alguém mais parecido com você, eu acho, embora minha família decerto tivesse mais a cara dos Dunne. Não, pior que eles. Meus pais não bebem, mas há a questão inegável de classe e dinheiro, além de uma privação da qual minha mãe estava especialmente ciente.

Mas eu não estava no top five de garotas que causava a todo garoto do Ensino Médio ânsia de vômito e sudorese quando me aproximava deles. Ainda não era bonita — eu desfrutaria de alguns anos particularmente bons em tal quesito lá pelos vinte, vinte e poucos anos —, mas isso não era um grande problema. Os meninos da minha escola, até onde eu sabia, estavam atrás de uma coisa. Constância. Não era, via de regra, em relação às garotas mais bonitas que eles se comportavam como uns verdadeiros homens das cavernas ou às mais vadias, na verdade, mas às que pareciam continuar iguais dia após dia, que sempre diziam exatamente o que você acharia que fossem dizer.

Acima de tudo, eu estava entediada. Arriscaria passar vergonha pela possibilidade de algo acontecer de fato, daí minha tagarelice. Fiquei pasma com a completa estupidez do mundo quando comecei a entendê-lo: o "nossa, como eles crescem rápido", os exames de preencher a bolinha com a alternativa correta, as autorizações para transitar pelo corredor de aula, as expectativas do diretor do coral de que cantássemos de mãos dadas. A todo momento mais e mais coisas assim surgiam — fala sério, votação para rei e rainha do baile? O casal mais fofo? Só pode ser brincadeira!

Michael Hanrahan era algo que eu esperava que pudesse acontecer. Na verdade, esperava que ele explodisse feito uma bomba na minha vida, destruindo quase tudo, exceto eu, ainda de pé, embora chamuscada e zonza.

Eu tinha dezessete anos, estava no último ano e apenas começando a ter um pressentimento de que as coisas estavam erradas. Comecei a refletir sobre o que acabaria rotulando em uma dissertação universitária excessivamente zelosa e desajeitada para uma turma de graduação em Estudos Feministas de Guerra da Autoestima. (Peço desculpas desde já pela fase apaixonada e idealista que ainda está por vir. Se serve de consolo, a fase apaixonada e idealista é necessária para o cenário *ménage à trois* que se segue. Então, tentarei não pesar a mão com a filosofia e prometo — em uma confissão futura; se continuarmos com isso, quero dizer — cenas lésbicas, expressas de maneira poética.) Eu acabaria por defini-la como uma trama arquitetada pelas mentes medíocres de administradores de escolas de Ensino Médio desesperados e bem-intencionados. Veja, os adolescentes outrora eram autorizados a ser criaturas sexuais. Estavam em boa idade para casar. Quando o tempo pôs fim a essa noção, o desejo natural de fazer a coisa dar certo ainda trouxe consequências naturais — gravidez. A pílula apareceu, então tiveram que inventar outra coisa. Por um tempo, houve muita gritaria e dar de ombros diante da calamidade: a deterioração da sociedade por meio da moral frouxa de garotas do Ensino Médio usando batom com gloss e minissaias. A educação sexual em instituições como o Colégio Imaculada Conceição era, a essa altura, ensinada por um padre do tamanho de Danny Devito que cheirava a cabra. Era uma mistureba de sermões sobre pecado — a prostituta/Madonna pressionada pelas colegas a dançar conforme a música no grupo. A narrativa do pecado estava perdendo efeito na época em que eu apareci, e os diretores do Ensino Médio adotaram uma nova mensagem: meninas fazem sexo com meninos porque carecem de autoestima e buscam aprovação e amor, que são insuficientes em suas vidas. A Guerra da Autoestima era um golpe baixo. Ela possibilitava julgar não apenas a capacidade de autocontrole de uma garota. Não, dava permissão às meninas para criticarem e incitá-las a escarafunchar a alma umas das outras. *Você é insegura?*, questionava. *Você gosta de si mesma? Você é a garotinha triste e perdida da qual todos deveríamos sentir pena?*

Lembro-me de gente como a sra. Glee, minha professora de Ética, uma ex-freira, e o irritante sr. Flint, ajeitando a deplorável e amarga coisinha bizarra em sua cueca samba-canção. Patrulhavam os corredores; a esbaforida determinação da diretoria, avançando para nos pegar, estimulada por seu próprio desejo, de fato, um pelo outro, por nós, os belos corpos que tínhamos então, maleáveis e animados, e suas cabecinhas limitadas repletas de tristes arrependimentos.

Eu era virgem, mas isso não era algo de que eu me admirasse. Não estava interessada no conceito todo de pureza. (Nenhuma surpresa até aí, hein? Fico pensando em mim mesma no armário de casacos da chapelaria e me perguntando que impressão não devo ter passado. Estava sendo meio agressiva? Cheguei de fato a falar algo sobre recapitular as regras: "Eu serei a mulher e você será o homem"? Gostaria de jogar a culpa de parte disso no vestido. Essa péssima encenação de planta carnívora empenhada em devorá-lo. Claro, não estou culpando as roupas pelo meu comportamento, sou melhor que isso. Só um pouquinho.)

Meu grupo de amigas era um tanto eclético — garotas solitárias que se juntaram. Tula era linda, mas grega, então não podia fazer muito a respeito disso. Amy era bem alta e quieta, e simplesmente dava as caras e nos seguia para lá e para cá, o que não tinha problema algum. Jillian era loucona, mas morava a duas cidades de distância, então eu nunca a via, exceto na escola.

Digo o seguinte sobre as minhas amigas do colégio: eu não era muito amiga delas. Basicamente, elas eram garotas, e é difícil, para mim, ter amizade com um grupo de garotas. Não sei o que minhas amigas queriam para si, mas eu desejava uma vida preenchida e caótica. A casa dos meus pais era arrumada e claustrofóbica. Tenho a impressão, pelas fotos antigas, de que minha mãe já foi espalhafatosa e porra-louca, mas já desde as primeiras lembranças que tenho havia deixado de ser. Ela tinha um temperamento nervoso e frustrado, e perdia a paciência muito fácil com tampas que não conseguia abrir. Minha mãe afirma que já foi campeã da equipe de debate, mas nunca me pareceu algo plausível. Embora, se assim fosse, era porque seu permanente estado de inquietação arrastasse todos os demais — empenhados em ser estáveis e racionais — para discussões acaloradas. Talvez fizesse perguntas óbvias, mas confusas, em voz alta, com uma determinação furiosa, do tipo que confundiam com uma convicção inquestionável. Ela poderia apresentar seu argumento com um tom ameaçador que diz "se você não concordar comigo, vou te dar um beliscão na perna por baixo da mesa e os outros nem vão reparar". A vida dela não foi projetada para conversas intelectuais, pequenos concertos e *linzer torte*, tão presentes em sua juventude. Não sei como minha mãe teria se saído com os dois primeiros — ela poderia não estar muito aberta a minióperas ou Marx/Freud/Spinoza, mas, minha nossa, como teria gostado de *linzer torte*! E ela sabia que *linzer torte* existia em algum lugar, e isso a consumia. (A intenção aqui não é reduzir sua infância a conversas, óperas e sobremesas sofisticadas. Escrevo isto meramente para fins de comparação. Redução não é o que estou buscando e não é o que você ofereceu, de modo algum. Nem um pouco.)

Meu pai, um homem religioso (na verdade, quem sabe até o Santo Padroeiro do Troco Exato das Cabines de Pedágio?), engravidou-a, o que os forçou a se casarem. Ela vinha de uma família rica, diferente dele. Minha mãe parecia uma lâmpada arredondada e brilhante, e meu pai era a mariposa exausta que ficava batendo constantemente contra ela.

Fomos ensinados que os meninos fazem sexo porque a sensação é boa; não há como detê-los. E aqui temos o exemplo mais lógico. Quem poderia ter detido Michael Hanrahan? Teria sido antiamericano tentar. A diretoria se propôs a curar as garotas de sua trágica deficiência, essa fraqueza não devido ao prazer ou mesmo por causa de um inevitável anseio biológico, mas pela aceitação. Eu tinha apenas uma vaga ideia, um sentimento de ser acusada injustamente, embora ainda fosse virgem com certa relutância.

A sra. Glee e o sr. Flint, desanimados por mais um ano letivo castrador, debruçaram-se sobre seus livros. Era fim da primavera e lá estava eu, os olhinhos brilhando, os quadris vibrantes e o coração batendo forte, pronta para ser deslumbrada por guitarras barulhentas e motores roncando, ansiando por isso. Eu havia rezado pela aparição de Michael Hanrahan, por uma libertação dessas coisas insuportáveis. E Deus respondeu às minhas orações.

Seus pais se mudaram de Ohio de volta para a cidade natal, Asbury Park, por razões desconhecidas. Michael Hanrahan acabou sentado na minha frente na torturante aula de Ética da sra. Glee. Toquei seu moicano, de penugem macia, então pedi desculpas como se tivesse esbarrado com ele nos corredores.

Michael Hanrahan se virou e disse:

— Tranquilo. Por mim, tudo bem.

Naquela tarde, ele se ofereceu para me dar uma carona, mas não me levou direto para casa. Dirigimos por Asbury Park — o Adriático com seus velhos frequentadores de chapéus de pesca, ouvindo música ambiente sob claraboias com vazamentos, o campo de minigolfe coberto de vegetação exceto por trechos de carpete interno/externo, hotéis parecendo lares de idosos do Leste Europeu, o cassino fechado, o antigo carrossel, a casa de diversões abandonada, oficinas de automóveis, autopeças, lojas de pintura e interiores, placas como "O point noturno mais badalado de Nova Jersey: fechado"; a velha estátua grega: o Patriarca da Graça Eterna ou é Amor Infinito? Tudo o que sei é que o cinema adulto estava prosperando e o mar era o mar, vasto e azul, a vista mais vasta. Era uma decadência exuberante. Tal como eu me sentia em relação às coisas.

No dia seguinte, andamos mais uma vez de carro e, desde então, virou um hábito. Nós nos encontrávamos com os amigos dele da escola pública. Eram garotos que chamavam carinhosamente uns aos outros de "maricas" e "filhos da puta". Eu gostava deles, e eles acabaram se acostumando com a minha presença. Me chamavam de BB. Não sei ao certo por quê.

Quando estávamos só Michael e eu, eu conduzia um interrogatório contínuo. Queria saber como era a vida dele. Eu tinha essa intuição investigativa disfarçada da Connie Chung sobre tudo aquilo, o que era errado, o que pode ter sido a pior coisa. Tentava viver o momento, mas fingia ou tentava fingir que aquilo não era real. Estava inserida ali como observadora. O problema era que Michael dificultava aquilo. Ele não gostava de perguntas, não falava sobre os pais. Tinha um irmão mais novo que gostava de Debbie Gibson e por isso o ridicularizava sem qualquer dó sempre que o assunto família vinha à tona. Se eu reclamasse dos meus pais, Michael diria apenas: "É, aham. Sei bem como é". Às vezes, passávamos de carro pela frente da casa dele. Michael apontava a residência para mim. Ficava espremida numa fileira de outras casas malcuidadas.

— Estamos alugando — alegava ele.

— Você vai voltar para Ohio?

Michael deu de ombros.

— Um dia, talvez.

O pai não trabalhava. A mãe trampava em uma delicatéssen. Eu a conheci por acaso. Michael precisava de algo de seu quarto — dinheiro, uma borracha, uma ponta de beck, sei lá o quê. E a mulher estava voltando para casa do emprego, o avental pendurado em um braço.

Ela parou junto do carro.

— Você deve ser a namorada de Michael — falou. A mulher abaixou a cabeça perto da janela aberta. Cheirava a presunto no mel e pepperoni. Apertamos as mãos e a dela continha a oleosidade do queijo. Presumi que Michael tinha vergonha da mãe. Mas então ele apareceu e caminhou até ela, perguntando:

— Vocês se conheceram? — Assentimos. — Estamos indo — continuou. — Vou dar uma mão amanhã de manhã. — Então, ele a beijou na bochecha. Foi a coisa mais chocante que já vi. Michael beijou a mãe, ali na minha frente, na rua, para todo mundo ver. Quase comecei a chorar. Já tinha certeza de que provavelmente faria sexo com ele, mas isso serviu meio que como uma confirmação para mim. Assim que entrou no carro, esquivou-se das perguntas, aumentou o volume do rádio e dirigiu em alta velocidade.

Naquela noite, estacionamos perto de uma fileira de árvores em uma estrada solitária. Lembro-me de nossa foda iluminada pelo rádio, de como o carro, hermeticamente fechado, estava tomado de vapor que nem um banheiro fica com a água quente do chuveiro, que só me fazia pensar em minha mãe, seu corpo inchado, uma salsicha esticada, balançando-me na beira da banheira. É o que você faz com uma criança quando uma crise do crupe resolve atacar no meio da noite. O carro estava quente assim. Deu-me a louca e gritei. Não era um orgasmo. Estava gritando porque precisava gritar. (Na verdade, eu trocaria agora um orgasmo — tão acessível, de verdade, neste momento da minha vida — por aquela outra liberação inominável.)

Esse foi, creio eu, o sexo mais puro da minha vida. Michael não dava a mínima para o meu orgasmo, e eu não dava a mínima para o dele ou para o meu. E eu não estava nem fingindo nada disso. Ainda não tinha consciência de mim mesma o suficiente para fazer esse tipo de teatrinho ou, pelo menos, não um que fosse mirabolante. O pinto dele, por exemplo, era isso e ponto-final. Não era estranho ou comum. Simplesmente era, por Deus. E isso não é lindo? O que estou querendo dizer é que Michael e eu éramos dois corpos, grosseiros, espontâneos, livres das noções de como o sexo deveria ser. Não havíamos conquistado um ao outro ou dominado um ao outro. Nossos corpos eram belos, escorregadios, quentes, e a umidade e o calor por si só eram uma surpresa, uma doce e impressionante surpresa.

Após o ato, descansei a mão no peito bronzeado dele. Começou a chover, e Michael me levou para casa, passando por igrejas não higienizadas, silos enferrujados, um homem recolhendo com uma pá um guaxinim na beira da estrada.

Permaneci parada na frente da minha casa depois que Michael foi embora. Minha mãe costumava ficar sentada olhando para a rua. Durante o dia, ela podia observar as crianças brincando de amarelinha e, à noite, as janelas com franjas vermelhas do estilo Chinoiserie na esquina, casais curvados juntos sob o brilho opaco. (Absorvi o desejo da minha mãe.)

Naquela noite ela ainda estava lá, esperando-me, com seus braços pálidos e roliços empoleirados na janela aberta. Mas, quando cheguei, o rosto dela deslizou para dentro. Para falar comigo, ela teria que falar sobre si mesma, e minha mãe não estava disposta a fazer isso. Sua vida era frágil — eu já podia ver isso.

A lâmpada de fiação exposta do porão brilhava através das janelas; e a casa escura, iluminada por ela, parecia pairar pouco acima da terra como uma nave espacial. Meu pai permaneceu no subsolo, seus dedos manuseando habilmente as engrenagens dos relógios e os fornos de outras pessoas, um trabalho paralelo. Pelas janelas abertas do andar de cima, minha mãe sussurrou, insistente:

— O que deu em você? — Olhando para trás agora, era assim que ela costumava introduzir uma pergunta. — O que deu em você, parada aí fora desse jeito?

— Estou dando um tempo.

Não queria entrar. Eu era outra pessoa agora. Sentia como se tudo tivesse mudado. Tudo levava a crer que a casa iria se erguer do chão com o som do resmungar de telas e telhas, cascatas de terra derramando-se e uma nuvem de poeira. Isso não aconteceu. Meu pai puxou a corrente para apagar a lâmpada do porão e acendeu a luz da varanda da frente. Ela ardia tal qual uma pera dourada, como uma fruta incandescente.

E, então, naquela primavera do meu último ano, tornei-me a garota que você vê andando com um bando de garotos: chapada, açoitada pelo vento no banco de trás do carro. (Uma mercenária, uma enfermeira carinhosa, uma mãe, um anjo. Meu pai disse uma vez: "Seja gentil com os garotos. Eles não são tão durões quanto parecem. Não os magoe". Ele estava bêbado, confuso. Havia feito um talho no dedo com uma faca de cortar frutas. Eu tinha doze anos. Prometi que sim.) Algumas pessoas desenvolvem dupla personalidade; eu desenvolvi uma dupla paisagem, ignorando os aspersores programados e as calhas recém-pintadas; as caixas de correio com bandeirinhas vermelhas eretas; a passarela, gasta e apodrecendo, presa por pregos enferrujados; o *clique-clique-clique* da montanha-russa e seu motor barulhento, seus cintos de segurança desgastados e arrebentados; o mar cinzento e nauseante e o grasnar frenético das gaivotas, e o que isso significava para mim: o terreno dos garotos.

Michael me levava para onde quer que ele e seus amigos fossem. Os caras me aceitaram — Tony, Victor, Marty. Para eles, eu era a exótica, destinada à universidade. Michael Hanrahan, eu nem sabia na época que ele estava fadado a se tornar, não sei, um motorista de ônibus de Atlantic City? Ofereci alguns pequenos consolos do corpo. Fiz malabarismos em janelas de carros na via expressa, mostrando os peitos.

Agora que era a namorada de Michael Hanrahan, eu tinha essa nova aura. Minha minissaia escama de peixe era muito curta para estar dentro das normas, mas foda-se, e aquele blazer de poliéster — recusei-me a usá-lo nos corredores mesmo quando isso significava detenção. As pessoas agora cochichavam sobre mim — uma pequena batalha na Guerra da Autoestima. A garota grega foi a única que continuou andando comigo, principalmente porque ela tinha sede por informações que fizessem de mim sua CNN do sexo. Imagino que a maioria das meninas bem-comportadas sentisse pena de mim. Será que faltava autoestima a mim ou a elas, abandonadas em seus quartos, úmidas e apáticas? A resposta é que todas nós carecíamos. A diretoria estava parcialmente certa. O amor era insuficiente. Mas isso é sempre verdade. Trata-se da condição humana. Não me arrependo das minhas decisões. O capô quente de um carro está impresso na memória da minha bunda, e esse foi um tempo bem aproveitado.

Porém, a diretoria do colégio continuou tentando. Eles sacaram da cartola um arsenal de recursos audiovisuais. Estavam perdendo a batalha, eu não era a única evidência. O que antes havia sido a inspiradora história de uma mulher sem braços (que conseguia aparar a franja dos filhos, assar um bolo, misturar a massa, matar mosca, tudo com os dedos dos pés) foi substituída por produções como *Cathy, Cathy!* sobre uma garota promíscua que precisava de amor e um jogador virgem de futebol americano persuadido a fazer sexo com ela em uma van. Você estava olhando os nus de Gauguin enquanto os projetores eram levados para nossas salas de aula abafadas e polvilhadas de giz. Com as luzes apagadas, a sala adquiria uma atmosfera de banco traseiro de um carro, a expectativa de carícias. Os recursos audiovisuais foram contraproducentes.

Após a aula, a sra. Glee me seguiu no caminho até a porta.

— Quero conversar com você. — Mas a mulher não tinha nada a dizer. Foi vaga em seus questionamentos. — Tem alguma coisa errada? Precisa de ajuda?

Eu a encarei. Seus dentes cerrados, a mandíbula inferior projetada para a frente, sobrancelhas unidas na testa, uma preocupação manifestando-se no nariz.

— Não — respondi. — Estou tão bem quanto você. Estamos todos fodidos.

— Não fale desse jeito comigo! Estou lhe estendendo a mão.

— Não tinha um comunicado dos professores sobre isso?

— Eu deveria mandá-la para a detenção.

— Tá, mas, na sua opinião profissional, você acha mesmo que isso ajudaria?

Estou orgulhosa disso agora — dá para perceber. Eu não tinha vocabulário para nada disso na época, mas achava a coisa toda uma verdadeira palhaçada.

Não acredito que Michael Hanrahan me amasse. Eu o deixava confuso. Parecia surpreso ao me ver toda vez que eu saía de casa e entrava no carro dele. Eu iria para uma pequena faculdade católica algumas horas ao sul no outono, e Michael sabia que não havia sentido algum em se apaixonar por mim. Mas o que caiu de amores um pelo outro foi a união de nossos corpos, com fisicalidade cega, o que alguns diriam que não é amor, mas que tenho certeza de que aos dezessete anos é.

Uma tarde, ele deveria passar na minha casa, mas não apareceu. Esperei uma hora e liguei para o número residencial dele. Uma velha atendeu, não era uma voz que eu reconhecia. Perguntei se Michael estava lá.

A velha afastou-se do fone. Houve sussurros. Então, ela me perguntou:

— Qual deles? O Michael mais velho ou o Michael mais novo?

— O mais novo, eu acho. — Não sabia que havia dois.

A velha abafou o fone dessa vez. Houve um longo silêncio e então ela retornou à ligação.

— O pai dele faleceu esta manhã, querida. Tem sido uma longa batalha, que ele descanse em paz.

Eu não fazia ideia, é claro, de que o pai de Michael estava morrendo. Fiquei passada.

— O pai dele faleceu?

— Sim, querida. — A mulher parou por um instante, alguém estava falando com ela mais uma vez.

— Você está aí? — Era a mãe dele.

— Sim.

— Ah, é você. — Ela sabia que era eu? Nós nos encontramos apenas uma vez, e eu raramente ligava para a casa deles. — Ah, tem sido horrível. — Sua voz falhou. Agora a mãe de Michael estava chorando ao telefone. — Eu o amava. Eu o amava.

— Meus pêsames — falei.

Mas parecia que ela havia abandonado o telefone e então alguém o desligou.

Encerrei a ligação também e fiquei parada ao lado do telefone de disco, minha mãe andando pela cozinha, falando sobre a coleção de álbuns de calipso afro-caribenho do meu tio Jack. Meu rosto estava desfazendo-se, desmoronando, de queixo caído.

O pai de Michael estava morto e eu nem sabia que o sujeito estava doente. Uma vez, depois de fazer sexo no carro, Michael emitiu um som estranho, um latido abafado. Presumi que fosse algo sexy ou que se faz mesmo após a transa. Mas agora eu sabia que era um choro contido. Durante esse tempo todo, os longos passeios de carro, o rádio e o suor desesperado, o pai dele estava morrendo. Eu queria contar para minha mãe.

Ela se virou para mim, mordendo o lábio com batom.

— O que foi? — perguntou.

Dei de ombros.

— Nada. — E eu a deixei na cozinha.

Michael ligou naquela noite. Pediu para eu ir ao funeral. Parecia diferente, alterado pelo luto, ou talvez fosse apenas minha percepção, talvez sempre houvesse a presença do sofrimento em sua voz em alguma medida. Eu só nunca tinha notado.

Não queria ir ao enterro. Havia comparecido ao funeral apenas de uma tia idosa — a feliz despedida reservada para os extremamente velhos e não tão amados —, que estava mais para um reencontro de parentes que para um funeral. Ainda assim, deixara-me desconfortável. O cadáver embelezado para a derradeira ocasião especial. Mas eu tinha que ir.

— Claro — respondi. — Farei o que você quiser.

O funeral consistiu em uma modesta reunião, principalmente de familiares. Michael estava na fila de recepção. O moicano havia crescido e ele havia aparado os cabelos até ficar com um sóbrio corte militar. Parecia magro em seu terno rígido nos ombros, corajoso, atento, de prontidão. Mal o reconheci.

A princípio, ele não me viu. Sentei-me em uma cadeira nos fundos e observei sua mãe que estava ao lado do caixão. A irmã gêmea de Michael — ele também nunca me contara sobre isso —, sua gêmea idêntica, aproximou-se por trás da mãe e as duas se abraçaram, embalando uma à outra. Permaneceram assim por muito tempo.

Michael finalmente me viu. Eu acenei e ele indicou com a cabeça que eu fosse até lá. Furei a fila, ignorando as pessoas nela organizadas.

— Fique ao meu lado — pediu ele.

Balancei a cabeça.

— Acho que é para familiares. Eu não deveria.

— Eu quero — insistiu ele. — Fique aqui, só isso. — Era um sussurro, mas saiu de sua garganta com dificuldade. Eu estava com receio de que Michael pudesse chorar. Fiz o que ele pediu.

Foi nessa hora que percebi o quanto me parecia com Michael Hanrahan. Nós dois éramos magros com grandes olhos verdes. Tínhamos rosto redondo e nariz pequeno. Foi confuso. Os amigos e familiares procuravam me identificar naquela situação. Dava para vê-los vasculhando as linhagens, buscando a irmã de Michael. Não, não, ele não tem outra irmã, só um irmão mais novo que estava deitado na última fileira, cantarolando alto. Tive que oferecer esclarecimentos sobre quem eu era, mas foi surpreendente ver quantos só queriam me abraçar. Eles me envolveram em seus braços. Tinham um cheiro doce, o hálito de menta misturado com chiclete. Expressaram-me enfaticamente suas condolências pela minha perda. Sorriram para mim com profundo lamento e ardor. Diziam: "O tempo vai curar essa dor". Falavam: "É difícil quando se é tão jovem".

E aceitei tudo. Sabia que estava me apropriando, mas aceitei assim mesmo. Eu respondia: "Obrigada. Sim, sim. O tempo". Dizia: "É difícil. A perda". E tudo isso era verdade. Concordamos nesse ponto, sr. Motor City Madman. Esses anos são difíceis. Não são um mar de rosas. São dolorosos, solitários e intensos, e eu estava lidando com a perda e procurando compreendê-la. As coisas estavam ruindo.

Michael e eu duramos o verão, mas parecíamos marcados pela tragédia agora. Um dia, estávamos bebendo vinho de má qualidade, surrupiado do porão de alguém. Era uma festa de despedida, eu acho, para mim. Estávamos nos aproximando do fim, do verão, sim, e o encerramento de tudo para mim. Houve uma briga. Um rosto ensanguentado. Um garoto correu para a floresta. Braços estendidos. Um cambaleando na praia, chamando-o. (Veja, eles se adoravam. Soltavam gritos e uivavam um para o outro.) Um deles desmaiou. E Michael estava comigo debaixo de uma árvore em uma toalha de flanela. Eu estava montada nele. Era algo tão belo, e, quando terminamos, ele cantou "Amazing Grace". Já o tinha ouvido se esgoelar com a letra, sua voz abafada pelo pulsar grave do baixo, mas nunca o tinha visto cantar. Sua voz era rascante, mas agradável.

— Você cantava no coral da igreja?

— Não, você sabe disso. Sabe tudo sobre mim.

Mas eu não sabia. Em todos os meus interrogatórios, não consegui extrair coisa alguma. Não falei nada. Estava respirando com tranquilidade no pescoço dele.

— Por que não fica aqui? — perguntou Michael. — Por que não esquece aquela faculdade?

Assim que ele fez a pergunta, percebi que a estava esperando. Sei que ele queria que eu dissesse: *Como eu sobreviveria sem você? O que a gente tem é muito bom. É difícil encontrar algo tão bom assim.* Mas, apesar de eu não ter experiência e embora meus pais não servissem como um grande exemplo ou representassem exatamente o que havia lá fora no mundo, eu tinha ideia de que o que tínhamos era muito fácil de se obter. Sentei-me, os seios à mostra, o tecido da saia amontoado na cintura, e observei os outros garotos, e não poderia mantê-los seguros para sempre. Meninos eram perigosos. Cada um deles estava brilhando, iluminado por dentro; suas almas eram tochas. Eu precisava deixá-los seguir em frente, deixar tudo para trás, e foi difícil fazê-lo. E talvez até naquele momento eu soubesse que era errado deixar tudo para trás, apesar da retórica contrária. Eu adorava aquilo: a terra, o vinho ruim, a pele, os carros, os pneus cantando, o rádio estridente, chiando. Mas já estava observando aquilo com certo olhar de cabeça inclinada. Eu sabia que era outra coisa, que havia um turbilhão maior. O que era? Vou sentir desejo? Vou sentir na pele? Eu estava interpretando. Não conseguia permanecer no corpo, embora tentasse. Eu lhe disse a verdade.

— Vou sentir sua falta.

Michael olhou para mim com uma mágoa desprovida de profundidade. Empurrou-me para longe, fechou o zíper e correu para o carro. Partiu, atirando cascalho nos ares. Um de seus amigos me levou para casa e eu fui embora para a universidade dois dias depois.

Um mês mais tarde, talvez dois, minha mãe me contou que havia acabado de ficar sabendo pelo grupo de bridge sobre o acidente de carro do garoto Hanrahan. Com o rádio no último volume, ele derrapou em um trecho oculto de água em um cruzamento e colidiu com um poste telefônico. Não morreu. Saiu do carro e caminhou para casa, em estado de choque. Apareceu na porta da frente, coberto de sangue, sem o polegar. Minha mãe falou:

— Foi onde a mãe dele o encontrou. Que horror! Uma mãe nunca deveria testemunhar isso!

Não sei como Michael perdeu o polegar. Agora nem sei mais ao certo se foi na mesma noite que disse a ele que não ficaríamos juntos. Pode ter sido uma semana depois ou mais que isso. Mas, seja como for, tinha certeza de que eu era a culpada — o que é, em parte, apenas minha vaidade falando, não é?

Será que a mãe olhou para ele e soube que o amor era a causa? Que eu tinha feito isso com Michael? Aprendi a seguinte lição: o sexo é destrutivo. Não se brinca com o amor. Aprendi que era perigosa, não era confiável. Perguntei-me se meus pais não estavam certos, com seu lado amoroso todo engessado. Talvez os dois fossem espertos. Meus pais não saem distribuindo afeto para os que merecem ou os que não merecem. Eu estava aprendendo que o amor pode me custar caro.

Quem me dera poder confessar outra coisa senão a imagem da perfeição sobre como cresci: nossas bochechas eram rosadas, nossos joelhos pareciam frutas de cera que nunca ficavam machucados. Nossas mães se certificavam de que a água do nosso banheiro permanecesse fresca e límpida, e nossos pais guardavam nos bolsos de trás lenços dobrados com o zelo de um mapa. Mas você está certo a respeito da violência silenciosa do subúrbio moderno. Minha pequena e simpática vizinhança não decepcionava quando o assunto era a cruel realidade: casos, estupro na maciota, cachorro envenenado, uma garota encontrada morta após um sequestro. E havia uma fartura disso em Asbury Park. É por isso que gostava de lá, suponho, e o motivo de ter passado tanto tempo com Michael Hanrahan naquele verão e com as amizades questionáveis que ele optou por fazer. Quando penso no olho roxo e no moicano dele, posso afirmar que reconheci a mim mesma nesse rapaz. Eu me sentia amargurada, e havia algo de reconfortante em alguém que estava disposto a exibir a própria amargura dessa forma. Também achei o olho roxo e o moicano um sinal externo de ter levado uma surra do mundo, por recebê-la e aguentar firme. E essa versão ensanguentada dele? Saí disso convencida de que quase havia matado alguém e que eu mesma quase havia morrido.

E o estou imaginando como um menino em um cais, sentindo-se indigno de amor, ferido por dentro, morrendo um pouco ali, uma pequena parte sua isolada e combalida. Eu entendo. Estou confessando que meu primeiro amor deu errado. Fugi da minha cidade natal e do meu namorado coberto de sangue, sentindo-me destruída, perdida, já arruinada e perigosa. Eu estava instável. (Ainda posso estar instável.)

Quando meninos se tornam homens, sua meninice ainda é aparente toda vez que se entregam um pouco ao momento. Eu me estico contra eles às vezes — saudade de amor é a mesma dor que saudade de casa para mim — e fico maravilhada. É no comprimento de seus corpos que encontro minha casa, minha antiga rua, Asbury Park e todos os seus gritos e uivos — os homens, eles carregam por aí o meu país, a minha pátria, e nem sabem disso. Não fazem a menor ideia.

Ligeiramente escoriada,
A garota de Jersey

EVE

5 DE NOVEMBRO

Prezada Exibicionista da Via Expressa,

Eu estava começando a me preocupar com a possibilidade de você não responder. Mas acho que você estava apenas dando um tempo. Que show essa sua carta. Lendo (e relendo), senti como se enfim tivesse entendido sobre o que Bruce estava cantando anos atrás, antes que ele viesse para a Califórnia e perdesse a alma. Não uma visão romântica e decadente de Jersey, o parque de diversões moribundo que se torna outra diversão, mais perversa, mas o desespero real de ser um jovem atormentado por uma inquietação e inteligente demais para suas perspectivas, buscando intensificar o sexo enquanto a esperança definha. Não pude deixar de pensar naquela música, "Janey, Don't You Lose Heart" (uma balada menor, mas totalmente relevante). E "Sad Eyes". Lembrei-me dessa também, a maneira como a voz dele vai aos poucos adquirindo um tom de lamentação. E, embora eu tentasse não fazer isto, também a imaginei no casamento, ainda à procura do perigo, pela chance de despir o vestido e tornar-se real. Foi uma bela carta.

Tenho umas trocentas perguntas a fazer, mas deveríamos nos dedicar à nossa confissão, não criar mais confusão, então aí vai.

Foi nesse verão que conheci uma mulher mais velha. Soa sofisticado, não? Como eu ansiava por me sentir sofisticado! Tinha dezenove anos. Ela tinha 24. A mulher morava em Hoboken, Nova Jersey — outra garota de Jersey —, e foi para a escola de arte no Village. Era uma artista. Calçava oxfords rasgados e meia-calça preta. Conhecia o sistema de metrô. Havia experimentado heroína. Tinha amigos viciados, amigos que tocavam rock e amigos gays. Tudo isso discuto depois.

O começo foi assim: consegui um emprego como monitor de acampamento. Meu plano original era trabalhar no acampamento para o qual fui em vários anos e onde minha irmã havia sido monitora. Só que havia outras pessoas disputando a vaga na entrevista, e tive que aceitar um trampo em um acampamento diurno perto da minha faculdade. No primeiro dia, tivemos uma reunião de equipe. A sala estava cheia de rapazes e moças como eu: estudantes universitários desocupados. Essa era nossa primeira chance de analisar as perspectivas românticas para o verão. Eu tinha usado uma regata para a ocasião e frequentado a pequena academia que tinham, para ganhar um pouco de músculo. Marnie, a diretora do acampamento, fez com que todos se apresentassem. Percorremos a sala, como de costume. Tudo o que lembro sobre Eve, a monitora de Artes e Ofícios, é que era amiga de Marnie, obviamente mais velha, uma mulher adulta com atitude. Isso a situava em uma categoria separada das universitárias, com sua vigorosa simpatia e rabos de cavalo.

Gostaria de relatar que fui um monitor exemplar, sábio, compassivo, imparcial e assim por diante. Nada disso. Estava mais inclinado a estratégias de ameaça e suborno. Não hesitava em colocar uma criança contra a outra se isso diminuísse a quantidade de supervisão exigida por mim. Talvez o exemplo mais infeliz tenha sido um jogo de Pega Bandeira, durante o qual dois garotos que estavam sob minha supervisão (Corey Gregg e Nicky Slocum) entraram no cemitério ao lado do acampamento e urinaram na cripta da família Pell. Tomei conhecimento disso apenas porque o coveiro devolveu as crianças à minha custódia, com todas as garantias de que seriam punidas. Fiz um acordo com os meninos, em que concordava em não contar a seus pais sobre o ocorrido se eles também não contassem a Marnie.

Nicky Slocum. Moleque rechonchudo e hiperativo. Com seu tubinho amarelo de Ritalina, blusão sujo e narigão agressivo. Como qualquer criança com uma necessidade insaciável por atenção, ele não demorou a se consolidar como um pária. Em nosso primeiro dia como tropa, levei meus meninos a Foothills Park para uma caminhada pela natureza e pedi que fechassem os olhos e me contassem que sons ouviam. Um silêncio tomou conta do grupo. Alguém disse um pássaro. Outra pessoa falou o vento. Um terceiro declarou: as folhas estão farfalhando. E, então, Nicky soltou um peido inacreditável, um verdadeiro vibrato das nádegas.

Menciono Nicky porque ele foi a causa imediata de meu primeiro encontro com Eve. Um dia, depois do almoço, o menino simplesmente desapareceu. A princípio, fiquei aliviado. Mas, conforme a hora da atividade de entrar na água se aproximava, parecia importante que eu tomasse algum tipo de atitude. Fui ao escritório principal, que estava vazio. No caminho de volta, dei uma espiada na oficina de Artes e Ofícios e lá estava Nicky, debruçado sobre uma folha gigante de papel pardo.

— No que você está trabalhando aí? — perguntei.

Dava para ver direitinho no que ele estava trabalhando: uma pintura elaborada retratando uma lula gigante estraçalhando vários espectadores inocentes. O artista atribuiu a cada vítima uma mancha vermelha brilhante. Muitas delas, mesmo aquelas partidas ao meio, pareciam estar gritando. A lula tinha um N no peito.

Nicky me ignorou.

— Olha só, você não pode simplesmente sumir do nada. Sou responsável por você. Se algo acontecesse, tipo alguém o sequestrasse, eu seria responsabilizado. Está entendendo? — Tentei imaginar por um breve momento que tipo de indivíduo sequestraria Nicky Slocum.

— Eu estava com dor de barriga e Marnie disse que eu poderia vir pra cá.

— Tudo bem — falei, com a minha voz de monitor mandão de araque.

— Não saia daí.

Entrei na sala ao lado e lá estava Eve, lavando seus pincéis na pia. Estava vestindo um avental respingado de tinta e shorts curtos. Os cabelos derramavam-se em tranças. Ela parecia mais jovem do que eu me lembrava.

— Oiê — cumprimentou-me. — Você é o John, não é?

— Isso. — Eu me sentia envergonhado por nenhuma das minhas crianças ter participado das oficinas de Artes e Ofícios, porque eu as deixava jogar queimada em vez disso, já que isso as cansava e as tornava mais fáceis de controlar. — É o seguinte — falei. — Nicky deveria estar na piscina. Você sabe, o cronograma de atividades, e ele não avisou ninguém que não ia, então, é claro que eu, como monitor dele, estava preocupado, porque as outras crianças, se a ideia pega…

Eve sorriu. Ela tinha esses olhões castanhos um pouquinho puxados para baixo nos cantos e sobrancelhas estranhamente grossas. Tinha um olhar caloroso e um pouco triste, como um cocker spaniel. Estávamos parados ali, em meio a potes de água colorida, tubos de tinta e corações de papel de cartolina circundados por macarrão.

— Está tudo bem — disse ela.

— Tudo bem?

— Claro.

— Porque eu não tinha certeza. Nicky disse que conversou com Marnie.

Eve sorriu de novo, passou por mim e se agachou ao lado de Nicky, que fingiu não notar. Ela contemplou a pintura dele, cada traço criminoso.

— Isto está bem legal — elogiou. — Quer que eu guarde para você?

— Não dou a mínima — retrucou Nicky.

— Eu acho que deveríamos guardar isso — insistiu Eve. — Por que você não vai se limpar lá atrás?

Nicky, fazendo uma careta para não ser pego sorrindo, afastou-se todo largadão.

— Fofo — comentou Eve. — Um menino encantador. — Ela depositou a pintura sobre uma mesa para secar.

— Você não acha a pintura dele um pouco perturbadora? — questionei.

— Em que sentido?

— Hã, bem, no sentido de que tem uma violência expressa ali, digamos, um desejo de destroçar pessoas, por exemplo.

— Hum — considerou ela. — Não tinha pensado nisso dessa maneira.

Permaneci ali parado, olhando de soslaio para a pele branca e lisa de suas pernas, perplexo. Havia algum tipo de calor crescendo entre nós. Podia sentir o cheiro de uma loção doce na nuca dela. Na verdade, não é tão complicado na maioria das vezes, em termos de química. O corpo sempre sabe. (Você tem sua própria evidência incontestável nesse quesito, não tem?)

Eve me deu uma leve cotovelada nas costelas e sorriu. Era zoeira. Ela estava brincando.

— Ah, saquei.

Eu estava me esforçando tanto, já naquela época, para não parecer um jeca. E Eve estava se esforçando também. O desenho de Nicky era violento e carregado de raiva. Mas também havia um toque de ousadia e esperança ali, no vigor das linhas, no uso da cor. As duas coisas não podiam ser distinguidas entre si — era o que tornava aquilo arte.

Depois disso, comecei a levar minhas crianças para a oficina de Artes e Ofícios. Elas reclamaram no começo, mas Eve basicamente deixou que fizessem o que queriam. Ela não lhes proporcionou nada que pudessem contrariar. Forneceu-lhes tintas para pintura a dedo, canetinhas hidrocor e purpurina, e exortou: "Mãos à obra, meninada!". A vida era assim, essa bagunça colorida. E Eve correndo pela sala de shorts curtos, respondendo aos pedidos urgentes das crianças. *Senhorita Eve! Senhorita Eve! Olha isso! Olha isso!* As crianças conseguem farejar falsidade a quilômetros de distância e perceberiam caso o interesse que ela demonstrava não fosse genuíno. Eve estava absoluta e legitimamente fascinada pelo que elas criavam. Observá-la ajudou a me livrar do manto do dever que eu usava tão desajeitado. Tornei-me, se não um monitor melhor, um pouco menos fajuto.

Você sabe como funciona a partir daqui: o friozinho na barriga, as desculpas para ficar perto dela, as pequenas coisas que se diz. Ainda assim, achei que a paixonite não era correspondida, mesmo após Eve ter me convidado para ir à casa de Marnie, onde estava hospedada. Eu esperava que Marnie estivesse lá, com o marido puxa-saco, Dolf, em algum tipo de festinha adulta.

Mas os dois tinham ido passar o fim de semana em Napa.

Bebemos uma garrafa de vinho e comemos algumas maçãs e queijo. Falamos sobre qualquer assunto que surgia na conversa. Eve tinha uma protuberância no nariz que eu queria beijar. Ela fumava com uma indiferença que achei insuportavelmente sexy.

— Quer ir para a banheira de hidromassagem? — perguntou ela.

— Eu não trouxe traje de banho.

— Não tem problema.

Mesmo com o claro convite, ainda assim, eu não entendia.

Não me entrava na cabeça que uma mulher adulta com um mínimo de equilíbrio mostrasse algum interesse em mim. Quando você cresce à sombra de uma irmã mais velha que é a menina de ouro, quando passa seus anos de puberdade na órbita de todos os amigos de ouro dela, você tende a se considerar invisível para as mulheres mais velhas. Ou talvez não exatamente invisível, mas fora de cogitação, de um ponto de vista sexual. Não é verdade. Lembro-me muito bem da maneira como as amigas de Lisa me tratavam, bagunçando meus cabelos, acariciando meu rosto, roçando em mim; como, meio que de propósito, acrescentavam uma mistura de gestos obscenos com demonstrações maternais que traziam confusão ao caldeirão borbulhante que eram meus hormônios e observavam aquilo se transformar em um desejo aterrorizado — era tudo perfeitamente cruel e amoroso. E, já que estamos expondo tudo, devo confessar que estava profundamente apaixonado pela própria Lisa, e que esse amor era, em grande parte, admiração fraternal, mas também continha germes de uma variedade menos saudável. Falarei mais sobre isso adiante. Não quero fugir do tópico aqui. É tudo o que me mantém afastado do caos quando as lembranças começam a pipocar.

Eve abriu a porta dos fundos e entrou no quintal. Havia um deque de madeira e uma banheira de hidromassagem. Uma luz suave brilhava em algum lugar fora de vista. Eve desabotoou o macacão e o deixou escorregar para o chão. Tirou a camiseta. Despiu-se da pequena calcinha branca. Não havia nada de ostentoso em tais ações. Seu corpo demonstrava um completo relaxamento. Ela dirigiu-se à hidromassagem, para retirar a cobertura da banheira. O vapor elevou-se da superfície da água e agarrou-se ao seu corpo.

— Você não vem?

Concordei com a cabeça.

Sua pele prendeu por um instante quando Eve deslizou para dentro da banheira, e a pálida curvatura de seu traseiro refletiu a luz.

Voltei para as sombras, tirei a roupa bem devagar, dobrei a cueca, as calças, a camisa e o suéter, enrolei o cinto (eu estava vestido com excessiva formalidade) e esperei a porcaria do meu pau amolecer.

Eve fez um som de prazer.

— Está uma delícia.

— Devo pegar algumas toalhas? — perguntei.

— Ah, que droga — resmungou. — Toalhas.

Ela saiu da banheira e caminhou na minha direção. Eu estava no meio do quê, um ligeiro ataque de pânico? Pulei de um pé para o outro, dei uma pequena pancada na minha ereção, coisa que a deixou, maldita seja sua estúpida índole Cro-Magnon, na verdade, mais animadinha. Nunca havia feito algo assim, ficar nu na frente de uma mulher de forma tão casual. Eu não conhecia as regras. Ficar de pau duro parecia, bem, deselegante. O que estava acontecendo aqui? Íamos fazer sexo? Na hidromassagem? Havia vizinhos em questão?

Eu havia me acomodado nesse curto caminho de tijolos perto da porta dos fundos. Eve aproximou-se e parou na minha frente.

— Você está bem? — perguntou. — Isso o faz se sentir desconfortável?

— Não — respondi.

— Não quero que você se sinta desconfortável.

— Nem um pouco.

Eu estava meio curvado, em uma pose fingida, que dizia estar só analisando o lugar para a troca de roupas. Para provar como toda aquela situação estava me deixando absolutamente confortável, endireitei-me. Eu tinha, naquela ocasião, o corpo de um jovem de dezenove anos. Era magro, musculoso e completamente inseguro. Se uma garota estivesse a quinze metros de mim, eu flexionava tudo. Eve examinou meu corpo do mesmo modo que havia contemplado o desenho de Nicky, uma expressão que pode ser confundida com adoração, mas na verdade estava mais para uma percepção voraz. E eu senti o mesmo prazer torturante que Nicky sentiu. Uma parte de mim queria fugir; a outra queria mergulhar de cabeça.

O olhar de Eve percorreu meu tórax, então se deteve.

— Entendo — disse ela com voz rouca. Comecei a tremer um pouco.

— Você está com frio — constatou. — Precisa se aquecer.

Então, subimos na banheira e flutuamos lentamente um em direção ao outro, e sua língua tinha gosto de vinho e cigarro Parliament. Vou poupá-la dos detalhes de nosso subsequente malabarismo aquático. Realmente não me recordo dele. Lembro-me do cheiro daquela primeira vez que aconteceu mais tarde, dentro da casa — o cheiro de madeira mofada do sótão de Marnie, que era o quarto de hóspedes —, e lembro-me de Eve olhando para mim e sussurrando:

— Estou tomando pílula.

Ah, a mágica dessas três palavrinhas! Estou tomando pílula. Nada de se atrapalhar pela afobação. Nada de parar e recomeçar. Nada do cheiro fétido de camisinha para macular nosso sexo. Era tudo tão adulto. Eve não precisava de desculpas; ela com certeza não estava preocupada com a Guerra da Autoestima. Estava perfeitamente à vontade com seu prazer, confiante, desinibida. Reforçando: uma adulta.

Eu já imaginava que não seria um bom amante, mas Eve não estava interessada em competência.

— Quando o vi naquela primeira reunião — disse ela —, quis pular em cima da mesa e simplesmente o agarrar.

Estávamos deitados na cama mofada na pequena residência de Marnie, e Eve passava os dedos pelo meu peito.

Não sei se consigo expressar o quanto essa declaração me deixou feliz. Eve foi a primeira mulher que demonstrou um desejo tão explícito por mim. O que ela dizia: ela me notou; prestou atenção em mim, e não por causa de meus esforços frenéticos para ser notado — embora estes fossem, é claro, permanentes —, mas porque o meu corpo, o meu corpo sozinho, o meu corpo pós-adolescente ainda quase sem pelos, acendeu algo dentro dela.

E mais uma coisa daquela primeira noite: pela manhã, ao acordar, senti um hálito quente e constante na nuca e um corpo macio enroscado ao meu, e, por um instante (como às vezes acontece quando você acorda em uma cama estranha), perdi a noção de onde estava, quantos anos tinha; achei que poderia ter muito menos de dezenove anos, um menino de novo, e que o corpo enrolado em volta do meu pertencia à minha irmã Lisa, que havia permitido que eu dormisse em sua cama meses depois que meus pais anexaram um andar à casa e mudaram-se para cima.

Foi um breve momento, mas senti meu coração inundado por uma alegria aterradora e efêmera, do tipo que se sente em um sonho, porque aqueles meses foram o mais próximo que eu chegaria novamente de Lisa, antes que ela me expulsasse de sua cama, de sua vida, quando se tornasse uma adolescente complicada e distante envolvida em algum tipo de batalha muda com minha mãe que eu não entendia nem tinha permissão para abordar.

Prometi não colocar a carroça na frente dos bois, então não farei isso aqui. Mas é importante saber que Lisa, aos vinte e quatro anos, estava morando na Nicarágua, onde conhecera um afável sandinista chamado Daniel e se casara com ele em segredo. Eu recebia uma carta mais ou menos a cada seis meses, cheia de detalhes domésticos horripilantes (escorpiões caminhando sobre a pele dela à noite, latrinas de fosso) e o que hoje posso ver como polêmicas factualmente precisas, mas emocionalmente perturbadoras, contra os males do governo Reagan. Eu não deveria contar nada disso para minha mãe.

Mas minha decepção, ali na cama do sótão de Marnie, foi momentânea. Estava satisfeito por estar ali com Eve, deslumbrado, entorpecido, quase de imediato com tesão.

Tenho certeza de que passei os dias seguintes atormentado com o significado de tudo isso, se Eve tinha me levado para cama só de farra, como faria uma mulher mais velha, ou se estava interessada em algo mais. Mas não deve ter sido tão ruim, porque ela foi, desde o início, franca quanto ao seu afeto.

Fazíamos piquenique nas colinas douradas acima da minha cidade universitária e pernoitávamos escondidos quando meu colega de quarto concordava em desocupar nosso muquifo de um cômodo. Dávamos uma escapadinha durante várias festas tediosas da equipe e transávamos na cozinha. Uma noite, Eve me levou a um restaurante de sushi — sushi estava na moda em Nova York —, mas eu estava com muito medo de experimentar peixe cru e pedi frango teriyaki em vez disso. Já me apresentar ao Violent Femmes foi só sucesso. Virei um fã insuportável. Devo ter escutado o primeiro álbum umas mil vezes, aquelas canções melancólicas e cativantes com pegada tirolesa, a música gospel do angustiado garoto branco do subúrbio.

E, embora isso sem dúvida confirme minha reputação de fazer associações sexuais perturbadoras, devo mencionar um episódio de agosto, típico de nossos entusiasmos secretos. Aconteceu na última pernoitada do verão, para Moony Lake. As crianças tinham ido dormir e eu fui até onde Eve estava, fechamo-nos em nossos sacos de dormir unidos e começamos o rala-e-rola indiscriminado. Era excitante fazer isso com um bando de crianças de oito anos sonhando à nossa volta. Antes que pudéssemos chegar à atração principal do ato, porém, Eve me pediu para esperar.

— Estou no fim da minha menstruação — disse ela. — Pode ser um pouco lambuzado.

— Sem problema ser lambuzado — garanti.

Eve esticou os braços e tirou a calcinha. Então, afastou-se de mim, sentou-se e jogou algo no mato.

— O que você está fazendo?

— Nada — respondeu e subiu em cima de mim.

Acordei, logo após o amanhecer, ao som de sussurros animados. Nicky Slocum e meia dúzia de meninos mais novos estavam reunidos na beirada da floresta.

— O que é? — perguntou uma das crianças mais novas.

— Eu já te disse, é um rato morto.

— Como ele morreu?

— Peste bubônica — atestou Nicky, com ar científico. — É isso o que acontece quando você pega peste bubônica. Suas entranhas viram do avesso.

É bem verdade que crianças não devem examinar roedores mortos. Mas era típico do meu estilo de supervisão naquele verão ignorá-los. Foi Eve quem saltou de seu saco de dormir e correu até eles. Veio-me à cabeça a ridícula ideia de que ela poderia estar, de fato, preocupada com a peste. Então, ela baixou os olhos para o objeto que capturava a atenção da criançada e seu rosto congelou. Com calma, ordenou aos meninos que voltassem já para suas camas. Não preciso me aprofundar nos detalhes.

Pois bem.

Em algum lugar lá, Eve me informou que tinha um namorado na Costa Leste. Fiquei magoado, sem dúvida, mas percebi que ela era uma mulher mais velha, e isso implicava certas prerrogativas. Eu poderia até ter me sentido orgulhoso por tê-la tentado a continuar infiel.

O que aconteceu depois? Ela pegou um ônibus de volta para a cidade de Nova York. Os estudantes voltaram para o campus. Trocamos correspondência. Eu me envolvi com uma estudante de Sociologia que quase me matou de tédio. Eve me ligou. Vinha fazer uma visita. Trouxe uma garrafa de champanhe e uma cópia antecipada do novo álbum do Violent Femmes. Passamos todo o nosso tempo no meu quarto. Parecia ridículo passear com ela pelo campus, tipo: ó, aqui é o dormitório, aqui é o refeitório. Eve não era muito mais velha que eu, e ela própria cursava escola de Artes. Mas a vida que levava — o restaurante italiano onde trabalhava como garçonete, os clubes onde bebia e fumava até de manhã, os estúdios e as galerias decadentes — parecia-me perigosa e autêntica, um mundo à parte dos gramados bem-cuidados da minha universidade de segundo escalão. Não tocamos no assunto do namorado dela também. Ele era músico ou algo assim, alguns anos mais velho que Eve.

Estabelecemos uma espécie de rotina. A cada duas semanas. Eu frequentava as aulas e rabiscava anotações sob o zumbido das luzes fluorescentes. Ideias importantes flutuavam ao meu redor como partículas de poeira. Ia a festas e bebia cerveja em copos plásticos. Voltava para o dormitório e ligava bem alto o Femmes. O céu do lado de fora da minha janela adquiria um tom cinzento sem propósito. Eu ficava contando as horas, impaciente, até Eve aparecer.

Mas ela estava mudando. Parecia diminuída pelo inverno. Manchas escuras começaram a aparecer sob seus olhos. Perdeu peso. Parecia agitada. Uma noite, acordei e descobri que ela havia saído da cama e se sentado perto da janela, estava nua e azulada ao luar. Fumava um cigarro; as cinzas caídas estavam em sua coxa.

Levantei-me, aproximei-me dela por trás e ela desabou contra mim, abafando um soluço.

— O que foi? — perguntei.

Eve chorou durante um bom tempo.

A história foi surgindo aos poucos. O namorado dela havia se viciado em heroína. Ele estava se picando cada vez mais. Devia dinheiro. Tinha ido morar com ela. Eve o havia expulsado, mas estava preocupada que o sujeito pudesse se matar.

Eu não sabia o que diabos dizer. Ninguém havia abordado esse assunto em nenhuma das minhas aulas de Psicologia. No entanto, senti-me estranhamente honrado por ser envolvido em tal drama. Aqui estava algo digno de minha paixão crescente, uma causa.

Mais tarde, perguntei a Eve se ela já havia experimentado heroína.

— Sim.

— Como é? — eu quis saber.

Ela fez uma pausa.

— A sensação é de como a vida deveria ser.

— Parece perigoso — observei.

— Não estamos mais juntos — alegou ela. — Quero que você vá me visitar em Jersey, John. Faz isso por mim?

Então, comecei a pegar o ônibus para a cidade de Nova York, de lá o trem PATH até Hoboken, até o apartamento comprido e estreito de Eve, que era salpicado de tubos de tinta e máscaras de papel machê, garrafas de vinho e areia para gatos. E todos aqueles fins de semana são uma espécie de borrão dourado para mim agora, misturado com o mito da cidade de Nova York que contagia a mente de todos nós, garotada das cidades da Califórnia, de avenidas tão largas e agitadas que acabam com a dúvida, além de prédios tão altos quanto deuses, e com a lembrança da própria Eve, que cheirava a luxo do banho, abrandado pela loção amaretto, que saía para trabalhar na cidade e retornava com maços de notas de dólar sujas e cabernet no hálito, que fumava na janela solitária e sustentava os seios flácidos em sutiãs perfumados e que me levou até seu telhado para fazer amor no chão quente de cimento e comer comida chinesa em caixas brancas e espiar os quarteirões selváticos do outro lado do Hudson e comer rabanadas nos bares irlandeses ao longo da Channing Avenue nas manhãs de domingo, o cheiro de grãos de café uma pluma densa, derramando-se da fábrica Choc Full O Nuts e os terrenos baldios repletos de crianças porto-riquenhas jogando *stickball* e cuspindo com orgulho e a mão dela na minha enquanto eu reivindicava as calçadas ensolaradas e inalava o aroma fresco da idade adulta.

Bebemos vodca barata em copos de papel em sua escada de incêndio com seu colega de quarto gay e gente boa, Raphael, que nos contou sobre todos os garotos com quem tinha fodido e feito boquete e como era arrotar esperma e lamber o rabo de outro homem e ria como um maníaco porque estava tão solitário e não sabia mais o que fazer.

Mais tarde, retiramo-nos para o quarto dela, onde nos deitamos em sua cama larga, sob as rosetas de gesso rachado, e ouvimos o tagarelar das prostitutas fazendo ponto na rua. *Você tem o suficiente aí para um programa, Romeu? Quanto? Vintinho? Isso só te compra uma passagem para Newark, docinho.* O quarto dela era repleto de arte, pinturas de figuras sombrias, adagas de plástico coloridas e brilhantes, esculturas feitas de cera e madeira recolhida da praia. Eve e seus amigos sempre trocavam peças uns com os outros. Seu próprio trabalho era impressionante. Ela produzia criaturas gigantes feitas de gesso, com dois metros e meio de altura, membros alongados e cabeças feitas de virabrequins ou *subwoofers*. A princípio, achei tais figuras perturbadoras, e depois, à medida que se tornaram familiares, estranhamente reconfortantes, como tios bondosos. Não percebi isso na época, mas Eve estava, à sua maneira discreta, despertando em mim meu próprio amor pela arte.

Você falou, em sua carta, de um desejo de se transportar. Queria escapar da segurança de sua cidade natal, das ilusões carentes de sua mãe. Estava desesperada por honestidade emocional ou talvez desejasse a honestidade emocional do desespero. Qualquer que seja o caso, você se jogou em uma segunda vida, trágica e revigorante, o funeral, os meninos, seu corpo, o sangue deles. Mas, se a estou interpretando corretamente, isso foi apenas temporário. E é isso que devo confessar a respeito de Eve. Posso ver agora o quanto ela me protegeu dos aspectos mais sombrios de sua vida, as longas horas de servidão humilhante, a luta para criar, a inveja cruel e irremediável da cena artística de Nova York, as drogas usadas para entorpecer tudo isso. Ela tornou fácil, para mim, ser turista. E deve ser verdade que ela também precisava da minha inocência. Eu era jovem e bonito, deslumbrado com tudo isso. Ela estava se protegendo por tabela, eu acho.

Por que, então, decidi fazer um semestre no exterior? Porque não suportava a ideia de retornar para a faculdade e tinha medo de largar. Também acreditava que um país estrangeiro poderia me tornar um indivíduo mais experiente. Eve, que havia passado um ano viajando pela Europa depois de abandonar a faculdade, incentivou essa convicção. A outra razão (da qual tinha apenas vaga consciência naquela época) tinha a ver com Lisa, que estava, afinal, oferecendo-me sua própria visão sombria do mundo de um *pueblo* sujo fora de São Salvador. Escolhi a Cidade do México porque era a única cidade do mundo maior que Nova York e porque sabia que sua pobreza agradaria Lisa e enfureceria minha mãe, fortalecendo, assim, a lealdade que poderia trazer minha irmã de volta para mim.

Mas não foi assim que as coisas aconteceram, nem de perto.

Em vez disso, um mês depois de minha estada, recebi um telefonema de meu pai, que me disse que Lisa estava desaparecida. Chegou a notícia de que podia ter sofrido um acidente, o ônibus em que ela (talvez) estivesse viajando caíra em uma ravina. Mais tarde, para encurtar uma história demasiado longa, os registros dentários confirmaram que minha irmã estava naquele ônibus, que *cuerpo numero dies y ocho* era, como nós temíamos, Lisa Janis _____.

Lisa costumava fazer piada sobre essas viagens de ônibus em suas cartas. Contava sobre os motoristas descuidados, as estradas estreitas, as curvas cegas, os meninos encarregados de amontoar as pessoas nesses transportes, cutucando-os com bengalas com ponta de aço. Isso fazia parte de sua panca. Ela sabia que eu transmitiria parte disso para minha mãe e que minha mãe ficaria furiosa, preocupada e com mais cabelos brancos.

Sei que prometemos não entrar em toda essa merda relacionada a família, mas não posso ocultar essa informação. Espero que isso não me reduza a alguma categoria digna de pena, *o cara cuja irmã morreu*. A verdadeira tragédia, afinal, não foi sua morte, mas quaisquer que fossem as forças que a afastaram de nossa família e levaram-na a fugir para outra cultura, a abandonar até a mim, que a adorava com a lealdade feroz e amaldiçoada de um irmão mais novo.

Eve, é claro, estava envolvida nesse bolo todo. É muito simples sugerir que ela era a irmã que eu queria recuperar. Estava mais para a irmã que eu queria inventar, mais velha e mais sábia, mas não amargurada por essa sabedoria, uma guia gentil na dureza do mundo. Acima de tudo, ela vislumbrou algo em mim que fosse objeto de desejo seu. Ela me beijou. Ela me abraçou. Segurou a barra.

Quando Eve descobriu sobre a morte de Lisa, ofereceu-se para ir ao México. E mais tarde escreveu para me convidar para passar o verão com ela. Recusei ambas as ofertas. A culpa pesava demais em mim para me permitir tais confortos, não apenas porque Lisa tinha morrido, mas porque eu estava com raiva de minha irmã quando ela morreu e, portanto, de alguma forma profundamente fodida, eu a havia matado, e, agora que ela estava morta e eu era o assassino, Eve era a última pessoa que eu merecia. Ou talvez Eve tenha se tornado Lisa e, na minha raiva, eu a matei mais uma vez.

"Você não é um assassino com machado, certo?", você me perguntou. Mas sabe tão bem quanto eu que todos nós somos malucos violentos em algum momento. Nossa capacidade de amar é massacrada até se transformar em algo duro que usamos para golpear aqueles à nossa volta, pelo crime imperdoável de se recusarem a nos abandonar.

Como eu disse, muito disso é um olhar em retrospectiva, mera suposição, reconstituída em consultórios com iluminação suave e médicos barbudos. Eu não tinha a menor consciência do que estava acontecendo na época. Simplesmente vazei. Eve redigiu cartas preocupadas. Telefonou. Implorou na minha secretária eletrônica. Então, parou de escrever. Aí, me escreveu uma carta informando que tinha voltado a sair com o guitarrista, que ele estava limpo e sóbrio, que o amava e me desejava tudo de bom.

Quando retornei para os Estados Unidos, liguei para ela e insisti até que me atendesse. Implorei-lhe para me encontrar em algum lugar. Era meu último ano na faculdade. Estava aos trancos e barrancos me aproximando de conseguir um diploma em Tô Nem Aí, sem dormir, sem compromissos, sem senso de humor, sem banho. Eve acabou concordando em me ver, e lá estávamos nós em um restaurante espanhol em Chelsea com nossos pratos de frutos do mar, eu tentando explicar que a amava, tinha cometido um erro, não estava pensando direito na ocasião, não poderíamos voltar a como as coisas eram antigamente? Comecei a chorar. A garçonete e os outros clientes espiaram de canto de olho. Eve me encarou, impotente.

Fui ao banheiro e, quando retornei, eu lhe disse:

— Tá tudo bem. Estou legal.

Lá fora, na calçada, comecei a chorar de novo. Não suportava a ideia de que ela iria me deixar. Eve me deixou desabar contra seu corpo e me levou de volta para seu apartamento. Não tenho certeza de como fez isso. O roqueiro devia estar fora da cidade, mas havia sinais dele por toda parte: guitarras, amplificadores, pedestais de microfone, um forte cheiro de colônia e nem sinal de Raphael.

Ela até dormiu comigo aquela noite.

— O que esperava que eu fizesse? — disse-me depois. — Você partiu o meu coração, John.

Acordei de madrugada com Eve aninhada em mim. Mas já era tarde demais, o pavor estava mais uma vez crescendo dentro de mim e eu saí do apartamento dela alguns minutos depois e corri pelas ruas mal iluminadas de Hoboken, passando por casas de penhores e mercearias, açougues e lavanderias, em direção à estação de trem.

É muito fácil para as pessoas colocarem a culpa por seu mau comportamento nas desgraças que lhes acontecem. Minha irmã Lisa poderia oferecer algumas palavras sobre isso. Minha irmã tinha o tipo de cabeça capaz de resgatar países inteiros. Mas a vingança em seu coração a emburreceu.

E ela passou um pouco disso para mim.

Você quer uma confissão? Que tal isto:

Eve me aceitou de volta e eu a matei de novo.

Acrescentando mais sangue ao banho de sangue,
Ted

13 DE NOVEMBRO

Querido John,

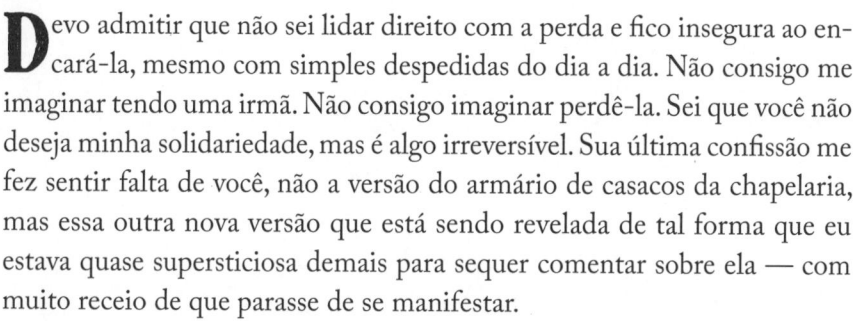

Devo admitir que não sei lidar direito com a perda e fico insegura ao encará-la, mesmo com simples despedidas do dia a dia. Não consigo me imaginar tendo uma irmã. Não consigo imaginar perdê-la. Sei que você não deseja minha solidariedade, mas é algo irreversível. Sua última confissão me fez sentir falta de você, não a versão do armário de casacos da chapelaria, mas essa outra nova versão que está sendo revelada de tal forma que eu estava quase supersticiosa demais para sequer comentar sobre ela — com muito receio de que parasse de se manifestar.

Não estaria sendo sincera se não dissesse que imaginei como escrever esta carta de várias maneiras. Em uma versão, mantenho-me fiel às regras. Mando meu desabafo do jeito que você provavelmente quer — sem toda essa compaixão enfadonha. Começo escrevendo: *Querido carinha cuja irmã morreu.* Mas não tenho coragem de enviá-la.

Também me preocupei com uma versão suave em que começo quebrando as regras, desviando do passado o suficiente para dizer que está nevando aqui muito cedo na estação, o tipo mais leve de neve semelhante a uma traça que parece deslocar-se pelo vento tanto para cima quanto para baixo, e então confesso que as regras que criamos — uma confissão por uma confissão, nada da vida atual, nada de críticas, nada de terapia — parecem todas muito restritivas agora, muito artificiais. O porquê disso? Porque podemos morrer de repente, do nada.

Desde que li sua última confissão, peguei-me observando as pessoas — a forma como andamos apressados de um lugar para o outro, apertando os olhos para as luzes da rua. Deslizamos em nossas cadeiras de escritório, apontamos para as coisas e explicamos. Bebericamos nossos drinques, remexemos a comida em nossos pratos e buscamos nossos telefones celulares na bolsa. Nós nos enfeitamos, bufamos e encaramos fixo. Para ser sincera, eu ficaria mais impressionada com orangotangos. Eles, pelo menos, às vezes estão apaixonados o suficiente para recolher os carrapatos uns dos outros ou furiosos o bastante para atirar as próprias fezes.

Será que toda essa espera é um desperdício? Devemos repensar isso? Não deveríamos espalhar nossa compaixão pessoalmente? Eu não deveria ter permissão para expressar num sussurro minhas condolências sobre a irmã que você perdeu? Você não deveria ter permissão para sussurrar de volta?

J.

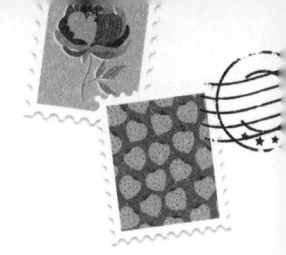

19 DE NOVEMBRO

Jane,

Não sei ao certo o que lhe contar. Que situação estranha em que nos metemos. Totalmente. Não há relacionamento no tempo presente para amortecer os destroços do passado, nenhuma linguagem corporal para se interpretar, nenhuma pista do convívio doméstico para examinar (de minha parte, lanço algumas: coleção de CDs, estante de livros, geladeira, colchão, não necessariamente nessa ordem). Nada de primeira refeição constrangedora entre amigos em comum. Nada de primeira noite juntos, nada de primeira manhã, nem primeira briga ou reconciliação. Não tenho a menor ideia de como você passa seus dias ou de onde mora e, o mais importante, não tenho uma noção clara do que você pediria na minha taqueria preferida ou se o cardápio (um apanhado de Polaroids desbotadas colado na janela da frente) iria encantá-la como faz comigo.

O que é ainda mais esquisito: não sou capaz de fazer esse tipo de revelação — da forma que for, seja escrita no papel como numa declamação em uma audição, seja como último recurso para simplesmente levar alguém para a cama — aos confidentes apropriados. Parece muito íntimo e carregado de fragilidade, talvez até uma demonstração de desespero. No entanto, eu me pego trabalhando nestas cartas o tempo todo, pulando brunches e filmes. (Já estou dispensando meus amigos para ficar com você.) Receber correspondência pelo correio se tornou um grande evento. Conto os dias entre as cartas. É como se eu estivesse na prisão.

Devo mencionar que a tempestade que vocês pegaram ontem à noite está, no momento, rodopiando pelas avenidas mais baixas, derrubando os toldos. Acabei de voltar de um trabalho voluntário — sim, lendo para os órfãos de novo — e fico feliz em informar que os cocôs de cachorro frescos no parque Saint Christopher estão soltando cheiro, os veteranos sem-teto estão lutando por espaço na grade, o prédio da Chrysler está com caspa.

E, por trás de todo esse pigarro elegante, aqui está o que eu de fato quero dizer (tanto para mim quanto para você): não pare. Estou falando sério, Jane. Todo caso de amor famoso tem como pilar a sinceridade brutal. E acho que é isso que está acontecendo aqui. Nós dois somos inteligentes o suficiente para saber que isso pode não funcionar; provavelmente não vai. Mas que a chance de dizer a verdade, toda a verdade, não aparece com muita frequência.

[Insira o som de caneca de lata sendo arrastada pelas grades da cela],
Detento nº 102.766

ELTON BIRCH

27 DE NOVEMBRO

Prezado nº 102.766,

Olha só, deixe-me quebrar as regras, porque isso parece crucial, ou vai ou racha. Se eu contemplar o cardápio da sua taqueria preferida — aquele disposto no painel de vidro com as Polaroids desbotadas —, talvez encontre uma que o fotógrafo tirou de um modo meio impaciente, e ali no canto da foto está a mão da pessoa que capturou a opção de forma improvisada, parte da manga aparecendo — a mulher do dono? Um primo? Será que brigaram para ver quem ia tirar? —, e eu me perguntaria em voz alta se perceberam e decidiram seguir em frente com aquela foto mesmo — por pura preguiça ou talvez porque, na sua taqueria preferida, eles não têm medo de acrescentar um toque humano. Em ambos os casos, esse seria o prato que eu escolheria. Ou isso ou a enchilada suprema.

(Não vou parar. Percebe como não estou parando aqui?)

Elton Birch. O Grande L.

A última vez que o vi, ele estava maluco — feroz, mas contido, como um leão forçado a usar um capacete estilo alemão preso à cabeçorra que ficava no sidecar de uma motocicleta no cassino Arcade Motordome, no domo da morte de Wildwood.

Mas aquele não era o verdadeiro Elton. Não, senhor. Ele vai ser difícil de explicar.

Ele era rico. Dirigia um Saab batido. Abria contas de bar com nomes codificados secretos que foram caindo na boca do povo de sussurro em sussurro, até que chegou uma hora que estava pagando bebida para a galera toda. O pai, Ned, era maluco. Elton vivia dizendo: "O velho desgraçado é maluco". E ele falava sério. Volta e meia era internado. A mãe era quem comandava as coisas, no entanto. Elton a chamava de Gloria como em "A Gloria quer que eu invista em plástico". (Ele adorava o filme *A primeira noite de um homem*.) Às vezes, Elton queria ser chamado de Madden, porque soube que Owney Madden tinha sido dono do Cotton Club e acabou brindando o estado de Arkansas como seu feudo ilegal. Ele também gostava do nome Blaze. E as pessoas o chamavam do que quer que lhe agradasse, porque Elton estava usando um chapéu de caubói, shorts e chinelos, o que exige uma arrogância difícil de negar, e porque todo mundo estava bebendo em sua conta... Algumas vezes a de Owney Madden ou a de Blaze, outras vezes a conta do senhor e da senhora "Senhoreapatroa", que era um código para nós dois. Elton chamava as pessoas de "meu velho", porque tinha lido *Gatsby*, e "velho desgraçado", porque tinha lido *O apanhador no campo de centeio*. Ele era, é claro, tão maluco quanto seu pai, Ned, mas eu não sabia que era maluco na época. Então, achava tudo legal pra caramba.

Elton me salvou da faculdade. Ele abandonou algumas instituições de alto padrão. Dizia: "Estou percorrendo a Costa Leste. Estou avaliando experiências educacionais. Estou fazendo minha própria pesquisa particular, fazendo perguntas!". E então falava "Isso!", como se estivéssemos naquele jogo do programa televisivo. Ele tinha um pé sério na síndrome de Tourette.

Também era lindo, de uma forma bizarra. Tinha o nariz quebrado, a mandíbula torta, mas belos dentes, um sorriso eterno estampado. Os cabelos louros estavam sempre balançados pelo vento — o Saab era um conversível. Elton me levantava do chão bem no meio de uma conversa comigo. Ele me pegava e levantava, simples assim. É difícil explicar. Era incontrolavelmente adorável e imprevisível. Uma vez, vi um velho em um bar dar-lhe vinte dólares enquanto dizia:

— Você, rapaz, vai longe. Toma aqui pra você um empurrãozinho.

E Elton respondeu:

— Opa, muito obrigado.

E depois de o velho ir embora arrastando os pés, Elton enrolou a nota e tentou fumá-la.

Antes de encontrá-lo, eu estava profundamente decepcionada com a faculdade. Meus pais — nenhum dos quais havia frequentado uma — classificaram isso como um negócio de outro mundo. Um casal de professores de Arte morava em nossa rua. Meus pais os tratavam como se fossem girafas. Se eles não cortassem a grama ou levassem o lixo para os fundos, meus pais os perdoavam com uma espécie de encolher de ombros que parecia dizer: *Não se pode culpá-los. Afinal, são girafas. Que Deus os abençoe, eles só têm cascos.* E minhas próprias noções de faculdade não eram lá muito sólidas. *Papel pra lá e pra cá. Um bando de vagabundos só dando festa no dormitório.*

Mas essa faculdade era meio desanimada, com apenas uma tira de gramado e um carrilhão tocando a cada hora que não tinha um gongo dominante; parecia estar anunciando "foi mal, deu a hora, desculpe interromper". Os professores de cardigã chegavam atrasados às aulas, catatônicos, às vezes com tosse tuberculosa e manchas incrustadas de mostarda. Eram criaturas iludidas, muitas vezes confundindo-se com as figuras históricas sobre as quais ensinavam. De vez em quando, um dos professores parecia demonstrar alguma empolgação com Descartes — talvez porque subitamente pensasse que poderia ser Descartes — ou a Grande Guerra, mas era sobrepujado pelo zumbido avassalador do tédio e do ruído de alguém com um balde limpando o corredor.

O que piorou as coisas é que fui atingida por um golpe inesperado de culpa. Eu havia deixado meus pais para trás. Servi por anos como uma distração necessária. Agachados sobre assados e sobremesas de pudim, meus pais às vezes tinham que interromper sua atenção fixa e atrofiada e me contemplar. Agora eu imaginava uma catástrofe, como se eles pudessem mergulhar nos próprios desesperos particulares e morrer de hipotermia ou insuficiência cardíaca.

Não havia nada que eu pudesse fazer por eles. Estava morando com Kelly de Perth Amboy — uma garota pálida como giz, com longos cabelos castanhos que se derramavam infinitamente pelas costas porque nunca haviam sido cortados. Ela ligava para casa com frequência.

Fiz das tripas coração para fazê-la ficar chapada. (Um dos garotos me deu um presente de despedida em um saco plástico.) Eu lhe disse que se rebelar era um dever patriótico, citando a Guerra da Independência. Segui-a pelo quarto sombrio forrado de caixinhas de leite e seus pôsteres (preto e branco coloridos com crianças de cartola segurando flores e tal) enquanto cantarolava o hino nacional. Manipulei o fato de Kelly sempre ter sido educada para ser boazinha. Ela enfim cedeu.

Metemos som na caixa no último volume numa rádio pop enquanto eu cortava a franja dela com uma tesourinha de unha. Fomos apanhadas por uma dupla de guardas de segurança excessivamente intrometidos. O assistente residente, um jovem republicano com joelho valgo, indicou-nos em nossas tabelas de programação de atividade acadêmica.

— Você está fora do time de hóquei em campo — declarou o republicano.

— Sério? — indaguei. Eu nem estava no time de hóquei em campo, mas ainda assim fiquei magoada com a injustiça. (É da minha natureza ficar magoada com injustiças.)

— E olhe só o cabelo daquela pobre garota! — Ele balançou a cabeça. — Ora, ora, Kelly, sua punição já está bem aí.

Os dedos de Kelly tremiam na área espetada da cabeça. Com seu colar de Maria e uma franja, ela parecia um táxi mexicano, mas sem a personalidade. Kelly soluçava. Fomos colocadas em liberdade condicional. Eu me dei conta de que ansiava em segredo pela expulsão.

Eu estava com medo de recorrer a meninos para sobreviver. Já havia cometido aquele erro em Asbury Park (do qual sentia muita falta... porque pode *rip the bones from your back*. Sim, eu ouvi Bruce demais. Estou bem familiarizada com Janey — aceitarei sua dor se quiser que eu faça isso e todas as outras. Levaria anos de terapia para desvendar a influência do rock and roll na definição da minha personalidade. Jane, Sweet, Sweet Jane. Ou talvez a música tenha me poupado muito, muito tempo na definição da minha personalidade. É difícil dizer). Michael Hanrahan ainda me assombrava — a imagem dele saindo zoado do carro, voltando para casa, encharcado de sangue, com a mão colada ao peito. Será que chegaram a encontrar o polegar dele? Será que fecharam a mão dele com pontos? Será que ele ainda conseguiria cumprimentar alguém com a mão? Será que tinha me perdoado? Se eu tivesse quase matado Michael Hanrahan — o durão de Asbury Park —, que dano eu teria causado a esse lote universitário imaculado? Senti-me como uma canibal que apareceu em um piquenique de crentes. Estava tentando não devorar ninguém.

Mas, se quer saber, eu provei, sim, alguns universitários, com delicadeza, como pegar um chocolate e tentar ver se é uma daquelas coisas horrorosas recheadas de creme cor-de-rosa sem de fato mordê-lo. A maioria eram coisas horrorosas recheadas de creme cor-de-rosa. Eu relevava (por que sempre temos que relevar?). Droga, eles eram tartarugas emocionais, ocultando-se com bonés de beisebol, recém-mamados de cerveja, todos reprimidos, encolhendo os ombros com suas jaquetas engomadas de cores primárias, seus piu-pius em ponto de bala escapando dos zíperes. Às vezes, ficavam chapados de bebida e soltinhos, e urinavam desvairadamente na frente de todo mundo. Havia, de fato, um conselheiro cujo único trabalho era administrar a frágil psique dos mijões públicos. Agora, não me interprete mal, eu gosto de tartaruga. Tive uma quando criança e higienizava seu casco com uma escova de dentes. E eu poderia mesmo ter aprendido a controlar minhas tendências bárbaras e aguentado a faculdade, arrancando esses garotos de suas carapaças na base da persuasão com comida de tartaruga e esfregando suas costas duras… Só que havia Elton Birch.

Eu o tinha visto caminhando pelo campus. Cabeça baixa, chapéu de caubói pendurado pelo pescoço — ele balançava em suas costas. O pessoal o cumprimentava com um tapão nos ombros magros. "Grande L! Meu camarada." Às vezes, Elton berrava para as pessoas do outro lado do gramado, e elas riam e acenavam. "É o Mano L na área." Eu o vi uma vez da janela de uma sala de aula, caminhando a passos largos, completamente sozinho, descendo uma rampa sob uma chuva torrencial.

Ele ficou me encarando quando eu estava trabalhando atrás do balcão da pizzaria de propriedade da escola, onde eu tinha um emprego de meio período para ajudar nas mensalidades, mas notei que Elton costumava encarar as pessoas. Percebi isso porque também encarava as pessoas, o que muitas vezes as fazia me encarar de volta, em especial colegas encaradores. Então, era difícil dizer qual era a dele, em termos de romance.

Uma noite, eu estava voltando da pizzaria da escola para casa, atravessando um estacionamento. Elton estava zanzando em seu Saab vermelho amassado e parou bruscamente ao meu lado. Começava a esfriar, mas o carro estava com a capota abaixada. Elton disse:

— Com licença. Pode me dar uma informação?

— Putz, não sei mesmo onde fica nada. — Tenho um péssimo senso de direção e ainda guardava um mapa do campus na mochila, mas não estava disposta a admitir algo assim.

Elton falou:

— Na verdade, tá tranquilo, porque, bem, caralho, acho que estou onde deveria estar. — Ele se endireitou um pouco no banco e olhou pelo para-brisa.

— Isso é uma péssima notícia.

— Exatamente. Olha só, a Gloria me colocou no quintal dela desta vez para ficar de olho em mim, mas não tenho certeza se isso vai funcionar. — Elton sempre falava como se todos soubessem praticamente tudo sobre ele, e eu não tinha conhecimento disso na época, mas muita gente de fato sabia. Os Birch eram ricos, ficaram mais famosos por seu histórico permeado de excentricidades: poetas suicidas, milionários criadores de fuinhas, psicóticos militares. Elton fazia parte de uma tradição de longa data.

— Quem é Gloria?

— Glo e Ned. Meus pais. Gente legal. Coisa boa. Vamos tomar uma bebida. — Ele deslizou para o banco do motorista e ligou o motor.

— Estou sem carteira de identidade.

— Você tá numa vibe sincerona?

— Acho que sim.

— Sinceridade. É tudo de que você precisa. A coisa mais importante do mundo é saber fingir, mas não digo isso por experiência própria. Meu maior defeito é ser franco. É uma doença.

E, assim, eu entrei no carro. Ele colocou "California Dreamin" e nós pegamos o anel rodoviário, o carro voando. Estava uma friaca, tempo tempestuoso. Meus olhos lacrimejaram.

— Qual é a sua história? Você tem cara de ter uma.

— Fui expulsa do time de hóquei em campo, mas nunca fiz parte dele. — Eu estava tentando acompanhar. Já tinha certeza de que Elton era perigoso, não do jeito que os rapazes de Asbury Park eram. Fazer uma postura de ioga com os peitos de fora não resolveria o problema aqui.

— Já fui capitão de alguma coisa, algum esporte, mas isso foi várias faculdades lá atrás.

Ele parou o carro no estacionamento de um barzinho escuro, o Dick's Bar, daqueles com uma vitrine enfeitada com luzes de Natal o ano todo. Desligou o motor e tirou o chapéu de caubói do banco de trás.

— Como você se chama?

— Jane. E você? — Eu já sabia o nome dele.

— É você quem decide, na verdade. Não tenho nenhuma preferência real, seja como for. Minha mãe me chamou de Elton. Você gosta?

— Claro.

— Está bem, então.

Começamos a caminhar para a porta da frente, mas ele me deteve. Um poste nos banhava do alto com sua luz, meio que nos prendeu lá por um momento. Elton declarou:

— Eu gosto de você. Poderia te seguir por aí o dia todo. Eu a vi naquele trampo e acho que ficaria supermal por muito tempo caso você não gostasse de mim. O que acha disso?

Ninguém nunca havia me perguntado de fato o que eu pensava ou, se tinha perguntado, não esperava por uma resposta. E com certeza ninguém nunca me perguntou o que eu pensava deles.

— Pense com carinho, mas rápido.

Elton aguardou, olhando ao redor do estacionamento, rua abaixo. Parecia repentinamente ansioso, como se houvesse muita coisa dependendo da minha resposta. Eu também estava nervosa. Ele enfiou as mãos nos bolsos da bermuda, cáquis largas e desbotadas que, por causa do desgaste, faziam-no parecer ainda mais cheio de grana. Elton respirou fundo, a cabeça inclinada para o céu. Tinha um pescoço lindo, uma energia irrequieta. Já parecia, de alguma forma, corrompido por inteiro. Quanto a mim? Qual era minha aparência? Calças Levi's, compradas em uma loja de segunda mão. Minha blusinha devia parecer nova e barata, porque era isso mesmo que era. Usava delineador demais, e não havia nada de sutil em meu sutiã acolchoado.

Eu estava nervosa. Falei:

— Se você fosse um brinquedo em um parque de diversões, eu compraria um ingresso para ver o que aconteceria.

Estava acostumada com Asbury Park; essas metáforas faziam sentido para mim, mas, ainda assim, do jeito que saiu da boca, imediatamente vislumbrei Michael Hanrahan, vivo e saudável, esguio, nu, em pleno ato no banco de trás de seu carro. E me perguntei se faria sexo com Elton. Era isso que estava sinalizando? Que faria sexo com ele?

— Isso vai servir no momento.

O bar apinhado era longo e estreito, úmido e com um ar fermentado. Havia frequentadores regulares, homens com barrigas grandes e alguns universitários desordeiros, atletas de algum esporte, lacrosse ou rúgbi. Algumas garotas, não muitas. As luzes de Natal eram do tipo que piscavam. Elas pulsavam de maneira débil.

Todos aparentavam conhecer Elton. Na verdade, parecia que estavam em algum tipo de padrão de espera aguardando sua chegada. As pessoas se aglomeraram, e percebi que ele era famoso dessa forma que habitantes locais podem ser famosos. As pessoas queriam saber quem eu era.

— Jane! — gritou Elton sobre a jukebox. — O nome dela é Jane! — Ele me puxou sob seu braço e abriu caminho até o bar.

O barman perguntou:

— Ela tem idade suficiente?

— Ela não parece ter idade suficiente, meu velho? — rebateu ele. — Ponha-a na conta.

Ficamos bêbados, o bar inteiro. Elton e eu sacudimos o esqueleto na pista de dança apertada. Ele cantou junto com "Brown Eyed Girl" e "Feel Like Makin' Love". Viramos um casal na mesma hora, celebridades. Senti como se estivesse namorando o John John na Brown. Elton às vezes ficava com os olhos calorosos e era carinhoso, depois sorria para sua comitiva.

— Jane não é perfeita? É ou não é perfeita? Olha, olha, ela está ficando vermelha. Vocês não adoram quando Jane fica vermelha?

Eu estava ficando vermelha, embora não estivesse vestindo a personagem. Mas nunca tinha sido tão adorada antes.

Volta e meia, alguém perguntava sobre Ellen. Alguns bêbados.

— Cadê Ellen?

Mas ele dava de ombros.

— Não, não. Não sei Ellen. Eu não falo Ellen.

Elton dirigia tão mal bêbado quanto sóbrio, não havia uma distinção marcante; na verdade, até diria que houve alguma melhora, o que deveria ter sido um sinal. Ele me perguntou se eu queria ir para casa ou para casa com ele. Respondi que preferia ir para casa com ele. Eu me senti uma puta felizarda. O cara era um homem-orquestra, um show simultâneo de cavalos e pôneis em Asbury Park. Mas Elton era o negócio de verdade — ele era amado por um bar inteiro de pessoas. Isso estava completamente fora do meu alcance. E, além disso, parecia querer me colocar no centro das atenções com ele, para ajudar a absorvê-lo. Por que eu iria querer voltar para Kelly, aquela Kelly sem graça com sua horripilante franja de um centímetro?

Não tinha me dado conta de quem quando Elton disse *A Gloria me colocou no quintal dela desta vez para ficar de olho em mim,* ele estava falando de forma literal. Ele morava em uma casa de hóspedes atrás da monumental construção de pedra de seus pais. Ainda nos limites da cidade, a residência devia ter custado um milhão de dólares, hoje dois? Não tenho nenhuma noção real de dinheiro.

A casa de hóspedes não tinha nenhuma comida, embora a cozinha fosse maior que a de minha mãe. E, então, Elton e eu saímos pela porta dos fundos para a cozinha da casa principal. Era imensa, hiperiluminada, industrial, mas também luxuosa. Imaginei minha mãe e meu pai circulando ali. Será que continuariam a evidenciar suas emoções de forma tão aberta se possuíssem esse tipo de riqueza? — meu pai com sua expressão frouxa de derrota; minha mãe assobiando sua musiquinha frenética. Que tipo de sentimento de aversão não iria simplesmente se elevar até o teto de seis metros de altura e permanecer lá em cima, fazendo todo mundo respirar com um pouco mais de leveza?

Elton parecia menor. Seu chapéu de caubói fora abandonado no banco traseiro do carro e o teto alto parecia encolhê-lo. Estava inquieto. Eram, sem dúvida, duas da manhã, mas eu podia ouvir conversas distantes.

— Seus pais estão acordados? — perguntei.

— Tá de boa — apressou-se a me garantir.

— Quem está falando?

— Oi?

— Falando, tem alguém falando.

— Ah, o Ned não dorme.

Elton pegou batatinhas fritas, queijo e peras, e voltamos para a casa de hóspedes. Comemos e ele me fez perguntas.

— Você vai conseguir terminar a faculdade? Já jogou hóquei em campo? Quer ser alguém importante um dia?

Fui respondendo. Tenho certeza de que estava dizendo alguma coisa, mas estava principalmente esperando que ele me beijasse. Michael Hanrahan, a versão saudável e heroica que eu ainda podia vislumbrar, não teria feito nenhuma pergunta; ele já teria terminado a essa altura, sem fôlego, e fechado o zíper com um sorriso. Mas Elton era inseguro. Eram quatro da manhã quando ele mexeu nos botões da minha camisa. Beijou com timidez, como se estivesse se desculpando por fazê-lo. Na verdade, ficava se desculpando o tempo todo — por prender meu cabelo com o cotovelo, por esbarrar, por esmagar, por coisas que não consegui determinar.

— Está tudo bem — dizia eu. — Não precisa se desculpar. — E aí ele se desculpava por se desculpar demais.

Não naquela noite, mas em alguma outra noite logo depois, era como se estivéssemos pescando para chegar no sexo. Parecia mesmo pesca: o anzol sendo lançado, a linha rodando na bobina, a boia balançando. Tinha uma camisinha, colocada tremulamente com a intensidade do prender da minhoca no anzol. Uma hora, pegamos algo que ficou se debatendo, virando de um lado para o outro. Foi bizarro. Elton era alto e magro. Sua pele estava bronzeada e seus mamilos, eu me lembro bem de que eles não se projetavam, eram brilhantes, lisos e macios como seda passada a ferro.

No fim, fizemos um pequeno ninho na casa de hóspedes, e o sexo, como o próprio Elton, era imprevisível. Eu nunca sabia quem ia dar as caras. Elton, fazendo alguma imitação deplorável de Woody Allen, ou algum duque excêntrico que gostava de tirar o espelho de madeira da parede e colocá-lo contra a cabeceira da cama, e apreciava a frase: os objetos podem ser maiores do que parecem. Eu olhava rápido para o espelho e voltava a desviar o rosto. Sempre me surpreendia ao me encontrar lá. O vidro parecia estar tentando me dizer que eu não era uma garota em Asbury Park. Estava ali agora. Mas não estava convencida por completo. Acho que também era verdade que o espelho me tirava do corpo e me colocava ali dentro como observadora, distante e inquieta. E parte de mim estava apenas acompanhando de perto a minha vida em vez de vivê-la.

Elton, por sua vez, estava sempre vivendo a própria vida. Ele parecia tranquilo, como se questionasse consigo mesmo: será que estamos apaixonados? Somos belos? Sim, nós somos. Isso me lembrava do Elton que adorava ser o centro das atenções, como vez ou outra dávamos uma passada no Dick's Bar por tempo suficiente só para ele receber uma dose de tietagem.

Às vezes, eu gostava do duque. Às vezes, gostava do sexo tímido, constrangido e hesitante do outro eu de Elton. E às vezes eu fazia sexo no Elton, como se fosse algo jogado. Outras vezes, ele mal existia, estivesse no modo duque ou não. Eu mesma me sentia um pouco doida, e às vezes queria ter permissão para tocar o terror — às vezes, ainda quero — e mandar o mundo às favas, a consciência se resumindo a uma simples verdade, física e avassaladora, mandando bala até alcançar exaustão total. Uma vez, após uma dessas ocasiões, lembro que ele comentou:

— Se você tivesse um pau, seria perigosa. — É o tipo de comentário que uma mulher nunca esquece. Deixei-o pairar no ar. Não falei nada, porque já sabia que era perigosa.

Elton jamais seria afeito a intimidade física. Sua intimidade se manifestava de outras maneiras. Ele estava morrendo de vontade de saber sobre meus pais. E, pela primeira vez na vida, eu me ouvi contando a verdade a respeito deles ou inventando a história da minha vida — uma versão que não poderia ser analisada por alguém com o próprio conjunto de observações. Ficávamos deitados na cama na casa de hóspedes; cheirava a naftalina e à pequena lareira úmida. Contei-lhe sobre minha mãe passando os dias fitando, com um olhar perdido, pela janela de um restaurante chinês.

Elton pontilhava as sardas no meu peito.

— Acho que ela parece solitária. Ela é solitária?

Nunca havia me ocorrido isso. Minha mãe era casada. Tinha uma família. Claro que estava solitária, mas essa palavra parecia reservada aos solteiros, aos que estavam sozinhos de fato.

— Acho que sim — respondi.

Elton também adorava ouvir sobre Michael Hanrahan, embora, na verdade, não gostasse muito dele. Não lhe contei sobre o acidente. Não conseguia. Independentemente disso, Michael era um completo mistério. Michael deixava Elton irritadiço, exasperado.

— Por que você acha que ele não te contou que o pai estava morrendo? Eu teria dito a você. Eu te conto tudo.

Ele não estava me contando tudo. Elton tinha segredos. Guardava-os tão bem que eu não tinha certeza, olhando para trás, de que ele mesmo sabia que os tinha. Às vezes, recusava-se a falar sobre Ned, mas outras vezes era seu único foco. O pai era maníaco-depressivo. Tentara se matar duas vezes: uma com uma arma de fogo, uma antiguidade de um general que havia falecido. Nunca chegou a disparar. Gloria estava lá. Ela o convencera a desistir. E outra vez com comprimidos. Os médicos zeraram seu estômago.

— Um homem que passou pela humilhação de fazer uma lavagem estomacal fica triste, pálido e sedado. Ele se entrega e parece um cadáver. Até olha para você, mas como um homem morto.

Elton chorou uma vez ou outra e, nesses casos, não se desculpou.

Às vezes, saíamos dirigindo. Ele entrava nos campos de golfe à noite, o carro chacoalhando no terreno irregular, e fazíamos sexo nos gramados. Ele me carregava nas costas pelo campus. À medida que esfriava, bebíamos litros de cerveja nesse lugar sofisticado, comendo ostras. Sentávamo-nos no telhado da casa de hóspedes, debaixo dos cobertores, e conversávamos. Éramos inseparáveis. De vez em quando, eu levantava para fazer xixi e, quando retornava, ele me dizia que tinha sentido minha falta.

A maior parte do tempo passávamos a noite no Dick's Bar, dormíamos na casa de hóspedes e ele me levava para a aula das nove da manhã. (Elton com certeza se irritava com as aulas.) Eu fedia a cerveja e sexo. Meus olhos estavam manchados e embaçados, mas batia o ponto, pressionando o dispensador para minha pequena dose de conhecimento.

Eu estava basicamente confusa. Sentia saudade de Elton. Era como se ele fosse um país com o próprio hino. E eu adorava a fronteira de sua alma, o que se tornou uma travessia familiar, um posto avançado com ervas daninhas. Nunca havia conhecido ninguém que me deixasse do jeito que ele fazia, à beira de um terreno em geral altamente protegido. Era como se o guarda de fronteira carimbasse meu passaporte com uma formalidade preguiçosa, enquanto sussurrava: *Pegue o que é seu. É todo seu.*

Por um tempo, Kelly não existiu. Sua franja voltou a crescer e ela ficou invisível. Quanto a meus pais, eu não me preocupava muito com eles. Durante os telefonemas, sentia o peso. Minha mãe disse: *Tem um esquilo no sótão. Encontrei excrementos.* Meu pai me contou que o vizinho tinha quebrado o quadril. Os dois simplesmente trocavam informações um com o outro por meu intermédio para que não precisassem conversar. Eu interpretava o desespero, imaginando minha mãe escrevendo um cartão de condolências, meu pai revirando as caixas do sótão em busca de um ninho. (Ele preferia o sótão, o porão, qualquer lugar onde nossa vida fosse sentimentalmente encaixotada para a eternidade.) Será que os dias transcorriam sem que sequer uma palavra fosse dita em casa? Eu chamava Elton e fugia.

Conheci Gloria. Ela gostou de mim. Acho que viu algo na minha pessoa, uma tenacidade, mas também uma normalidade constante que a lembrou, talvez, de si mesma. Tinha um cabelo loiro seco estilo chanel e ombros largos. Estava ereta, faltava-lhe naturalidade, e suas palavras eram um pouco forçadas.

— Ned é um projeto de vida. Um esforço diário, toma todas as horas do dia — disse-me ela.

A certa altura, Ned estava se sentindo bem o suficiente, pelas estimativas de Gloria, para ir ao escritório. O sujeito não dirigia. Não tinha permissão para dirigir.

— Leve-o para o escritório, Elton.

— Não posso — disse Elton baixinho. — Estou com Jane.

— Por favor, Elton. Ela não se importa.

Ele olhou para a mãe de um jeito que dizia: *Ela não, mas eu sim.*

— Leve-o a caminho da aula. Você ainda vai às aulas, não é?

Essa era uma questão delicada. Isso era evidente.

— Sim — respondeu Elton, meio na defensiva, meio irritado. — Ainda estou indo às aulas. — Estava com um tom infantil, quase petulante, bem pouco atraente, apesar de sempre ser bonito pra cacete, de cabelos selvagens, sorrisos marotos para mim, cheios de dentes e irônicos.

Ned Birch era um homem magro com cabelos castanhos bem penteados. Era animado. Ele bebeu café, balançou uma maleta. Disse:

— Que olhos lindos! Você viu os olhos dessa menina, Gloria? Ela consegue ver através de você! — Então, ele se virou para a esposa em silêncio. — As toalhas estão fora de ordem no armário de roupa de cama. Você pode repassar isso com Marguerite? — Virou-se para mim. — Temos sempre que estar um passo à frente. Sabe como é.

— Sempre tento estar um passo à frente — comentei.

— Então, pelo que vejo, estou a caminho do escritório. Aqui estou.

Gloria beijou a bochecha do marido, depois limpou o batom. Foi quase superficial, mas não por completo. Ela amava Ned Birch, eu acho. O sujeito era o projeto de vida *dela*, afinal, e Gloria esperava pelo melhor.

— Tenha um bom dia.

— Eu terei!

Ned insistiu que eu me sentasse no banco da frente e dobrou o banco de trás. Elton conduziu nós dois de carro por uma rua e por outra.

— Aonde você quer ir? — perguntou ao pai. Percebi que Elton e o pai já haviam estado nessa posição várias vezes antes e não tinham ido ao escritório.

— Não sei. Estou me sentindo meio aborígine. Você pode simplesmente me deixar na floresta.

Nunca tinha visto Elton tão nervoso, esfregando o suor do lábio superior, mexendo irrequieto no câmbio quando estávamos em um sinal vermelho. Ele obviamente não queria que eu ficasse na companhia de Ned, então tentei permanecer invisível.

— Você poderia tentar o escritório — sugeriu Elton.

— Eu poderia tentar muitas coisas — retrucou o pai, com uma voz ameaçadora. Ele soltou a gravata, de repente cansado. — Eu deveria comer torta. Quando você vai me pegar?

— Tenho aula.

— Quando você vai me pegar? Não me deixe em uma lanchonete o dia todo com torta e uma tigela de água. Não sou um beagle.

— Vou buscá-lo depois da aula.

— Não vou conseguir.

— Vá para o escritório. Eles cuidarão de você lá. — Eu tinha a sensação de que Ned e Gloria eram os donos do escritório, que Ned não tinha nenhuma obrigação exceto aparecer de vez em quando, recebendo muitos tapinhas nas costas.

— Vão ficar me encarando. Vou passar o dia inteiro olhando para aquele bilhete do meu irmão.

(Nunca soube o que isso significava. Que bilhete?)

— Você deveria jogá-lo fora.

— Ah, eu deveria jogar as coisas fora. Coisas velhas. O passado. Eu deveria. E você? — falou Ned. Ele baixou a voz, inclinou-se para a frente entre os assentos. — Ellen. Ellen. Ellen. Ellen.

O carro mergulhou num silêncio, exceto pela respiração de Ned, acelerada. Olhei para Elton. Ele estava se esforçando, dava para ver, se esforçando para fazer cara de paisagem. Estavam torturando um ao outro, mas não exatamente de propósito.

Elton parou em frente a uma lanchonete e o pai saiu do carro. Bateu com força a porta e então fez toque-toque na janela, apontando para sua maleta ainda no banco de trás. Elton o ignorou e saiu dirigindo. É claro que não havia nada importante nela. Era um adereço. Será que continha material de escritório, sequer uma caneta?

Elton e eu nunca havíamos conversado sobre Ellen, mas eu sabia, por estar com ele naquele bar, que ela era mais famosa que eu. Ouvi dizer que arranjou emprego em algum lugar. Ouvi dizer que estava noiva. Dava para perceber que eu não era Ellen. Eu não queria saber sobre Ellen, na verdade.

No caminho para o campus, Elton ligou o toca-fitas, The Cure cantando alto e cheio de melancolia. Ele disparou, passando pelas marchas sem de fato encostar a embreagem no chão. Fui acometida por uma profunda sensação de pavor. Minhas mãos estavam quentes. Limpei-as nas calças.

— Você está bem? — perguntei-lhe quando Elton encostou o carro para o meu dormitório.

— Está falando do Ned? Você não tem permissão para odiar alguém por ser maluco. É a regra de Gloria. Suas regras são invioláveis. — Ele ergueu os olhos para mim. — Você conhece a regra, certo?

Respondi:

— Sim. — Eu não conhecia a regra. A regra me deixou ansiosa. Não sabia o que estava em jogo. Elton parecia insuportavelmente frágil, o rosto rígido e contraído. O nariz, a mandíbula, nunca tinham se alinhado, mas agora ele parecia distorcido, como se sofrendo. — Mas você está bem? — insisti. — Você não respondeu à pergunta.

— Pareço bem para você? Será que não tá vendo? Quer dizer, sou aquele cara que pode simplesmente desaparecer um dia desses. Será que não sabe disso sobre mim? Já contei tudo!

Saí do carro, a porta ainda aberta.

— Nem tudo — retruquei, referindo-me a Ellen.

Ele permaneceu ali sentado, deu um suspiro tempestuoso e falou:

— Droga. — E empurrou o câmbio para a frente, puxou-o para trás. — Não é uma história complicada. Ellen não me ama. — Não gostei de Elton ter usado o tempo no presente. Achei que deveria ser porque Ellen não o amava, que não era uma história complicada. Senti ciúme, mas então ele semicerrou os olhos para mim. Era um dia frio, mas claro. — Mas você me ama. Né?

Queria responder que o amava. Queria dizer: "Vamos nos tornar o sr. e a sra. Senhoreapatroa e sair dirigindo por aí pelo resto da vida, morar no quintal e viver de cerveja e ostras". Mas meu coração se deteve. Percebi, naquele momento, que estava com medo dele. O sentimento sempre esteve lá — uma descarga de pavor, sem saber o que Elton poderia fazer a seguir —, mas esse outro medo era mais desesperador. Eu não o conhecia. Não o compreendia nem compreendia Ned e Gloria. Estava com medo de lhe falar sobre essas coisas todas. Eu mesma mal compreendia. Estava com receio principalmente porque queria dizer a coisa certa. Elton estaria de partida. Cabines telefônicas orlavam as ruas, postavam-se em cruzamentos. Eu tinha medo de dizer a ele que o amava. Estava com medo de lhe dizer qualquer coisa mais complicada. Assenti. Mas não foi um concordar de cabeça muito decidido. Não foi um "Sim, sim! Claro que amo!". E ele pôde sentir isso. Elton necessitava de um amor exacerbado. Precisava de uma superabundância maior do que eu tinha a oferecer, embora eu sentisse tanto amor por ele quanto por qualquer pessoa.

Elton sorriu.

— Não se preocupe. Vou te ligar.

Isso tudo aconteceu com mais ou menos dois meses de relacionamento. As provas estavam chegando. Elton falou que estava estudando muito e não podia me ver. Conversamos todos os dias e depois houve um hiato de três dias, sem notícias. Isso me deixou um pouco frenética. Finalmente recebi um telefonema.

— Estou ficando em forma. Tenho corrido o dia todo por essa porra de floresta. — Ele estava sem fôlego, esfuziante. — É ótimo. Mente, corpo, espírito. A floresta é linda.

— Tem um telefone na floresta? Você está aí agora?

— Não, estou mentindo. Não tem floresta nenhuma. Estou só correndo na casa de hóspedes. Estou dando a volta no quintal.

— Você está sendo sarcástico? — Eu não conseguia decifrar seu tom.

— Faz tempo que não vou para casa. Mas não tem floresta. Estou em uma cabine telefônica. Ouça. — Ele puxou o telefone para fora da cabine, pelas portas dobráveis, e me deixou ouvir o zunido dos carros, uma buzina.

— Acho que "alô" não está certo. Acho que devemos usar outra saudação. Algo como "Que porra é essa?".

— Tudo bem — concordei. — Que porra é essa?

— Exatamente. É isso aí. Eu te amo. Amo mesmo. Onde você vai estar?

— Quando?

— Em uma hora?

— Tenho que ir à biblioteca.

— Também estarei lá. Estou com fome. Não comi. Ned é maluco. O velho desgraçado. Mas você sabe disso. Gloria quer que eu invista em plástico.

— O que você tem?

— Eu sou puro! Estou correndo com Elton aditivado. Vá para a porra da biblioteca. Eu estarei lá. No gás para comemorar e tal. — Desligou.

Ned era maluco, e Elton também. Ele não era só um sujeito loução. Gloria sabia que havia algo errado, é claro. Já estava na pilha. Cerca de quinze minutos depois que Elton desligou, o telefone tocou de novo. Era a mãe dele.

— Você sabe onde ele está? Ele entrou em contato? — perguntou.

Eu queria provar que meu vínculo com Elton era mais forte que o dela.

— Vou encontrá-lo na biblioteca daqui a mais ou menos uma hora — falei, como se tudo estivesse normal.

— Quais são os comportamentos dele? — Ela era uma profissional. Cuidava dos Birch.

— Não sei — respondi. — Ele não é uma criança. Tem idade suficiente…

Gloria me cortou.

— Olha, você é muito legal. Deveria pular fora.

— O quê?

— Não é um ambiente saudável e você precisa seguir em frente. Às vezes, tenho que dar esse conselho. Um aviso.

Esse "deveria pular fora" era claramente uma frase que Gloria reservava para essas ocasiões. Perguntei-me quantas vezes ela a tinha usado.

— Você também deu esse conselho para Ellen?

— Ellen tinha que pular fora.

— Não me diga o que devo ou não devo fazer. E Elton pode cuidar de si mesmo ou ele é outro projeto de vida seu?

— Olha, você tem muita sorte de se afastar de sua família do modo que fez, levando a vida com o mínimo necessário para sobreviver, apanhada com maconha uma vez ou outra… Que adorável. Tem sorte de ir para a faculdade. Você ainda tem possibilidades.

Será que Elton estava confidenciando coisas para a mãe?

— Quem você pensa que é para me dizer que tenho sorte? Só está com medo de que eu a substitua? Que Elton não vá mais precisar de você?

— Você não sabe nada sobre nós — retrucou ela, com grande exaustão. Depois desligou.

Quando apareci na biblioteca, Elton já estava lá. Carregava uma caixa de sorvete de massa, picolés e bolinhos gelados de caixinha, coisas que você compraria em um caminhão de sorvete ou a granel, esvaziando um freezer de uma Seven Eleven. Sei que isso pode soar encantador ou simplesmente extravagante para você. Mas não foi. Todos ali sabiam que estavam na presença de alguém que tinha ficado desequilibrado. Elton, coberto de suor, brilhando no balcão.

"Fale baixo! Fale baixo!". Os bibliotecários estavam alvoroçados.

Agora Elton estava perguntando se os funcionários tinham visto uma garota que ele deveria encontrar.

— O sorvete está derretendo, pelo amor de Deus!

Mas as bibliotecárias estavam eufóricas, zonzas de tanto silêncio. Elas olharam em volta, um pouco arrepiadas e talvez um pouco apaixonadas. Elton ainda era lindo. Estava valentemente distribuindo sorvete para as pessoas nas mesas. Por fim, jogou a caixa de papelão no chão, onde algumas das caixinhas amolecidas vazaram.

— Chamem a segurança! — gritou um dos bibliotecários.

— Elton — sussurrei, a princípio. — Elton.

Ele se virou e ergueu os braços.

— Ela chegou! Ela chegou!

Mas eu estava chorando, e ele se deteve. Virou-se devagar, olhando para a bagunça, os universitários assustados, a boca chocada dos funcionários. Olhou para além de mim e houve uma movimentação, uma comoção, pessoas invadindo a entrada da biblioteca.

— Elton! — berrou Gloria, seus cabelos curtos balançando com rigidez. — Elton! — Os guardas da segurança entraram atrás dela. — Ele está bem — informou-lhes Gloria. — Está tudo bem.

Elton me encarou, o rosto tomado pelo desânimo. Ele disse:

— Eu voltarei! Vou escapar! — E ficou claro que ele sabia para onde estava indo, que já havia estado lá antes.

Gloria fez com a boca para mim: "Não é sua culpa". Acho que foi isso que falou. Quero acreditar que foi isso que ela disse. Precisava desesperadamente acreditar nisso. Eu a observei, ladeada pelos guardas, segurar o braço de Elton e guiá-lo portas duplas afora.

Então, as portas se fecharam e o silêncio abafado inundou a biblioteca atrás de Elton. Os bibliotecários correram para o balcão onde havia uma fila. Vi Kelly erguer a vista de um livro. Nossos olhos se encontraram, mas ela voltou para sua página. Senti inveja dela por um momento. Ela estava na faculdade. Estava estudando para as provas. Tomou boas decisões. Kelly sabia, por instinto, que o mundo era perigoso de inúmeras maneiras. Um dos bibliotecários mais velhos ajoelhou-se para colocar as guloseimas derretidas de volta na caixa. As máquinas de xerox piscavam à distância. As coisas retornaram à ordem em questão de segundos, tão terrivelmente rápido.

Não foi isso que aconteceu com sua irmã? As pessoas não exigiam normalidade? Todos nós devemos ter permissão para expressar nossa raiva e tristeza. Será que todas as ruas mal iluminadas de Hoboken, Baltimore e Jerusalém não deveriam estar cheias de pessoas que passam correndo pela frente de casas de penhores, bodegas, açougues porque estão com medo, carentes ou ambos?

Aqui estão as confissões. Meu nome permaneceu no computador como integrante do time de hóquei em campo. Não sei por que, mas, como eu não participava de fato, nunca fui expulsa de verdade. E, assim, disseram-me mais tarde que no banquete esportivo meu nome foi mencionado como uma das atletas acadêmicas porque mantive boa média de notas enquanto jogava hóquei em campo. Não fazia sentido, mas fui uma atleta estudiosa por quatro anos e coloquei no meu currículo.

Como Ellen, segui o conselho de Gloria, que estava errado e eu sabia disso. Tive sorte — novidade para mim. E meus pais, com toda a sua melancolia, também tiveram sorte. O vizinho com o quadril quebrado morreu no hospital. Meu pai não conseguiu encontrar o ninho do esquilo. O animal enfraqueceu as paredes. Meu pai chamou um exterminador que, ele presumiu, iria capturá-lo e soltá-lo — não foi o caso. É preciso transferi-lo para o outro lado de um corpo de água ou os esquilos simplesmente retornarão. O animal foi morto. No Natal, abrimos nossos presentes como estranhos em um ponto de ônibus. Estavam todos errados. Mal nos conhecíamos. Mas estávamos avançando a duras penas.

Comecei a perceber que minha vida havia sido descartada junto com Elton Birch, esse lado selvagem dentro de mim. Eu estava aprendendo que aqueles que estão realmente vivos não sobrevivem. Começava a me dar conta de que Kelly, minha pálida e obstinada colega de quarto, sobreviveria, junto com meus atormentados pais; mas Elton não sobreviveria, e minhas escolhas, desde então, teriam que ser feitas com base nessa compreensão, nessa verdade nua e crua, e inevitável. Estava me culpando pelo acidente de carro de Michael Hanrahan e agora poderia me culpar pelo colapso de Elton. Mas tinha muito medo de fazer isso. Eis algo que você precisa saber: tenho um forte instinto de sobrevivência. Pode ser um instinto horrível, uma feiura dentro de mim.

Elton me ligou no fim da primavera. Deixou uma mensagem que transpirava sedação.

— Oi, aquela não foi uma bela cena. Desculpe por isso. Sinto muito. Não me odeie. — Ele respirou fundo e então acrescentou com leveza: — Ligue para mim um dia desses.

E eu sabia que o amava com mais do que um concordar de cabeça. Eu o amava com um ímpeto de ternura, com o bocado que cabe ao leão após a caça. (Será que isso algum dia é suficiente?)

Eu queria sobreviver. Eu precisava. Nunca liguei.

Desencantadamente,
A Atleta Acadêmica

2 DE DEZEMBRO

Querida Leoa

Pois bem, está meio tarde aqui na cidade e estou escrevendo para dizer como sua carta foi triste, triste de verdade, muito triste, e como me senti mal por Ned e por Elton, e também por você, todo mundo se apegando tanto às próprias esperanças. Isso me deixou meio emotivo. E quero pedir desculpa (de novo) por não ter dado prosseguimento no casamento. Estive pensando sobre isso. O fato é que, na verdade, o que acontece é que sou INCRÍVEL na CAMA. Sei que é estranho falar isso, arrogante, quase assustador, mas é a realidade. E estou mencionando isso porque, além de todas as outras coisas em sua carta, também havia indicações claras de que você parece ter algumas das mesmas tendências raivosas que eu, as mesmas necessidades, e isso significa — a menos que eu esteja muito enganado aqui — que teríamos feito um SEXO MUITO BOM desde o início, um *home run* total no DEPARTAMENTO DE ORGASMO, e isso teria zicado as coisas entre nós, porque é o que sempre acontece. Mas já se passaram alguns meses desde o ARMÁRIO DE CASACOS DA CHAPELARIA e só estou pensando que talvez valesse a pena o risco. Para começar, você sabe. Porque, na verdade, como deve ter notado, às vezes posso parecer muito cauteloso. Mas uma coisa maravilhosa a meu respeito é que, uma vez que a roupa sai, tudo se desvanece. Eu me perco no movimento, no puxão molhado da coisa, na linguagem do corpo. (Por acaso acabei de dizer: *Eu me perco no movimento*? Por favor, prometa que vai dar um tiro na minha cabeça se eu fizer isso de novo.) O que estou dizendo é que gostaria que você visse essa parte de mim, que sentisse essa parte de mim — é mais uma coisa de sentimento, ou uma coisa de ritmo, uma coisa de sentimento de ritmo — e eu tenho pensado em você também, seu corpo, aquelas respirações ofegantes que você estava soltando a certa altura, as unhas cravando-se um pouco na minha pele... Portanto, devemos considerar isso uma opção. Não desistir das cartas. Não. Eu amei as cartas. Mas também acrescentando talvez um COMPONENTE DE DESEMBARAÇO SEXUAL à empreitada. Não seria nem um pouco como pescar, vai por mim.

Eu sou Nugent, ouça o meu,

Rugido

P.S.: Estou meio alto de bebida

P.P.S.: Mas não retiro uma palavra de tudo o que eu disse.

2 DE DEZEMBRO (NOVAMENTE)

Jane,

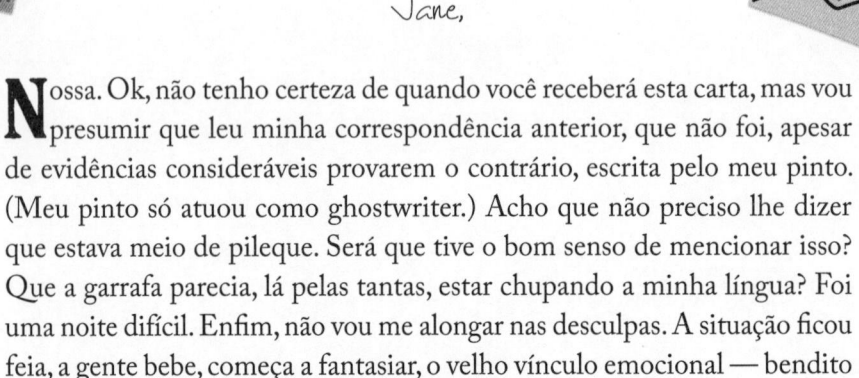

Nossa. Ok, não tenho certeza de quando você receberá esta carta, mas vou presumir que leu minha correspondência anterior, que não foi, apesar de evidências consideráveis provarem o contrário, escrita pelo meu pinto. (Meu pinto só atuou como ghostwriter.) Acho que não preciso lhe dizer que estava meio de pileque. Será que tive o bom senso de mencionar isso? Que a garrafa parecia, lá pelas tantas, estar chupando a minha língua? Foi uma noite difícil. Enfim, não vou me alongar nas desculpas. A situação ficou feia, a gente bebe, começa a fantasiar, o velho vínculo emocional — bendito seja o vínculo! — é exposto com desleixo.

O que não quer dizer que não tenha empreendido esforços para evitar esse constrangimento. Não, acordei esta manhã no devido estado de pânico e cambaleei escada abaixo, e o sol estava batendo forte, com a intenção de explodir meus globos oculares para ser sincero e, pior ainda, estava a pino, o que significa, na verdade, que era perto do meio-dia e que a carta em questão (aquela que espero que você ainda não tenha lido) foi levada pelo meu carteiro.

Umas breves palavras sobre o meu carteiro, o que requer umas breves palavras sobre meu ex-carteiro, Kenneth, cuja perda e o significado disso eu comecei a me dar conta apenas pouco tempo atrás. (Mencionei que ainda posso estar bêbado?) Kenneth era um sujeito grande, cara fechada, solitário, não tinha idade suficiente para ser um veterano do Vietnã, mas com algumas das mesmas tendências — nervoso perto de cães, fumante inveterado, rapsódias frequentes sobre Sir Charles e *essa merda toda*. Em suma, um doido. E um doido muito amigável, diga-se de passagem. Kenneth, afirmo com certeza, teria ficado feliz em me ajudar a me livrar de minha crise buscando a carta em sua bolsa. Ele poderia ter me dado outras mais, só por via das dúvidas. Também sofria de uma condição crônica: atrasava-se aos sábados;

na verdade, todo santo dia, o que significa que minha carta ainda estaria na caixa de correio. Mas não. Algumas semanas atrás, Kenneth desapareceu de seu roteiro de entregas. Não está claro o que aconteceu com ele. A princípio, pensei em férias. Agora estou pensando em um hospital público. (Fiz uma piada de mau gosto? Esperemos que não.)

A questão é: meu novo carteiro, que nunca vi e que é tão pontual que dá raiva. A carta havia sido levada. Corri escada acima e liguei para a central dos correios. Não consegui falar com um ser humano, então tentei a agência local de Chelsea, onde um cara com um sibilar estranhamente sensual prometeu ajuda e me deixou na espera por 37 minutos. Por fim, consegui verificar se minha carta havia sido, quase com certeza, jogada em uma daquelas caixas de correio verdes — chamadas de "caixa de descarte" no jargão postal local — que fica na esquina da Broadway com a Rua 23.

Foi ali que aguardei, durante a maior parte da tarde, no que talvez se qualifique como a vigilância mais incompetente da história das vigilâncias postais. Tentei parecer discreto e, ao fazê-lo, meu comportamento pareceu tremendamente suspeito. Vários policiais pararam para perguntar se eu estava perdido. Um mencionou que seria bom eu ir "circulando, circulando", o que me fez correr para o Starbuck's em busca de refúgio. Não vou detalhar minha aversão ao Starbuck's, que é, pensando bem, cansativa. Por fim, por volta das 16h, apareceu uma mulher negra corpulenta trajando o uniforme do correio.

Esta, embora eu não soubesse na época, era uma tal de Bethany Delacourt, mensageira postal. A essa altura, já havia tomado duas (talvez três) bebidas contendo cafeína/açúcar para me manter no pico da consciência, embora descreva meu estado como mais próximo de elétrico. Então, corri para fora com talvez um pouco de entusiasmo demais em meus movimentos, e a sra. Delacourt se sobressaltou quando ouviu meus passos e — isso é algo que deve ser registrado — tirou da cintura uma pequena lata do que viria a ser spray de pimenta.

— Desculpe — falei. — Não queria assustá-la.

A sra. Delacourt endireitou a coluna e olhou feio para mim.

— Não me assustei com você.

— Tá. Olha. Sei que parece loucura, mas...

E comecei a explicar a situação: que eu morava no endereço tal e tal, que tinha postado uma carta para minha mãe idosa (que estava se recuperando em uma ilhota grega e da qual eu não possuía o número de telefone) informando que tinham desligado a ventilação de suporte à vida do meu irmão, mas que — Deus seja louvado! — ele na verdade se recuperou, apesar de ter estado legalmente morto por vários minutos, e é óbvio que a carta causaria uma enorme e desnecessária dor à minha mãe, o suficiente para talvez matá-la, dado o sopro no coração, e que o que eu precisava, portanto, era recuperar a carta e garantir que não fosse despachada.

Estou, se puder acreditar nisso, tornando a história muito mais coerente do que brotou para a sra. Delacourt. De fato, se não me falha a memória, minha representação das circunstâncias que envolveram a carta foi um pouco mais improvisada, de modo que (por exemplo) no início identifiquei meu irmão como um decorador de interiores que havia sofrido envenenamento por chumbo, que mais tarde modifiquei para um bombeiro que tinha sido hospitalizado por inalação de fumaça.

A sra. Delacourt, impenetrável em seu uniforme de musselina azul, seu coque estilo grego de extensões de cabelos acobreados, balançou a cabeça e disse:

— Isso não é da minha conta, senhor.

E:

— Eu tenho um cronograma a cumprir.

Aí:

— Você precisa ligar para a central dos correios.

Não estávamos nos comunicando.

— Espere, escute — insisti. — Tudo o que quero fazer é tirar uma carta boba, que eu mesmo escrevi. Isso poupará tanto sofrimento à minha pobre mãe.

A sra. Delacourt deu de ombros.

— Não posso ajudá-lo, senhor.

— Mas e se a carta simplesmente se perder. Cartas não se perdem o tempo todo? Existe até um lugar para onde vão as cartas mortas, o departamento de cartas mortas.

Agora, a sra. Delacourt levantou-se de onde estava agachada e me encarou, e pude ver de imediato que ela era uma daquelas funcionárias menores para quem os protocolos de trabalho se tornaram uma espécie de exercício espiritual. O centro escuro dos olhos dela, que deve ter sido em algum momento travesso e infantil, endureceu em um brilho de subserviência.

— Representa um crime federal eu violar a correspondência. Presumo que você entenda isso.

— Ninguém disse nada sobre violação — falei. — Você me entendeu mal. Só estou dizendo que a carta pode se perder.

A sra. Delacourt abaixou-se para destrancar a caixa de descarte e começou a guardar os envelopes na bolsa.

Permaneci ali parado, tentando identificar minha carta pelos rabiscos da embriaguez.

— Vou precisar que você se afaste do receptáculo de correspondência — advertiu Delacourt. — Por favor, senhor.

— Ah, qual é — resmunguei. — Tenha dó. A carta está bem aí, na sua bolsa. Dá pra vê-la daqui.

(Isso não era verdade.)

A sra. Delacourt ergueu os olhos para mim, então passou por mim, aparentemente procurando um policial.

— Mesmo que quisesse ajudá-lo, coisa que não quero, eu não poderia. Desde o Onze de Setembro, não podemos permitir que as pessoas violem correspondências. Você deveria compreender isso.

Ah, sim, o Onze de Setembro. Eu estava morando na cidade de Nova York, afinal, apenas 27 meses após os terríveis acontecimentos daquele dia. Como poderia esquecer? Como *alguém* poderia esquecer? Não havia como, porque em todos os dias de sua existência você era lembrado por algum atraso exagerado, alguma medida de segurança corroendo os cofres públicos, algum gasto de imposto em um uniforme alugado.

— Então, se você perder esta carta, os terroristas ganharam?

A sra. Delacourt pareceu se enfurecer.

— Quem é que falou em terroristas? — questionou.

— Eu estava só brincando — falei. — Deixa pra lá.

— "Brincando" — repetiu ela. — Não acho que você deveria estar brincando sobre terroristas, senhor. Não neste quarteirão.

— Ah, deixa disso — exclamei, forçando uma risadinha. — O que você está sugerindo, que eu sou talibã? Que represento algum tipo de ameaça? Nem sei o que é um estilete…

Devo mencionar que minha cronologia vai ficar um pouco confusa a partir daqui. Terei que recorrer a certas posturas de especulação. Por exemplo, terei que, hã, especular que a sra. Delacourt estava (de maneira não de todo consciente) esperando que alguém exatamente como eu entrasse em sua vida, um espertalhão, alguém que não tinha o devido respeito pela autoridade que lhe era conferida e que poderia fazer certas declarações, ou, na verdade, que poderia usar certas palavras, como *talibã* e *estilete*, palavras que, do seu ponto de vista, constituíam uma ameaça física à sua pessoa e à cidade de Nova York e (como assim?!) e aos Estados Unidos da América como um todo, e que exigiria o uso do spray de pimenta mencionado antes, cuja latinha — como percebi mais tarde — ainda estava presa entre o dedo anelar e o mindinho e que (de novo, mais especulações) ela habilmente mudou para o polegar e o indicador enquanto eu falava.

Também pode ser verdade que efetuei algum movimento, que minha mão se deslocou em direção ao ombro dela, embora eu possa garantir que estava apenas esperando estabelecer um mero contato humano do tipo não terrorista, que eu estava num estilo muito próprio e inimitável de talibã de ressaca meio que tentando *suavizar a situação.*

O que posso dizer com certeza é que ela girou o ombro esquerdo para longe de mim e levantou a mão direita, e de repente meus olhos queimaram e eu tossia e gritava, entre tosses:

— Mas que porra! Caralho!

Foi neste momento que o policial apareceu.

Foi a voz dele que ouvi primeiro, uma voz típica de quem está em sua função: firme, elevada, magnificamente acusatória.

— Você precisa se afastar — avisou ele —, agora mesmo.

Presumi que estivesse falando com a minha agressora e, portanto, acrescentando meu próprio momento de sufocamento a essa percepção, soltei algo como:

— Sim, pelo amor de Deus, porra! Afaste-se!

Então, senti algo apertar com força meu braço, sendo este algo a mão dele (e não uma garra de titânio, como pensei de início). E logo fui conduzido para trás, dobrado na altura da cintura, enquanto engasgava.

— Fique parado — ordenou o policial.

Ainda não conseguia enxergar nada. Parado fiquei.

Ouvi a sra. Delacourt protestando contra mim veementemente em voz alta. Alguém me entregou um copo d'água e, por mais estranho que pareça, uma bisnaguinha.

— Coma o pão — instruiu uma voz. — Use a água para lavar os olhos. — Obedeci.

Isso ajudou bastante. Minha visão, embora ainda caleidoscópica com lágrimas, começou a clarear e conseguia enxergar agora — com base na multidão ansiosa de cidadãos que se aglomeram na cidade de Nova York ao menor sinal de potencial humilhação pública — que eu estava no centro de um grande drama que se desenrolava. Ah, sim, performance de rua, estilo Chelsea.

O policial estava falando no rádio. Era careca, gordo e assustadoramente baixo, tão baixo que a princípio pensei que poderia estar de joelhos. Delacourt pairava sobre ele, sua bolsa de correspondência recatada sobre o peito. O sujeito, o policial, fazia perguntas em voz baixa e ela respondia, já calma. Sua expressão sugeria um estado de êxtase. Todo mundo olhava para mim, o terrorista. Se fingisse me lançar contra qualquer um — e estava tentado a fazer isso —, eles teriam se dispersado.

Ao mesmo tempo, senti uma estranha compulsão de atuar de alguma forma, para provar meu estado de normalidade.

— Posso só perguntar quem me deu o pão? — falei, segurando a metade que não tinha comido. Ninguém disse nada. — Bem, foi muita gentileza. Obrigado.

O policial me fuzilou com os olhos. Então, voltou-se para Delacourt e continuou seu interrogatório. Ela estava, a essa altura, chorando baixinho. Era evidente que borrifar spray de pimenta no meu rosto foi bastante traumático para a mulher. Não é todo dia que seus impulsos sádicos ocultos são tão descaradamente satisfeitos. O policial pôs o braço no dela. Delacourt o fitou com ternura. Ao que parece, estavam se apaixonando. Isso significava que eu iria preso.

Dadas as circunstâncias, não parecia tão ruim para mim. Teria muito tempo livre e talvez algum isolamento. Mas, na verdade, antes que eu pudesse ir para a prisão, o policial teve que me interrogar, o que significava que tinha que se separar da sra. Delacourt.

Olhei para a multidão, falhando em parecer inocente.

Um garotinho ruivo, jogado nos ombros do pai, ficava dizendo:

— O que aconteceu? O que aconteceu?

(Ah, vamos fazer uma pausa aqui para dar graças ao impulso cívico/paternal.)

— Aquele homem atacou aquela simpática senhora — sussurrou o pai.

— Por quê?

— Ninguém sabe. É isso que o policial está tentando descobrir.

Posso apenas dizer que eu estava a, tipo, um metro de distância dessa conversa?

Tentei ignorar a multidão. Mordisquei a bisnaguinha. Percebi que precisava fazer xixi. Fiquei algum tempo admirado com a estatura do policial. Trabalhava de bicicleta. Tive certeza de que alguém havia modificado a bicicleta para ele poder alcançar os pedais. Mas, mesmo assim, suas pernas eram tão curtas. Dava para imaginar suas coxinhas atarracadas trabalhando arduamente, correndo atrás de um criminoso de verdade. Não parecia justo. Por fim, o policial veio até mim. Parecia em boa forma e zangado.

— Carteira de identidade — solicitou com rispidez.

Entreguei-lhe minha carteira de motorista e, impaciente, ele anotou minhas informações.

— Ok — disse o policial. — Deixe-me fazer algumas perguntas.

— Claro — respondi.

— Não seja encrenqueiro comigo, senhor.

— O quê?

— Você me ouviu. Trabalhei com caras que morreram no WTC, ok?

— Ok.

— Porque é a única coisa que peço, ok, senhor? Papo reto aqui?

Eu assenti. Estava ciente de que precisava permanecer muito, muito *calmo*.

— Em algum momento você colocou a mão na vítima?

— Não.

— Você a ameaçou?

— Não.

Ele apertou os olhos para mim.

— Está me dizendo que não a ameaçou?

— Eu fiz uma piada, que foi mal interpretada.

— Uma piada — repetiu o policial. Ele anotou isso. — Que tipo de piada?

— Uma piada idiota — expliquei. — Esqueci as palavras exatas. Mas eu nunca a toquei e sinto muito, muito mesmo, por tudo isso.

— Você tentou violar a correspondência que ela estava manuseando?

— Não.

— Não efetuou nenhuma tentativa de violar a correspondência?

Até este ponto, eu estava indo muito bem, porque avaliei a situação e percebi que, quanto menos falasse, melhor. Eu tinha, em outras palavras, *jogado conforme minhas próprias regras*. Mas essa era uma pergunta difícil. Não queria mentir abertamente. Então, o que fiz foi me inclinar um pouco para o policial e dizer:

— Está bem, deixe-me ser bem sincero com você... — A ideia que tinha na cabeça era que eu poderia apelar para ele, de um cara para outro.

Agora, se me permite oferecer-lhe um conselho quando se trata de lidar com o cumprimento da lei (embora o motivo pelo qual você vá desejar meu conselho nessa área ainda não esteja claro), *jamais confie em um policial*. Não suponha que eles queiram ouvir sua triste canção de isenção de culpa. Não presuma que pode conquistá-los. Você não vai.

Vou poupá-la de um relato exaustivo do papo subsequente. Uma frase típica poderia ter transcorrido da seguinte forma:

— Não, nunca disse a ninguém que minha mãe estava em uma ilha grega, disse que ela gostava de salada grega, o que é verdade. Embora ela esteja com problemas de saúde e não deva comer queijo feta, não temos certeza se é uma coisa relacionada à lactose ou algo assim, mas o que quero dizer é que acho que a senhora Delacourt, não intencionalmente, pode ter me ouvido mal, não porque minha fala estava arrastada, de jeito nenhum, porque eu bebi ontem à noite, uma quantidade bem pequena, dois drinques, dois drinques aguados, mas hoje não bebi nada, porque, com o barulho da rua e tal, além de eu ter um pequeno problema de audição.

Foi feio.

No fim, recebi uma citação por perturbação da ordem, pela qual terei de comparecer ao tribunal distrital em seis semanas, a menos que queira pagar uma multa de quinhentos dólares. Ninguém ficou particularmente feliz com esse resultado. A sra. Delacourt ficou furiosa. A multidão, desapontada. ("Eles não vão prender o homem mau, papai?") O policial malvado e pequeno parecia enojado consigo mesmo por ter falhado em me encarcerar. E assim terminou meu papel principal, aos 47 minutos do segundo tempo apenas.

Espero não ser um choque muito grande saber que, a caminho de casa, considerei seriamente pegar emprestado o carro do meu vizinho Briggs e dirigir até a Filadélfia, na esperança de defender meu caso na sua agência de correio local. (Mais um exemplo encantador de minhas habilidades de resolução de problemas!)

Mas estou confiante, com base em suas próprias aventuras que mencionou, que você compartilha do meu apreço pelo ocasional impulso criminoso insano. Vamos torcer por isso.

Está na hora de um banho quente e uma rápida esfoliação do lobo frontal.

Cotando aqui turbantes para a minha audiência no tribunal,

Johnny Rotten

P.S.: Ai, meu Deus. Eu usei MAIÚSCULAS, não usei? Estou começando a me reCUrdar de tudo.

P.P.S.: Meu pinto está mandando um "oi".

6 DE DEZEMBRO

Oi, Pinto!

Você, queridinho, merece uma carta só sua — assim como a sra. Delacourt —, um agradecimento pela coragem e pelo heroísmo dela sob pressão. Ela realmente merece uma homenagem — a ser declamada com uma trilha sonora do Hino Nacional ganhando força ao fundo, a versão de Whitney Houston, se me permite ser deveras ousada em sugerir, Superbowl *circa* Numerais Romanos Tal, Tal e Tal. Porque, sem pessoas como a sra. Delacourt e sua crença na santidade do Sistema Postal Federal — aqueles funcionários que marcham nossas cidades e nossos bairros adentro de shorts azuis de lã como meninos católicos matando aula no Ensino Fundamental —, sem pessoas como ela, receio que investidas como a daquela que sacou da cartola o sr. Certinho ao qual você está arraigado — investidas em nada mais que censura de pinto — não falhariam, não seriam frustradas. E muitos pintos bêbados (cultos) em toda parte seriam silenciados.

Alguns poderiam argumentar — não você, pinto, não, não você — que isso não seria uma coisa tão ruim. Mas não posso deixar de simpatizar com a situação do pinto silenciado. Têm conspirado contra você ultimamente — por causa do feminismo, da psicologia, da Oprah e das vaginas tendo seus próprios monólogos encenados. (Você não é o melhor porta-voz, é?) Mas ainda assim! Pobre pinto, tantas vezes tosquiado ao nascer — enquanto cuida da própria vida —, você está fazendo o melhor que pode. (Já mencionei que tenho uma camiseta que diz "A circuncisão é circunspecta"? Você sabia que eu era uma ativista pelo pinto?)

Pelo amor de Deus, até a língua está contra você. Pênis — quem é capaz de pronunciar isso sem estremecer com a efeminação da palavra? Por acaso foi inventado por um mago das palavras cuja mãe referia-se a suas partes íntimas como seu "bingulim", alguém cuja autoconfiança foi tão completamente destruída que ele só conseguiu conjugar as palavras frágil e sensível para descrever sua masculinidade? Pênis não é nada comparado à palavra vagina — que é tão exuberante, quase glamorosa — ou vulva: meu Deus, é como um super-herói ou algo assim!

O que quero dizer é que a sra. Delacourt merece ser louvada! A sra. Delacourt, embora possa não saber, é exatamente o tipo de pilar de que os pintos precisam! E, por causa do conhecimento postal atento dela, você, pinto, teve sua liberdade assegurada para falar o que pensa de forma decidida e obstinada (a esta altura, Whitney Houston deve estar no ápice — *And the rockets red glare. The bombs bursting in air.*) E você, pinto, você também merece elogios — você, sempre com seu olho treinado para os aspectos essenciais da própria fundação deste país — vida, liberdade e a busca pela felicidade —, é um verdadeiro patriota. Por isso, eu, como cidadã americana, sou muito grata.

Sinceramente,
Jane, presidente do DPA (Direitos dos Pintos da América)

P.S. Para o seu amigão... Você não está tentando ganhar tempo, está? Não tem algo "indecente, adorável e verdadeiro" para me contar? Você me advertiu no passado: *Não pare. Estou falando sério, Jane.* E, então, digo o mesmo a você: *Não pare.* Uma confissão, por favor.

MARIA EVANGELINA FAJARDO CORTEZ

14 DE DEZEMBRO

Prezada Sócia do DPA,

Como você sem dúvida tem conhecimento, os recentes cortes federais nos programas de financiamento peniano nos forçaram a tomar algumas decisões difíceis. É uma pena que tivemos que rescindir os privilégios epistolares de nossos pintos sócios. A supervisão adequada estava se mostrando muito cara. A carta a seguir, portanto, vem de Theodore Nugent (DPA #1025), com apenas um aparte ocasional de seu pinto...

Vão lhe faltar alguns anos. Dois ou três. Eu me formei, raspando, e despenquei para Santa Bárbara. Por que Santa Bárbara? Havia uma garota lá, a princípio, embora eu a assustasse com meu humor e meus padrões de barbear erráticos. Eu ia aprender a surfar também, como um verdadeiro californiano. Mas não tinha paciência para o fracasso, então arranjei um emprego em uma pizzaria gerida por um grego que traficava metanfetamina em segredo. Que prestígio.

Foi esse senhor que me apresentou a outro grego, Patros, que moldava peças de cerâmica na roda de oleiro. Durante um tempo, tornei-me seu aprendiz e o acompanhei até o deserto ao sul de Pasadena, onde cavamos em busca de argila vermelha e acampamos sob as estrelas. Sentava-me, observava a fogueira e comia feijão-branco espalhado em pão sírio e folhas de uva temperadas com cominho, enquanto Patros filosofava em seu inglês hesitante. *Beleza é verdade,*[2] declamou para mim. *As mais doces frutas dão*

---

[2] John Keats. (N.T.)

caroço. Escutei essa frase pseudofilosófica proferida solenemente e esperei alguma serenidade mística me elevar.

Em seu pequeno estúdio, Patros usava as mãos, coisas longas e pontudas, para moldar vasos de cura. Eu era o encarregado do forno. As pessoas usam pequenos cones para medir o calor em um forno, e Patros prefere uma temperatura bem alta para suas peças (cone nove). Às vezes, depois que ele ia para casa, eu acendia um baseado e olhava para a fenda do visor — para as chamas crepitantes e os esmaltes crescendo com o oxigênio morto — até meus olhos arderem. Não foi o meu melhor momento.

Em seguida, tive um emprego como balconista de remessa e recebimento de uma empresa de suprimentos médicos dirigida por um afável alcoólatra chamado Sprat (todos o chamavam de Sprat), que passava a maior parte do tempo em meu escritório, falando sobre a Guerra da Coreia. Ele havia matado algumas pessoas e não parava de falar sobre isso, não deixava os mortos descansarem. Anos depois, eu leria um artigo no jornal sobre a fraude do Medicare e perceberia que Sprat estava entre os indiciados. Seu primeiro nome era, creio eu, Thomas.

Durante esse período, toquei em uma banda punk chamada Anthrax Ballet, uma das várias milhares na bacia de Los Angeles naquele momento histórico, talvez a pior. Toquei baixo no estilo Vicious, um tormento orquestrado preocupado apenas vagamente com as notas. Compomos um total de uma gravação, um álbum autofinanciado de sete polegadas de nosso single de sucesso, "Girl Fight". Vou presumir que, apesar de suas certas tendências riot grrrrl, você nunca se deparou com esse influente lançamento. A letra era a seguinte:

Arranhão na cara
Puxão de cabelo
Briga de menina!
Briga de menina!

Na verdade, meu pai veio me visitar nessa época e passou alguns dias fingindo não se preocupar comigo. Até compareceu, como quem não quer nada, a um de nossos shows, em um clube chamado Black Nasty, e essa lembrança parece mais dolorosa de contar que todo o restante: meu pai de camisa social, olhando para a multidão triste e furiosa, esquivando-se de cerveja derramada que saía voando, seus ouvidos maltratados pela microfonia sem fim, e a maneira como ele me encarou depois, esse amante de Mozart e Verdi, seus olhos gentis procurando uma forma de se comunicar comigo. Mandei-o voltar para casa, ele combalido pela confusão.

Então, conheci Lina. Maria Evangelina Fajardo Cortez. Era amiga de uma fã da banda e era... Escolha o adjetivo: bela, encantadora, inovadora. Usava um terno azul listrado, uma peça masculina, o que era uma coisa estranha de se usar em um show de punk, e botas de couro de bico fino. Ficava às margens do mosh e chutava qualquer um que chegasse perto demais. Mais tarde, ela me mediu com os olhos e bocejou, mas deve ter visto algo ali, sob o cabelo montado com gel e alfinetes de segurança. Afinal, eu era o cara fofo da banda (meus amigos eram excepcionalmente feios) e o único que havia conseguido um diploma universitário, um fato que tentava a todo custo esconder. Lina era alguém que eu poderia amar só de olhar para ela. Tinha o rosto de uma princesa maia, retocada para a *Vogue*. Estava tudo lá: os lábios carnudos, as bochechas redondas, os olhos escuros úmidos de prazeres embutidos. Transpirava, em sua aparência, em sua fala e em seu movimento, uma qualidade madura que eu associava ao glamour. Sua figura era o que nós, aspirantes a surfistas, chamávamos de trágica. (Trágico, mano. Areia demais para o seu caminhãozinho.)

Eu a rastreei, liguei para o seu escritório, deixei o que considerei uma mensagem espirituosa. Ela não retornou a ligação.

Meu amigo Curt pediu à sua amiga Ann que a agitasse para mim.

— Ela não gosta de caras largadões — informou-me Ann.

— Eu sou largadão? — perguntei.

Ela brincou:

— Pode até ficar, se você se arrumar um pouco.

Um encontro foi intermediado. Lina permaneceu por tempo suficiente para me deixar comprar duas cervejas, nenhuma das quais bebeu. Fiz-lhe algumas perguntas. Elogiei sua roupa. Falei sobre o sucesso da banda, nossas grandes ambições. Ela olhou para o outro lado do bar.

— O punk meio que acabou — declarou. — Quero dizer, não acabou? Perguntei se poderia vê-la de novo.

— Vou ficar fora da cidade por um tempo.

Eu não conseguia me conter, no entanto. Lina tinha me deixado babando aos seus pés, todo bobão.

Vai soar estranho, dada toda a humilhação que digeri, mas senti que estava tomando as rédeas do meu próprio destino. Esse é o fascínio secreto do crush. As pessoas subestimam quão empoderador é o arranjo, ainda mais para personagens como eu, perdidos, fracos, necessitando de um polo magnético. (O próprio Elton estava, eu suspeito, fazendo um pouco disso quando a arrastou para a vida dele.) Os caras da banda desprezavam Lina. Sempre que o nome dela aparecia, eles tocavam "Maneater" de Hall e Oates. Mas estava claro que o Anthrax Ballet não estava indo a lugar algum. O punk era apenas uma desculpa para não praticar muito. Então, nosso baterista se mudou para o Oregon e o restante de nós realmente começou a brigar. Alegando diferenças não criativas, nós nos separamos. (Diga-me se você já não viu tudo isso em *Behind the Music*.)

Mudei para uma fase carinhosamente apelidada por Fish, nosso vocalista, como prostração em tempo integral. Imagine uma mosca-de-estábulo. Imagine um painel de vidro. Essa era nossa dinâmica. Eu escrevia poemas para ela. Enviava flores. Lina começou a namorar um astro de novela, um sujeito chamado Tomas Panza. Estava em absoluto êxtase (relatou Ann), prestes a ficar noiva. Então, Tomas conseguiu um papel em uma sitcom como um médico gostosão com uma irmã com problemas mentais e assumiu uma modelo, o rosto de uma marca de roupas íntimas. Foram fotografados juntos em um dos tabloides, beijando de língua no Daytime Emmys.

Essa leve decepção amorosa pela celebridade preparou o palco para o nosso herói? Não. Lina continuou a me massacrar com sua indiferença. Eu não conseguia sossegar. Era um cachorro choramingando. E Lina me jogava sobras suficientes para me manter por perto. Ela sempre mencionava um bar com o qual poderia se animar e nunca o fazia. Uma noite, em um clube de jazz, num momento desleixado de bebedeira, Lina encostou a boca no meu ouvido e rosnou em espanhol. Senti a mancha de seu batom no lóbulo da minha orelha, as bordas ferozes de seu sutiã push-up. Implorei-lhe que me deixasse levá-la para casa. Ela pegou um táxi e não retornou minhas ligações por duas semanas.

Não vou repassar todas as outras noites. O importante é o seguinte: consegui um emprego no escritório dela, como recepcionista. Tratava-se de uma agência de publicidade em Palos Verdes dedicada rigorosamente às decisões de compra do estilo de vida moderno. As pessoas lá valorizavam, acima de tudo, inteligência. Davam festas onde todos se reuniam sentados tentando superar uns aos outros; onde, se você saísse para a varanda a fim de clarear a cabeça, podia ouvir o jazz ruim do papo de propaganda tagarelado sob uma nuvem de fumaça de cigarro.

Percebo que estou soando como um idiota condescendente, o que não é algo legal de se parecer. É aquele esnobismo se insinuando de novo, como se *aquelas pessoas* estivessem, de alguma forma, distantes de mim e da minha existência. Isso é mais fácil que lidar com o quanto delas já estava dentro de mim, o que, de qualquer maneira, ficará claro.

Então, fazia meu trampo de recepcionista no automático. Um dia, a designer sênior, uma macaca velha chamada Alice Tewksbury, atravessou o reluzente saguão de nosso escritório com seus saltos ruidosos. Ela estava arengando com um cara chamado Jed sobre o esboço de um anúncio, que de repente ela tascou na minha frente. Era algo envolvendo pinguins.

— O Johnny Thunder aqui poderia fazer melhor que isso — disse ela.

(Meu apelido foi resultado da impressão geral de que eu havia feito parte de uma banda de rockabilly — o excesso de gel tem um pouco de culpa aqui —, um boato que Lina poderia ter desmentido, mas não o fez. Também foi amplamente divulgado, por um tempo, que toquei em uma banda de tributo ao Sha-Na-Na como Bowzer. Não vou tentar explicar.)

O anúncio era de um resort de golfe na República Dominicana, o tipo de lugar onde o colonialismo vem na forma de bolinhos de concha e Coca--Cola. Então, o que foi que eu fiz? Fui para casa e fiz uma cópia dos bons e velhos nus de Gauguin, esboçados em um ou outro banco de areia, e um sujeito branco, nu e em êxtase, com uma bolsa de golfe na frente das partes íntimas. A legenda dizia: *Quando em Roma…!* Alice gostou pra caramba. Tornou-me seu assistente. Foi uma história comovente, adequada para uma comédia romântica para pseudointelectuais. Isso se traduziu em mais dinheiro, roupas mais bonitas, algo para fazer com meu tempo. A grana de verdade estava na televisão, onde Lina trabalhava, mas eu estava realmente feliz atuando no ramo de anúncios impressos. Aprofundei-me nas fontes, aprendi a mexer com Photoshop, entreguei-me às alegrias da inteligência. Comecei a me levar um pouco mais a sério e parei de me esforçar tanto para impressionar Lina.

Acho que nem preciso lhe dizer o efeito que isso teve.

A noite em que enfim aconteceu foi numa festa no escritório com muita sangria seguida, de maneira imprudente, por doses de tequila. Lina se acabou, estava um trapo cambaleante. Aguardou até que a maior parte do pessoal do escritório tivesse saído, é claro. Então, começou a cantar *canciones* e socou a jukebox por não cantar junto. O barman aconselhou que ela baixasse a bola. Ela o xingou, chamou-o de chicano, deixou o copo cair no chão.

Algo dentro de mim, uma vozinha da sensatez, dizia: *Vá embora*, enquanto outra voz sibilava: *Agora, seu bobo! Agora!*

Lina me pegou na porta.

— Aonde você pensa que está indo, Thunder?

Ela me puxou para si e tentou me fazer dançar algum tipo de ritmo latino.

— Parabéns — ela falou.

— Não é meu aniversário — retruquei.

— Claro que é — garantiu ela. — Você pode me levar para casa.

Vou pular todo o crescendo de provocações (meu pinto pode botá-la a par disso depois) e prosseguir para a parte em que Lina se despiu desse terno de sharkskin e montou em mim.

— Você é um menininho seguro? — ela quis saber. — Tem algum tipo de doença desagradável?

— Não — respondi.

— Das putinhas das suas groupies punks?

Balancei a cabeça.

— Se tiver — alertou-me Lina —, meu papi vai cortar sua coisinha fora, Thunder. Juro por Deus. Chega de *pinga*. — Ela puxou seu body. — Por que você não descobre como tirar isso para poder comer a Lina aqui? Tá a fim disso, Thunder? Comer a Lina?

Eu não tinha ideia de como tirar a roupa. Não havia zíper nem botões. Atrapalhei-me tentando, enquanto Lina me encarava com insolência. Por fim, bufando, ela se abaixou e abriu os minúsculos botões ocultos na virilha. Então, olhou para mim, para ter certeza de que eu apreciava o que estava acontecendo, e retirou o material.

Lina arqueou as costas, agarrou os seios e girou para que eu pudesse ver sua bunda fazer um bom trabalho. Ela era flexível, feminina, assustadoramente magra nas costelas, e seus cheiros eram agradáveis, na linha dos bálsamos perfumados. A pele, que era bastante fria em circunstâncias normais, ficou muito quente. Lina puxou meu cabelo, e, finalmente percebendo o que ela queria, eu puxei o dela. Era assim que Lina agia — era difícil para ela separar afeto de infligir dor.

De manhã, antes que a luz se infiltrasse em seu quarto, Lina me mandou embora. Lembro-me de estar sentado nos degraus da piscina do lado de fora do meu apartamento. Era um daqueles dias primorosos do sul da Califórnia, com brisa suficiente para evitar que o sol batesse em você. As palmeiras balançavam. Ondas azul néon dançavam na piscina. Senti-me dominado pela alegria. Queria mesmo essa mulher e me deitei com ela, e ela era tão gostosa quanto eu imaginava. Isso foi o que acabou de verdade comigo.

Existe o negócio do magnetismo animal. Nem preciso te falar isso. Por mais tímido que Elton pudesse ter sido entre quatro paredes, ele carregava aquela presença física em estado bruto. Lina era assim também. Toda vez que entrava em um lugar, ela chamava a atenção de todos. Seu rosto e seu corpo nunca a decepcionaram. Não pretendo fazer comparações fáceis. Só quero dizer que podemos ter sido movidos por alguns dos mesmos impulsos: as formas de amor imprudentes e envolventes.

Lembro-me de ir a Tijuana para fazer compras com Lina. Ela insistiu que chegássemos lá de manhã cedo, para evitar a multidão. Também não queria ir de carro para o México, então pegamos um táxi. Uma névoa pálida havia surgido do mar e se agarrou ao solo do deserto enquanto subíamos a ponte. Eu tinha imaginado uma viagem de um dia, uma caminhada demorada por praças arborizadas, tacos al carbon de um vendedor ambulante, a coisa toda de *Quando em Roma…!*

Mas Lina tinha um itinerário diferente em mente. Ela disse ao taxista para parar do lado de fora de uma joalheria a um quarteirão do México e desapareceu lá dentro. A alguns metros de distância, fora dos postos da fronteira, dezenas de homens e mulheres dormiam enrolados em folhas de papelão.

— Catadores de chili — contou-me o taxista. — Eles os levam de ônibus até os campos. Meu primo fez isso por alguns anos. Destruiu seu olfato.

— O que destruiu? — perguntei.

— O óleo de pimenta. É aspirado e queima as vias nasais.

Pensei na carta que recebi de Lisa, descrevendo a primeira vez que ela comeu uma refeição temperada com habanero. Bebeu água como uma desesperada, que serviu para espalhar o óleo em sua língua e sua garganta. As mulheres da aldeia onde estava hospedada vieram em seu socorro. "A coisa toda foi hilária", escreveu minha irmã. "Eles enfiavam tortilhas na minha boca, acariciavam meus braços. Eu ria e chorava ao mesmo tempo. Você deveria ter me visto, Johnny. Que catástrofe."

Eram surpreendentes a rapidez e a vivacidade com que Lisa havia retornado, ainda viva, aos risos, com a garganta em chamas. Saí do táxi para clarear a cabeça e caminhei até os catadores de chili. Eu sabia que deveria sentir algo por eles, pena ou esperança. Mas tudo que conseguia sentir era raiva. Tijuana era feia pra caralho. A rua principal era um desenho animado grotesco, placas de néon quebradas e calhas que fediam a vômito; uma crosta de fumaça de diesel onde deveria estar o céu. Corri de volta para o táxi, e o motorista começou a falar comigo de novo, alguma coisa sobre a irmã, ele tinha uma irmã que morava deste lado, sei lá o quê.

Lina saiu apressada da joalheria e entrou rápido no táxi.

— O que você tem? — ela me perguntou.

Minha respiração estava meio irregular.

— Sei lá — respondi. — Deve ser uma reação alérgica.

— Você é alérgico ao México, papi?

Não tinha contado nada a Lina sobre minha irmã. Ela sabia apenas o básico, um casal de pais em uma órbita distante. Achei que chegaria a toda a história em algum momento, mas não queria me aprofundar ou ser muito intenso, e Lina, com sua autoestima sem fim, fez esse impulso parecer perfeitamente natural. Ela olhou para mim por um longo momento, depois pela janela para os catadores de chili, e pude ver sua própria repulsa.

— Tudo bem — disse ela suavemente. — Vamos dar o fora daqui.

O taxista grunhiu baixinho; esperava uma tarifa para o dia todo. Eu estava prestes a chorar ao ver como Lina estava linda em seu vestido azul de verão, a curva graciosa de seu pescoço, o vermelhão de seus lábios pintados. Ainda não havia me ocorrido que meu novo amor tinha algo a ver com minha irmã morta, que eu havia escolhido uma mulher que insultava tudo o que Lisa representava. Tudo que eu sabia era que tinha que sair da pobreza fedorenta do México, que estava me sufocando. Lina inclinou-se em minha direção para mostrar as joias que havia comprado, pedras lisas de malaquita e ônix incrustadas em prata de lei, e eu examinei com cuidado cada peça, embora, na verdade, estivesse olhando para ela. A parte superior de seus seios me fez pensar nos vasos de cura lisos que Patros moldava em argila.

Outro detalhe delicioso: Lina não queria que nossa coisa se tornasse pública até que ela tivesse a oportunidade de me deixar com comportamento mais aceitável. Eu estava mais que disposto a fazer o que quer que ela tivesse em mente. Saímos para comprar roupas novas. Entrei na academia dela. Meu cabelo foi cortado curto. Eu me tornei, basicamente, um yuppie babaca. Isso não aconteceu de uma hora para a outra. Não percebi isso acontecendo. Na época, senti que estava colocando a vida de volta nos eixos.

E, apesar do esnobe ataque duplo de jiu-jítsu em mim mesmo, eu estava feliz. Lina atiçou as velhas chamas da ambição dentro de mim. Trabalhei longas horas e jantei tarde em restaurantes sofisticados com minha namorada latina gostosa e depois nos retiramos para o quarto refrigerado dela e fizemos sexo violento com espelhos por toda parte. De manhã, eu me levantava e bebia um smoothie de proteína, saía para fortalecer os músculos na academia — tônus e corpo definidos, essas eram as palavras da moda —, chegava dirigindo decidido meu carro novo (um Honda Del Sol) na fábrica inteligente, onde agora tinha minha própria vaga de estacionamento e meu escritório, bebia uma xícara de café após outra e, naqueles dias em que o sangue subia de forma irracional, arrastava Lina até um escritório abandonado no terceiro andar.

Nas noites de fim de semana, íamos a bares com nomes como Bang e The Spot e tomávamos anfetamina nos banheiros e dançávamos ao som do DJ do momento. Passávamos os domingos cuidando de nossos pelos pubianos, assistindo a vídeos e trocando fofocas de escritório. Lina era esperta quanto às pessoas, e isso parecia ainda mais impressionante por causa de sua beleza (embora fosse sua beleza, é claro, que exigia que ela mantivesse esses circuitos funcionando).

Seu apartamento era decorado em preto e branco. A única exceção era um *diablo* de madeira de Michoacán, pintado em cores vivas, com uma língua vermelha contorcida, que ficava em uma prateleira alta no hall de entrada e me encarava enquanto eu aguardava Lina vestir uma roupa nova. A geladeira continha: brócolis velho, champanhe, leite de soja. Sua dieta consistia em vários grãos inflados: bolos de arroz, pipoca, cereais sem leite. Ela também estava sujeita a desejos: tostadas de porco fritas, tacos de peixe, rellenos de pimentão cobertos com queijo asadero. Vê-la comer essas iguarias! O brilho da gordura deixado em seus lábios e o cheiro defumado de carne de porco em seu hálito. Isso me fazia querer dar vinte por cento de gorjeta a Deus.

Depois dessas farras, Lina ficava doente, mole e gemendo, a barriguinha inchada. Você deve entender: ela tinha esses momentos de ternura, durante os quais seu rosto expressava uma tremenda concentração de sentimentos. Muitas vezes, o álcool era a motivação, ou um bom acasalamento regado a suor. (A maioria de nós precisa de algo rígido para desalojar as lembranças voláteis.) Ainda posso ver Lina estendida em seu elegante sofá de couro, choramingando por sua *abuelita*, descrevendo para mim, entre soluços, a maneira como a mulher costumava preparar tortilhas em seu fogão, o tapa suave de suas palmas, o branco da massa, a pitada de canela e como sua *abuelita* cortava essas tortilhas quentes em tiras e as mergulhava em mel e a alimentava na boca, ávida pela espera.

Esse era o lado materno da família, os sem dinheiro, que se apegavam aos rituais do campo, que encaravam com estranha desconfiança o sonho do El Norte, com suas paredes eletrificadas e sua plenitude ateísta. Havia um germe dessa nostalgia na própria Lina. Ele tinha um poder que a aterrorizava, e seu terror lhe dava adrenalina, embora na maior parte do tempo ela falasse sobre a família paterna, o nobre sangue espanhol que corria em suas veias (eles possuíam documentos para provar os antepassados de Castela) e a notável história da ascensão de seu pai, de funcionário contratado a executivo assalariado.

Então, Lina, fugindo daquela pobreza ancestral, embarcou em uma jornada para a classe alta, e esse era um ponto de conexão, porque eu também estava fugindo do meu legado, do árido mundo das ideias, do autorrespeito desprovido de amor e do liberalismo fervoroso que mataram a minha irmã. Não queria nada disso.

Este é um espaço para confissões, então vamos direto ao ponto: parei de dar a mínima para os que não têm. Comi minha namorada gostosa impunemente e votei nos republicanos. Aprendi a comer sushi e pedia a carne mais cara da barriga de peixes em extinção. Voltei meus talentos para uma exposição precisa das inseguranças do consumidor e ofereci vários perfumes e bebidas de malte como solução. Eu acreditava com sinceridade no glamour, não como uma afetação, mas como uma necessidade duradoura.

Lina tornou possível a crença nisso tudo. Ela simplesmente se recusava a abrir mão de seu glamour. Fiquei esperando para pegá-la em um momento de feiura. Mas, mesmo de manhã, depois de uma longa noite de bebedeira, com os cabelos desgrenhados e os olhos inchados, ela continuava um tesão — uma fada açucarada usando calcinha com abertura.

Fomos visitar a família dela em Nogales, para a *quinceañera* de sua prima, uma celebração elaborada realizada no salão de baile do Westin. Presumi que isso significava que eu havia passado para uma categoria romântica mais sólida, mas não fui inspecionado muito de perto. Experimentei meu espanhol capenga com vários parentes. Eles sorriram de leve, ou talvez com condescendência; era difícil dizer. A família estava ocupada com os próprios dramas, sendo a festa o mais premente deles, mas também com as transgressões de vários tios bêbados, aproveitadores, primos mortos em combate. Fui colocado em um quarto de hóspedes no porão, enquanto Lina, casta e taciturna, ficou no aposento ao lado dos pais.

Aqueles eram os dias gloriosos do livre-comércio; as maquiadoras estavam na moda ("fábricas gêmeas", como eram chamadas na imprensa de negócios), o que significava um escritório americano com alguns *jefes* e vastas fábricas mexicanas lotadas de mulheres jovens montando placas de circuito. Hector Cortez era um *jefe* elegante e corpulento que vestia ternos escuros. Ele recebia um fluxo constante de visitantes em sua mesa.

Mais cedo naquele dia, o sujeito levou Lina e eu para um campo de tiro. Eu esperava um amplo espaço aberto com alvos montados em fardos de feno. Era assim que funcionava o arco e flecha no acampamento Tawonga. Mas o campo era em um lugar fechado, um bunker de concreto com baias. Lina e o pai postaram-se lado a lado, disparando rodadas. Os dois tinham exatamente a mesma altura e assumiam exatamente a mesma postura, pernas afastadas uma da outra e mãos cruzadas com devoção ao redor da arma. Depois, saindo de suas baias, trocaram um olhar terno. O rosto de Lina estava vermelho e vingativo, como ficava logo após fazermos amor. Eu mesmo dei alguns disparos. A sensação era tensa e emocionante. Fiquei chocado com o quanto a arma queria se mover. Saltava em minhas mãos, como um peixe pesado. Hector gostava de armas. A mansão Cortez abrigava espadas de Toledo, pistolas antigas, uma armadura supostamente usada pelo conquistador louco Aguirre. Ele me pediu para não considerar esses artefatos como evidência de sua natureza imperial.

— Investimentos — explicou, em seu estranho sotaque do Meio-Oeste.
— Não pense coisa errada.

A mãe de Lina era menos acessível. Ela se dirigia à filha em um sussurro agudo e conspiratório. Lina me contou (em um momento de franqueza desvairada) que a mãe cresceu em um *pueblo* sem água encanada. Poderia muito bem ser uma das mulheres que trabalhavam do outro lado do rio. Mas seu rosto a resgatou. Feições esplêndidas, primorosamente depilado, lustrado por emolientes, com olhos que ardiam de ressentimento. A *señora* Cortez vestia túnicas brancas esvoaçantes. Ela se movimentava como uma névoa em sua enorme cozinha, cortando o ar com facas.

Também visitamos meus pais durante uma viagem de fim de semana a São Francisco. Era para os dois nos receberem, na verdade, mas minha mãe desistiu no último minuto. Havia sido convidada para fazer uma apresentação em Praga. Ela ligou e deixou um recado hesitante em casa, depois que eu saí, e meu pai me ligou no hotel, para se desculpar por ela.

Então, éramos só nós três. Fomos ao restaurante mais caro que encontrei e colocamos a conta no meu Gold Card. Lina estava vestida para matar. Ela não comeu nada e falou pouco. Contei sobre meu sucesso no trabalho, um carro esporte que esperava comprar, a necessidade de reduzir os gastos com a previdência. Meu pai ficou atordoado. O que havia acontecido com seu filho? Ele hesitou diante do prato de comida com apresentação impecável.

Lá fora, no estacionamento, meu pai perguntou:

— Você ama essa garota?

— O que quer dizer com isso? — questionei.

Meu pai pôs a mão na manga do meu terno vistoso. Fechou os olhos. A lua iluminou suas pálpebras, que tremiam. Achei que ele devia estar com medo de mim, e isso me deu um prazer perverso. Então, bem baixinho, sem nem mesmo olhar para mim, ele declarou:

— Sinto falta da sua irmã.

Senti um aperto na garganta, como aconteceu em Tijuana e na noite do funeral dela, quando, parcialmente desperto, entrei no quarto de Lisa, subi em sua cama e cheirei o odor mofado dos lençóis.

— Claro — falei. — Claro.

O aperto de meu pai aumentou em meu braço. Ele não queria me deixar tão cedo.

— Você ainda pensa nela? — perguntou.

Eu era quinze centímetros mais alto que meu pai. Poderia ter olhado para seu couro cabeludo, suas mechas grisalhas. Mas sabia que ele estava me encarando. Podia senti-lo.

— Tenho visto uma pessoa — contou ele. — Um terapeuta.

— Isso é bom — comentei. — Bom para conversar.

Ouvimos Lina emergir do restaurante atrás de nós, o estalo agudo de seus saltos, e nós dois enrijecemos, como se tivéssemos sido pegos fazendo algo ilícito. Ao longe, as luzes da ponte da baía contrastavam contra as colinas negras de Oakland. Meu pai se inclinou para mim e me deu um abraço rápido. Eu temia que ele pudesse começar a chorar e o odiei só de pensar nisso.

De volta ao carro alugado, Lina reaplicou o batom. Ela não tinha muito a dizer a respeito de meu pai (fiquei aliviado), então falou sobre algum clube no Mission, de propriedade de um de seus clientes. Mais tarde, tomamos algumas drogas, uma combinação de nitrato de amila e anfetamina que aumentou nossa agressividade. Lina rasgou minhas costas com as unhas.

Pensei em meu pai, no roxo suave de suas pálpebras, e puxei o cabelo dela com tanta força que fisgou um nervo em seu pescoço.

Eu sabia que algo terrível estava acontecendo dentro de mim. Estava queimando minha vida no cone dez, mas não conseguia me conter. Lina sugeriu que eu diminuísse a carga horária de trabalho, reduzisse a ingestão de café, marcasse uma hora com seu acupunturista. No meu vigésimo quinto aniversário, ela me presenteou com um ensaio fotográfico sensual: Lina com o corpo todo lubrificado usando um espartilho, Lina em uma pose que sugere amor-próprio, Lina com um pirulito e uma língua lasciva. (Mais tarde, eu me masturbaria, furiosamente, repetidamente, para cada uma dessas fotos.)

A essa altura, você deve estar se perguntando se já contei a Lina sobre Lisa e se esse desabafo me trouxe algum conforto ou nos aproximou mais. A resposta, bem, é sim e não. Conversei com Lina, pouco antes de nossa viagem para São Francisco, e ela também falou a maioria das coisas certas. (Posso ver agora que sua timidez naquele jantar era resultado, em especial, do medo; ela não sabia o que dizer a meu pai.)

Mas eu não estava realmente pronto para compaixão, se isso faz algum sentido. Queria que ela tivesse ciência que aquela coisa terrível havia acontecido, para ter aquela desculpa à mão, mas não queria enfrentar meus próprios sentimentos em relação ao assunto, que eu já não compreendia mesmo. Afinal, todo o propósito de correr atrás de Lina foi para me afastar do caos desses sentimentos. Seja lá como eu fosse usar essa carta na manga, ela não poderia simplesmente permanecer indiferente a essa questão — era uma forma de garantir o seu controle sobre mim.

O incidente que me vem à mente ocorreu em um domingo de março, logo após nosso aniversário de um ano. Lina decidiu que queria depilar meu peito. Estávamos entediados e inquietos, ansiosos por estimular as glândulas sem perturbar o coração. Lina espalhou jornais no chão do meu apartamento. Ela aqueceu a cera no fogão, passou-a no meu peito e aguardou que endurecesse até adquirir a consistência de uma espécie de casca, que ela cortou em tiras. Eu parecia ter sido mergulhado em cera de ouvido. Lina puxou a primeira tira e eu gritei.

— *Pobrecito* — disse Lina. Ela lambeu os dentes e puxou mais uma vez.

— Isso machuca!

— Aceite a dor.

— Estou falando sério — insisti. — Isso dói.

Lina apoiou-se nos tornozelos.

— Eu faço isso a cada três semanas na porra da minha boceta. Sacou? Agora pare de ser um bebê chorão.

Percebo que reclamar dos desconfortos da depilação, como homem, não é necessariamente a jogada mais inteligente para angariar solidariedade. Mas devo ressaltar que os pelos do meu peito eram (e são) bem grossos em alguns pontos. E que Lina — por toda a sua vasta experiência em depilação — não fazia ideia de como arrancar a cera, que era preciso uma velocidade brutal, como nos Band-Aids. E (finalmente) que Lina estava obtendo satisfação com a minha dor. Estava obtendo satisfação com a minha dor, alimentando-se dela, na verdade, desde que eu a conheci.

Então, quando ela segurou aquela mesma primeira tira, ainda pendendo lamentavelmente sob meu queixo, e começou a puxar, algo dentro de mim surtou. Segurei seu punho.

— Relaxa — disse ela.

Mas não relaxei. Torci o punho dela.

— Relaxa você.

Soube na mesma hora que tinha ido longe demais. Não que tivesse havido algum estalo terrível, mas apenas a sensação de seu punho, o ângulo não natural da mão em relação ao braço, a brutalidade do gesto e o grito de Lina, que não era encenação, mas dor.

— Eu disse que doía! — falei, como se isso pudesse ser uma justificativa.

Lina levantou-se e embalou o punho contra a barriga. Ela vestia um top e shorts de corrida, e suas pernas estavam brilhando, porque havia se depilado antes.

— Vai se foder — vociferou ela.

— Me desculpa.

— Fodam-se as suas desculpas.

— Está bem. Acalme-se.

Estendi a mão para sua perna, e ela chutou minha mão.

— Não me toca, porra. — Dava para ver que ela estava segurando as lágrimas. — Já estou farta de sua encenaçãozinha psicótica, John. Juro. Só porque você teve um infortúnio qualquer, isso não significa que eu tenho que ser infeliz.

Fiquei surpreso por ela ter tido a coragem de dizer isso, na verdade. Baixei os olhos para o meu peito, onde pontos de sangue já brotavam nas raízes arrancadas. Foi o tipo de momento em que poderíamos ter superado nossos impulsos narcisistas em estado bruto e nos encontrado. Mas Lina não era do tipo que recuava. Nem eu, naquele momento.

— Como você ousa? — questionei. — Você não sabe nada. — Fiquei esperando que Lina dissesse alguma coisa, que me pedisse desculpas, cedesse. Mas ela apenas permaneceu ali e balançou a cabeça.

— Que foi? — continuei. — Você não sabe! Porque não dá a mínima para ninguém além de si mesma! Você e a porra da sua mãe! Que bela dupla de psicopatas. — Podia sentir minha garganta se fechando de novo e, como se para evitar isso, comecei a rugir enquanto Lina, ainda apertando o punho, afastava-se de mim. — E aí? O que tem a dizer sobre isso, hein? Você poderia morrer, outra pessoa poderia morrer, e você ainda não se importaria, porque já está morta, não está? A porra do seu coração está morto. Fala alguma coisa! — gritei. — Fala qualquer coisa, caralho.

Lina estava juntando suas coisas e as guardando em sua mochila de couro.

— Eu sinto pena de você — disse ela com suavidade.

Isso pode até ter sido um convite, o melhor que Lina poderia oferecer de qualquer modo, mas eu estava enfurnado no fundo do meu pequeno bunker de autopiedade e só gritei mais, certo de que ela daria meia-volta, mesmo após ouvir sua Beemer dar partida da minha vaga de visitante e juntar-se à maré do tráfego da manhã de domingo.

— Aonde você está indo? — berrei. — Para o shopping? Comprar uma porra de uma calcinha nova pra porra da sua boceta depilada? — Eu estava deitado de costas, de cueca samba-canção, sozinho, meu coração envolto em cera de ouvido.

Acabei cortando a cera com uma tesoura e depois raspei o peito. Demorou uma hora. E, quando me olhei no espelho, fui tomado por uma saudade intensa: queria voltar a ser jovem e liso, recomeçar, construir uma vida que me levasse a algum lugar diferente de onde havia chegado, inchado por shakes de proteína, em um apartamento cheio de decoração de catálogo, encharcado em alguma maldita colônia que cheirava a sumo de limão. O que acontecera a todos os meus doces amores, a Jodi, a Eve, aquelas que poderiam ter me resgatado?

Você perguntou, em sua última carta, sobre esse comportamento pendendo ao amor tóxico. Por que escolhemos aqueles que não nos farão bem ou que não farão bem a si mesmos? Os bonitões egoístas. As *yayas* descompensadas. (Qualquer um, na verdade, menos os bonzinhos.) É um desejo de se sentir vivo flertando com extremos? Aquele medo patológico do tédio?

Ou é, no fim das contas, algo mais próximo do medo da tristeza? Esse é o meu palpite.

Lina começou a viajar mais a trabalho, para o escritório de Nova York, encarregada de tornar o setor de novas tecnologias mais interessante. Nós fizemos as pazes, oficialmente, mas ela continuou encontrando desculpas para evitar encontros. Isso me deixou desesperado. Houve vários alertas. Precisava dar a ela algum *espaço*.

Em uma tarde de sexta-feira, eu a peguei antes que ela pudesse arrancar do estacionamento e pulei no carro dela.

— Qual é o programa esta noite? — perguntei.

Lina suspirou, mexendo em seu novo aparelho de som.

— Preciso descansar um pouco, John.

— Podemos pedir comida.

— Não é isso que eu quero dizer.

— Podemos alugar um filme e construir um forte.

— Estou cansada — insistiu Lina. — Não me pressione, John.

— Pressioná-la? Eu só quero vê-la.

Toquei sua bochecha. Lina permaneceu imóvel, olhando fixo para a frente. Foi um momento terrível.

— Preciso ir, John.

— Não entendo.

— Não há nada para entender. — Dei um tapa no painel dela. Quando isso não provocou reação, dei um soco no porta-luvas. — Você não está melhorando as coisas — advertiu ela. — Isso não está ajudando em nada.

— Não, é? — Soquei o painel com mais força. — Que tal isso?

— Você precisa se acalmar — disse Lina. — Se quiser conversar comigo… Não vou conversar com você enquanto estiver surtando.

Nós continuamos nessa. Eu estava tão de saco cheio de Lina. Estava tão de saco cheio daquela parte minha que tinha lançado a sorte com ela. E eu estava impotente diante de sua aceitação. Comecei a implorar. Não há necessidade de repetir as palavras. Acredite em mim: eu estava implorando.

Lina tinha encontrado um novo homem, é claro, um sujeito alemão que se apresentava como "ator/modelo" que ela conheceu no set de um comercial de TV para óculos escuros wraparound. (Eles tinham muito em comum. Óculos escuros, por exemplo.) Levei algumas semanas para descobrir isso — as mensagens não respondidas, os olhares amargos de pena de meus colegas — e, a essa altura, a coisa já havia chegado no décimo capítulo do

Manual do Marido é o Último a Saber. Eu queria tanto esbofetear Lina. Toda vez que a via no escritório. Queria dar um tapa na cara dela. Eu me odiei por não ter feito isso, de verdade.

Percebo, ao escrever isso, como devo parecer assustador: a irmã morta, o colapso nervoso, a namorada supervadia e as fantasias de violência contra mulheres. Pretendia expor tudo isso de uma forma mais engraçada, mais suave, mais inteligente. (Minha jornada maluca ao mundo da leveza!) Não tinha percebido quão sombrio esse período se revelaria. Gostaria de ter alguém como Elton na reserva, um personagem pitoresco com sua própria tragédia para suportar. Por sua vez, Elton também não era motivo de riso. Ele também estava em uma fuga impetuosa de sua loucura. Mas parece que ele, Elton, estava vivo. Sentia coisas. E, para o bem ou para o mal, honrava a própria família.

Estou um pouco preocupado (mais do que um pouco) que esta confissão vá afugentá-la. Essa é, sem dúvida, a razão pela qual eu estava protelando, para começo de conversa. Você não precisa de outro biruta para sobreviver. Acho que quero dizer, em minha defesa, que eu não estava me comportando naquela época exatamente como costumo ser. Ou que era uma encarnação anterior de mim mesmo, vivendo distante do caos de meus sentimentos e, portanto, incapaz de controlar a expressão deles. Ainda acredito, sim, no perigo, Jane: o perigo da conexão, da fraqueza revelada, perdoada e reparada.

O estranho é que, às vezes, quando penso nessa época, sinto falta de tudo: o apê legal; os fins de semana longos e regados a irresponsabilidade; Lina balançando o esqueleto na pista de dança do The Spot, encantando multidões, seu trágico corpão; os sons que fazia quando estávamos sozinhos e nus, a doce depravação de tudo.

A beleza é a cura dos fracos. Sim. Entendido.

Mas também foi, naqueles dias, a verdade mais segura que pude encontrar.

No aguardo da liminar,
Nuge

P.S.: Salvo indicação contrária, meu pinto continua mandando um "oi".

PASCAL LEMIR

22 DE DEZEMBRO

Caro... ex-republicano?

Sim, sim, Lina Cortez e suas armas. Dá para entender. Por um lado, tenho que admitir certa nostalgia: aonde foi parar meu menino meigo? E, por outro, talvez esteja me sentindo aliviada por tudo isso — você, despido, os destroços e aquela raridade da verdade, toda a verdade. Para ser sincera, porém, *estou* procurando absolvição. O colégio católico, empreendendo todo um malabarismo para me salvar, na verdade, incutiu alguns desejos extraordinários que não posso descartar. Mas isso não é tarefa sua. A absolvição terá de ser concedida em outro lugar. A verdade. Certo...

(Mas, primeiro, uma observação: estive atendendo a ligações para a campanha de arrecadação televisionada a fim de ajudar a aumentar os fundos penianos. Eu estava na linha de frente naquele e, bem, foi uma batalha perdida — devido a questões de sexo por telefone ser inadequado para angariação de fundos para a maratona —, mas, por Deus, não foi por falta de bolas.)

Aos 24 anos, eu estava morando em Baltimore — uma cidade suja e industrial que estava desesperada para se transformar em algo novo e brilhante, mas, ainda assim, muito charmosa com seu antigo letreiro de néon gigante da Domino Sugar refletido no porto onde você ainda pode alugar pedalinhos enferrujados em formato de dragão. Servi mesas no Charles Village Pub e tive a impressão equivocada de que minha vida era uma obra de arte. Eu morava em uma casa sobrecarregada com pessoas igualmente iludidas. Havia tatuagens e piercings, bem como algumas obras vanguardistas com torradeiras, pintura corporal e um controle de portão de garagem perverso que exigiria muita explicação. O mundo não tinha sentido e, portanto, era nosso dever, nossa soberana vocação, refletir essa falta de sentido. Nós éramos artistas. (Mencionei que você teria que suportar minha fase de artista?) Mas não dávamos importância para o termo "arte". O conceito havia sido tão amargamente confundido com a vida que não existia mais por conta própria. Eu estava pintando pintos e porcelana Wellington; na maioria das vezes, misturando as duas coisas. Ah, como seu professor de arte efeminado do Ensino Médio teria adorado! Um objeto de arte picante. Era tudo muito inebriante e bastante original.

Acho que não preciso explicar, mas não éramos, de fato, artistas. Éramos recipientes de balinhas com ideologia pop de doce cor-de-rosa. Nossa boca se abria, não porque tivéssemos ideias, mas porque nosso pescoço tinha dobradiça. Eu estava triste porque Elton se fora. E me odiava por deixá-lo partir, embora não soubesse de verdade por que eu estava triste e por que me odiava. (Você e eu não teríamos nos odiado? Há um limite de autoaversão que um casal pode carregar.)

Por qualquer conjunto de normas, meus amigos e eu estávamos fracassando miseravelmente e estávamos infelizes. As coisas foram numa bola de neve: meu carro foi rebocado e não valia o dinheiro para recuperá-lo; eu não conseguia superar o nível da minha obra da chaleira com o pinto; larguei o emprego porque o patrão não me entendia e acabei sendo expulsa de casa. A última coisa de que me lembro é de dois dos meus colegas recipientes de balinhas, chapados de metanfetamina, lambendo a porta telada.

Eu me recolhi para o porão dos meus pais em Jersey. Eles transformaram meu quarto em espaço de armazenamento, o transbordamento do sótão sufocado. E, então, meu antigo quarto estava cheio de coisas que eles se recusavam a jogar fora. Meu pai é acumulador. Tem um profundo apego sentimental. A acumulação pode parecer apenas uma lição de frugalidade reforçada por aqueles momentos inevitáveis em que alguém de repente precisa de uma faixa ou de dados extras, e meu pai some e então reaparece, muitas vezes horas depois, dono da razão.

O porão era composto de dois cômodos separados por uma divisória com painéis de madeira. O espaço de trabalho do meu pai — ele ainda consertava relógios e outras coisas — foi transferido para o quarto com a lavadora e a secadora de roupas, o que deixou o outro cômodo aberto para um quarto improvisado. Estava úmido. A máquina de lavar operava seus ciclos aos rangidos. Memorizei os vários gemidos de agitar a centrifugar. A secadora, abarrotada desde que cheguei em casa, soava estrangulada, rouca. Havia aranhas, o fedor predominante de mofo. Ecoava solitariamente.

Agora que tinha estado alguns anos sem ficar presa à maternidade, minha mãe trabalhava em uma nova persona. Eu não sabia, mas ela estava planejando o divórcio e tentando instituir a nova vida na qual poderia adentrar.

Ela conseguiu um emprego de meio período na loja do meu tio Jack, o Super Jack's Record Shack. Foi contratada como um favor de família. Minha mãe deveria ter trabalhado em um departamento de calçados em algum lugar distribuindo palmilhas ortopédicas de náilon, divulgando sapatos de bebê, sussurrando: "Estes estarão com cinquenta por cento de desconto na terça-feira". Mas ela não tinha confiança para encarar uma entrevista com um currículo em branco.

O tio Jack é um homem branco com cabelo afro, tão dedicado que usa pente garfo em vez de pente comum. Ele usa coletes de couro e ainda diz: "Curto", com sinceridade solene. Minha mãe era um completo peixe fora d'água. Procurou estudar as diferentes bandas, mas tive que lhe explicar em mais de uma ocasião que era Run DMC e não Run DMV. Ela confundia as bandas Boston e Chicago, Bad English e English Beat. Tivemos conversas como:

— Basta passar as compras na caixa registradora. É só dar às pessoas o troco. É tudo o que elas querem.

— E se me fizerem perguntas? E se quiserem saber o que eu penso?

— Elas não vão querer.

— Mas e se quiserem?

— Diga que você gosta de Johnny Cash. Ofereça-se para atualizá-las sobre Johnny Cash.

Uma vez, eu a vi em seu posto atrás do balcão de vidro, a tigela com bolinhas de *footbag*, a caixa registradora.

— Ah, Poison! Boa escolha. Eles são bastante populares! — O cliente fez uma careta para ela, mas minha mãe não pareceu se importar. — Aqui está seu troco. Volte sempre! — Ali, de colete jeans e sorriso prestativo, ela tinha um propósito. Minha mãe quebrou um compartimento de moedas com um tranco forte na gaveta da caixa registradora e reorganizou os trocados e as notas. Em casa, ouvia heavy metal, funk e rap. Meu pai não comentou nada. A mudança o confundiu. Era possível que isso funcionasse a seu favor. Ele era um homem religioso que rezava todas as noites — como uma criança reza, ajoelhada, esse tipo de humildade —, vinha pedindo por uma mudança há muito tempo. Como não acreditar que a mudança poderia ser essa?

Eu era a carga silenciosa agora. Queria ver Michael Hanrahan, sua mão costurada e sem polegar. Queria saber se ele havia seguido em frente e me perdoado há muito tempo. Passei pelo apartamento da mãe dele. Uma família asiática morava lá agora. Queria encontrar alguma verdade sobre quem eu era naquela época e quem me tornei. Queria meditar sobre antigas feridas, mas também estava morrendo de vontade de cair fora.

Tinha ouvido falar sobre as postagens como babá de um amigo que passara uma temporada na Suíça. E a seguinte ideia me ocorreu: os homens europeus são bem-resolvidos e não dão a mínima para o que as pessoas acham deles — mais ou menos como aqueles enormes cães de fazenda babões amorosos, superdivertidos, felizes, latindo com entusiasmo, desprovidos de qualquer timidez, a língua pendurada para fora, tentando cruzar com suas pernas, volumosos demais para ficar no seu colo, mas que ficam assim mesmo. Conheci certas exceções à regra: os britânicos, por exemplo. Mas, em geral, tinha certeza de que os homens europeus sabiam como pôr uma mulher para cima com uma demonstração de amor e adoração (e talvez compreensão). Acredito também que, anos depois de Elton Birch, eu procurava alguém para substituí-lo. Estava procurando um país de Elton Birches, tirando a loucura (embora também adorasse a loucura de Elton Birch) e parecia-me que encontraria esse país em algum lugar da Europa. Eu esperava que outra pessoa me definisse por um tempo. Como Lina. Entendo por que você a desejava. Além de todas as razões óbvias e impressionantes, existem algumas razões mais tristes, mas você as conhece. Acho que foi bem claro sobre tudo isso. Espero que você tenha sido bem claro sobre tudo isso. (O que estou dizendo é: sim, você era um pouco assustador, mas, ao dizer que era assustador, isso o torna menos assustador.)

Além disso, eu queria ir para algum lugar onde pudesse fracassar anonimamente.

Foi minha mãe quem me levou até o aeroporto. Ainda era verão. Ela estava vestindo um terninho, algo muito formal, na verdade, só para levar alguém ao aeroporto. Mas imagino que ela comprou a roupa especialmente para essa ocasião, para combinar com alguma imagem que tinha em mente. Ela não desgrudava os olhos das placas, nas sinalizações.

Quando chegamos ao portão de embarque, ela cobriu a boca com a mão. Houve uma pausa abafada. Minha mãe começou a chorar e disse:

— Não sou boa nisso.

— No quê?

— Maternidade — respondeu. — Tome. — Ela me entregou um envelope com dinheiro. — É da sua avó.

Foi um choque. Minha mãe e minha avó não se falavam havia anos, até onde eu sabia. Eis toda lembrança que tenho da minha avó: suco de cranberry e um poodle que podia fazer cocô em casa. Não sei os detalhes da guerra entre as duas mulheres — ou da existência de uma guerra, aliás, o tipo de desconhecimento que lhe ocorre de fato quando está na Europa —, mas ouvimos por meio da minha tia que minha avó estava doente, e minha mãe havia conquistado um pouco de autoconfiança agora que era uma mulher solta no mundo do Super Jack's Record Shack. Não sei se minha avó proferiu, às lágrimas, debilitada e levada pela situação de se encontrar no leito de morte: "Tudo está perdoado entre nós agora". Duvido muito. Deve apenas ter dado um bom e velho maço de dinheiro e deixado que isso falasse por si só.

Minha mãe colocou os óculos escuros. Estendeu-me as mãos trêmulas e ficou olhando para elas.

— O que há de errado comigo? — indagou-se. Foi a primeira vez que fez essa pergunta em voz alta, embora agora, olhando para trás, eu tenha certeza de que dizia isso a si mesma com bastante frequência. — Aqui está o único conselho em que consigo pensar e que provavelmente é o oposto do que devo dizer. — Ela suspirou, sempre resignada com tudo. — Não trabalhe muito enquanto estiver lá. Sabe o que quero dizer?

Assenti.

— Claro. Eu deveria me divertir.

— Mais que isso. O que estou dizendo é: cuidado com o desperdício. — Ela pegou minha mão e a pressionou. — Às vezes, me sinto muito confinada na minha própria pele. Simplesmente sinto que minha própria pele é muito… bem, apertada demais. — Pela primeira vez, eu a compreendi. Eu a compreendi por completo.

Ela abriu a bolsa e retirou dali uma caixinha de Tic Tacs. Beijou-me sem jeito, um daqueles que você mira o lado esquerdo, aí a outra pessoa também vai para o mesmo lado que você, e você deveria ter mirado o lado esquerdo do ponto de vista dela, o direito, o direito, pronto, foi, e então ela se virou e logo disparou pelo amplo corredor do aeroporto.

A agência de babás havia me designado para cuidar de um casal de idosos cujo bebê era um playboy de 23 anos que ainda morava em casa. Ou eles enganaram a agência ou a agência me enganou. Não havia necessidade de babá. Eu era a empregada doméstica. Foi bom, na verdade. Toda a mística em torno da ideia de que "uma tarefa pode se tornar agradável, basta ter uma atitude positiva", como na canção da colher de açúcar de Mary Poppins, estava além da minha compreensão. Eu preferia o trabalho objetivo de limpar e lavar enquanto passava minhas horas de folga do jeito que minha mãe desejava: em bares parisienses usando delineador líquido e uma jaqueta bolero de couro com vinte e tantos zíperes. Eu tinha esse visual em camadas de Janet Jackson e um olhar de "não me bata porque não estou no clima".

Acredito que a melhor parte de tudo isso é que eu estava livre de verdade pela primeira vez na vida. E ser libertada pela primeira vez é muito mais interessante que ser livre, em geral, para fazer o que quiser quando quiser. Tive a avassaladora sensação de estar livre para fazer o que me desse na telha. Claro, no passado, os garotos de Asbury Park me deixaram livre para fazer o que me desse na telha, mas isso era outro patamar. Há algo de libertador, em especial, no fato de que você simplesmente não vai encontrar ninguém que conhece.

No começo, eu estava apaixonada pela própria Paris. Adorei a ideia de colocar chocolate no pão folhado. Adorava o fato de tudo ser tão antigo. Adorava como os homens andavam de bicicleta por querer, e não porque foram pegos por dirigir sob influência de álcool ou drogas.

Nas primeiras semanas, eu me deslocava correndo a quase todos os lugares a que ia. Apareci sem fôlego com tanta frequência que me perguntaram mais de uma vez se eu tinha asma. E, assim como nos pôsteres dos filmes, os franceses eram irremediavelmente românticos — minha "patroa" enfim me deu um vaso para as rosas com que presenteavam do nada em restaurantes, no metrô, em longas caixas brancas enviadas para casa. Mas aos poucos aprendi o suficiente para diferenciar um olhar e, no fim das contas, percebi que não era exatamente minha presença gloriosa que inspirava paixão no coração deles. O coração deles disparava com bastante facilidade e regularidade, como kits de lançamento de foguete caseiros. Eu estava equivocada, levando tudo para o lado pessoal.

Além disso, havia a irritação adicional de os franceses não gostarem do fato de eu ser americana. Muitas vezes, não conseguiam identificar meu sotaque, mas, quando eu identificava para eles, diziam coisas como: "Acho que a maioria das mulheres americanas é gorda e idiota feito vacas". Então, gastei muita energia mostrando o dedo médio para eles, jogando bebidas e tudo o mais.

Depois dessa nova percepção, Paris me cansou. Perdeu o encanto e se tornou uma cidade real ao meu redor. O casal de idosos e o filho playboy me detestavam. O playboy às vezes se vestia de mascote — um esquilo? — para fazer promoções em mercearias. Ele queria ser ator? Nada nunca ficou claro, porque a família anfitriã não falava comigo. Meu quarto ficava no fim de um longo corredor curvo iluminado por interruptores de botão na parede, e eu era instruída a ir direto para lá ao entrar na casa (e não tomar banho com muita frequência, um desperdício de água). Lembro que o chuveiro e a pia eram minúsculos, como tantas coisas na França, como se todas as pessoas com nanismo fossem incentivadas a se tornar arquitetos, projetistas de elevadores e eletrodomésticos.

E, então, senti-me sozinha, solteira (com pouca roupa lavada e ainda encharcada de polidor de madeira e produtos de limpeza), de uma forma que nunca havia me sentido. A sensação de estar livre para fazer o que me desse na telha me passava agora mais uma impressão de não ter vínculos.

Era esse o meu estado de espírito uma noite quando estava saindo com outra estudante de intercâmbio, Mira, que morava na zona leste de Chinatown. Era estranha e sofisticada — loira de olhos gigantes vestindo uma jaqueta de couro que ela havia arrancado dos trilhos do metrô. Naquela noite, Mira tinha ido até o bar e pedido algo ridiculamente incompatível com sua idade, como um uísque puro. Havia filado um cigarro do cara ao lado dela, acendido e se dirigido aos homens em geral. Subiu em uma mesa.

— Quem aí tem um iate? Quem gostaria de me levar para o Marrocos?

Acontece que, naquela noite, havia um britânico, um sujeito rico, um pouco mais velho que o pai dela, que disse que ficaria feliz em levá-la para o Marrocos, então aumentamos a conta dele e fumamos seus cigarros.

E isso é tudo que sei: Pascal estava em uma mesa de canto com uma turma de caras e, então, não tenho certeza de como aconteceu, eu estava sentada ao lado dele, seu braço em volta de mim, nosso rosto a dois centímetros de distância. Ele tinha um nariz francês e lábios carnudos franceses e aqueles olhos franceses que se inclinam para cima. Seu inglês era fajuto e meu francês ia melhorando, bagunçado, mas rápido. Pascal e eu nos beijamos no bar, na rua.

Pascal era o francês perfeito para se apaixonar, porque — e não estou inventando isso — ele estava prestes a ser enviado de navio para a Antártida por quatorze meses para cumprir serviço militar obrigatório. Não é todo dia que se conhece um francês enamorado que está prestes a ser enviado de navio para a Antártida. E acredito que, quando uma pessoa conhece um francês prestes a ser enviado de navio (na verdade, ele foi de avião, mas ser enviado de navio soa muito mais romântico), ela é obrigada a tirar o máximo proveito disso.

Parecia que eu tinha entrado na premissa de um bom filme, e tudo o que se esperava de mim era desempenhar o meu papel. Prometia sexo regado a orgasmos de provocar choro, uma angustiante cena de aeroporto. Haveria meses, quem sabe, em que poderíamos definhar dolorosamente, vagando como românticos feridos, e sempre com a esperança de um tórrido reencontro. E eu estava ansiosa para encher a boca para falar: uma vez, eu me apaixonei por um francês que foi enviado de navio para a Antártida. Tem um quê de coquetel molotov, um certo — como dizem os franceses — sei lá o quê.

Além disso, o relacionamento vinha acompanhado de uma data de validade. Não, desta vez haveria apenas uma desesperança fadada que tornava tudo mais doce de forma excessivamente madura.

Assim, comecei a pensar em Pascal como irreal.

Ele vivia no norte de Paris perto de um mercado de peixes. Fizemos algumas coisas que se assemelhavam a encontros, mas, na maioria das vezes, ficávamos à toa em uma cama dobrável na cozinha azul de seu minúsculo apartamento. Nós nos demorávamos sobre o corpo um do outro. Lembro-me de estreitas janelas altas que derramavam luz azul e a luz mudava, difusa, dobrando-se sobre si mesma. Estava ficando frio e o calor ronronava debilmente apenas de vez em quando, e nós respirávamos um ao outro, consumíamo-nos, nadávamos no corpo um do outro como se estivéssemos nos revezando em lagos de verão. Ele era magro e seus quadris causavam belos hematomas na parte interna das minhas coxas.

Sexo à parte — e o sexo, em geral, não era deixado à parte; era a nossa forma de comunicação mais clara —, tornei-me uma espécie de embaixadora, explicando a cultura americana. Pascal estava mais interessado em letras de músicas. Fiz o melhor que pude, mas posso ter ensinado a ele que "Stop dragging my heart around" era o conceito mais pragmático: "Pare de dirigir meu carro por aí" e que "a rose in fisted glove" era "uma estrada e um amor distante", mas, nesse último caso, bem, eu prefiro a minha versão.

Ele trabalhava com "transmissões", então, presumi que fosse mecânico de automóveis, e, até aí, para mim tudo bem. Eu não seria como minha mãe, reclamando da falta de ambição profissional de um homem. Eu o aceitei. Mas nunca havia graxa sob suas unhas, e Pascal parecia falar de um escritório onde trabalhava, mas bem-vestido. Por fim, caiu-me a ficha que ele fazia algo mais na linha de transmissões de rádio, ondas radiofônicas.

A princípio, essa falta de informação me agradava bastante — uma boa e velha barreira do idioma. Não queria perguntas na lata sobre minha infância, meus pais, sobre Michael Hanrahan, Elton Birch, sobre os rapazes com quem me envolvi desde Elton Birch — dois anos de caras rabugentos, sem graça e egocêntricos. E eu também não estava procurando longas explicações dele. Estava farta de ser "trazida para casa para conhecer o pessoal". Estava em busca do sorriso, do encolher de ombros, da abençoada confiança na química para entabular uma conversa.

Eu manjava de francês. Poderia tagarelar, mas estava tão acostumada a concordar com a cabeça, esperando uma hora entender o que estava sendo dito, que perdia boa parte do que Pascal falava. E havia aquelas falhas de comunicação do tipo "somos ou não somos um casal bilíngue engraçadinho?", sem dúvida. Como na vez que pensei que estava dizendo a ele que sentia uma dor — leia-se: cólicas —, apontando para a parte inferior da barriga e, na verdade, estava informando-lhe que tinha um pênis. Eu insisti que tinha. Pascal insistiu que eu não tinha, que ele saberia, se fosse o caso. Insisti que eu é que saberia, se fosse o caso. Afinal, o corpo era meu.

Mas o problema de escrever sobre esse período vago e nebuloso da minha vida é que não me lembro muito bem das coisas em francês. É como se as palavras perdessem seus significados muito rápido e só me restasse a essência. Basicamente, eu só contava com isso, a essência. Tudo o que Pascal e eu tínhamos juntos se baseava na noção geral. Se o relacionamento fosse uma dissertação de três parágrafos, consistiria apenas em um resumo da tese sobre amor vago.

Foi um amor devorador, quase sem palavras, uma corrida constante varrida pelo vento, e não pude deixar de me permitir ser levada por ele. Sei que não estou sendo muito específica desta vez. Sei que não estou sendo muito concreta, clara e assertiva. Mas nada era concreto, claro ou assertivo à minha volta. Eu não existia, de certa forma. Era estranha até para mim mesma. Eu estava, em um momento, esfregando azulejos, consertando o rejunte, polindo prata e, no outro, fazendo amor em uma cozinha azul.

Certa noite, pegamos um trem para uma pequena cidade pesqueira na costa oeste para conhecer seus pais. A casa deles era pequena e antiquada, com um amplo jardim que ocupava o quintal. Houve um grande jantar em família em uma longa mesa montada no meio da sala de estar. As irmãs de

Pascal pareciam medievais — cabelos pretos, rostos vermelhos, narizes de batata, até mesmo a irmãzinha gorducha. A mãe era uma mulher corada e peituda em um vestido com estampa florida. E havia um monte de tios de pele avermelhada, todos pescadores castigados pelo sol. Embora o meu francês quebrasse o galho na hora de conversar, eles não se dirigiam a mim diretamente. Tratavam-me como arte abstrata, como algo que o filho deles produziu sozinho — usando couro, zíperes e delineador líquido — em uma aula de arte na cidade grande, algo que você colocaria sobre a lareira e tentaria ignorar o máximo que pudesse.

Mas me ofereceram cigarros porque, segundo me disseram, todos os americanos fumam. Tentei explicar que havia uma febre de ser fitness nos Estados Unidos, mas fui recebida com olhares vazios. A mãe, confusa com tudo isso, afagou-me com tapinhas, o que interpretei como um sinal para parar de falar.

Depois que me tranquei por acidente no banheiro durante o jantar e tive que bater sem parar na porta para chamar a atenção deles, a fim de que libertassem, a mãe de Pascal mandou um dos tios consertar a maçaneta, embora não houvesse nada errado com ela além de estar ao contrário da minha em casa.

Era difícil dizer não à família dele. Todos eram reais de uma forma que a cozinha azul de Pascal não era. Eu não podia ignorar o fato de que eles estavam envolvidos agora, que não éramos mais apenas um casal apaixonado em Paris.

Dormimos juntos na cama de solteiro da infância de Pascal. Era ainda um quarto infantil e o armário estava arrumado de maneira tão meiga e comedida que pensei em meu pai. Tentei contar a Pascal esta história: num verão, quando eu tinha cerca de onze anos, meu pai me acordava no meio da noite, às terças-feiras. Ele sussurrava: "O Homem dos Peixes está aqui". E, como um amigo — um caminhoneiro — devia a ele um favor há séculos, meu pai e eu podíamos carregar a caçamba da caminhonete com caixas de bacalhau, atum e peças de peixe processado. Encontrávamos o caminhoneiro atrás de uma das unidades de uma rede de hotéis. O rosto do meu pai brilhava à luz da rua, extasiado, eletrizado por tamanha sorte. Uma vez, ele bateu no teto do carro enquanto passávamos por uma ponte. Foi o momento em que eu o vi mais feliz. No fim da história, comecei a chorar.

Pascal me disse que entendia. Ele afirmou:

— Seu pai é um bom homem que sustentou sua família. Não tem problema se ele era um ladrão. Era um sujeito bom.

Essa foi uma resposta muito boa, mas a história não tinha nada a ver com meu pai roubando peixes. Eu estava tentando explicar como meu pai ficava feliz por tão pouco, o que o deixava assim era algo pequeno, sem importância. Não precisávamos de peixe enlatado de graça. Era impossível explicar. Pascal e eu fizemos amor em silêncio sob um móbile solar feito em casa — os planetas balançando e girando em torno de uma bola amarela, e me dei conta de que eu estava completamente perdida, sem saber o que fazer a seguir.

Apesar da falta de comunicação, eu o amava e ele me amava. Os livros de autoajuda sobre o amor dirão que não era amor, mas era. O que ficou claro acima de tudo é que o relacionamento não terminaria quando Pascal entrasse no avião. Eu estava profundamente envolvida, ainda mais agora que sua família havia me acolhido. Estava com medo, pelas razões óbvias do meu passado.

Íamos a festas de *bon voyage* para o Polo Sul. E o dia chegou. O sexo foi coalhado de orgasmos e choro, sim, mas também foi real, verdadeiro. A cena do aeroporto foi horrível. Será que tenho que passar por isso? Eu estava sem ar, tamanha a tristeza. O que havia acontecido com o enredo, com o papel que eu vinha interpretando com graça comovente?

Houve um Natal desanimado com Mira no bairro cafetão de Roma. Ela se apaixonou por um músico francês, apesar de o roqueiro não gostar muito de mulheres em geral. Isso e os pombos agressivos a deixavam nervosa. Juntamos nosso dinheiro para comprar um bolo de chocolate que parecia ter sido feito há dois meses. Tinha uma aparência bonita, mas um sabor amargo, estava quebradiço e sem graça. Por fim, retornamos para Paris. Despedi-me de Mira, da família francesa e de seu filho playboy, e fui para casa.

Por alguns dias, vi-me apontando mentalmente os americanos — algo que se tornara um hábito; mochilas, bonés de beisebol, tênis da Nike —, mas logo a moda pegou. Demorou um mês ou dois para eu perder o delineador líquido e não o substituir. E acabou ficando quente demais para vestir a jaqueta bolero, que foi parar no fundo do armário. Eu só falava francês com uma haitiana que trabalhava na farmácia. Confundi pênis com pinheiro dessa vez, dizendo-lhe que achava deprimente ver todos os pênis velhos do velho Noel alinhados na sarjeta aguardando o dia de o caminhão de lixo passar.

Isso tudo aconteceu pouco antes do surgimento do e-mail. Assim que o gelo parou os navios do correio, Pascal e eu utilizávamos fax. As chamadas telefônicas custavam dez dólares por minuto. Quando o gelo descongelava, havia caixas de cartas que chegavam dia após dia. Havia fotos de pinguins e histórias de alguém que perdeu um dedo do pé congelado, parte de uma mão.

Eu agora trabalhava em uma pequena escola particular, ensinando Estudos Sociais. A sala de aula cheirava a cabeça suja de crianças, giz e cola. Eu lia as cartas durante meus raros intervalos, sentada sozinha atrás da minha mesa enquanto as crianças estavam no andar de cima na aula de Arte ou Música. Li as cartas no porão da casa dos meus pais enquanto a máquina de lavar resmungava e a caldeira fazia tique-taque. (Eu estava economizando dinheiro.) Eram cartas lindas, mas, com o passar do tempo, perguntei-me se as cartas de amor pertenciam a outra pessoa. Uma empregada doméstica estrangeira, alguém que sorria muito mesmo quando não entendia o que lhe haviam dito e cheirava a polidor de prata e alvejante?

Por fim, um táxi parou em frente à casa e Pascal desceu, parecendo magro e pálido. Meu coração cedeu um pouco, desabando no peito. Eu tinha medo de não o amar, mas ainda o amava. Nós nos abraçamos e nos beijamos na rua. Não queria que ele visse minha cama no porão, embora tivesse falado sobre isso em cartas. Ficamos apenas para o jantar.

Mas foi tempo suficiente para ver que minha mãe não era minha mãe, eufórica em um colete jeans, derramando seu francês troncho, *"Bon-jour!"* e *"Passez du beurre, s'il vous plait!"*. Ela não verbalizou isso, mas eu sabia que adorava a ideia de ter um francês na família. Ela queria que Pascal ficasse, para lhe dar aulas de francês, para ir aos seus eventos de bridge como uma espécie de aluna apresentando à turma um brinquedo que trouxera. Também queria que eu me casasse com ele. Queria ter netos franceses que a chamassem de *grandmère* e usassem boinas em miniatura. Isso a transportaria para fora dessa realidade. Acontece que Pascal era exatamente o que minha mãe queria dizer com "Cuidado com o desperdício"; talvez até mais do que ela esperava.

Meu pai olhou para mim, desamparado demais para formular palavras. Eu o ouvi resmungar algo como: *Se não fosse por nós, vocês todos estariam falando alemão,* embora ele fosse jovem demais para servir na guerra. O que ele estava querendo dizer, eu acho, era: *Nós os libertamos e agora vocês querem nossas filhas também?* Ele foi traído, estava magoado. Trabalhava no gramado e arranjou uma bandeira americana para ficar tremulando acima da porta da frente.

Felizmente, o timing foi bom. A chegada de Pascal calhou de acontecer junto com as férias de primavera da escola. Peguei emprestado um carro da família e Pascal e eu fomos passar uns dias com amigos em meu antigo apartamento em Baltimore. Havia apenas dois dos recipientes de balinhas originais lá — um funcionário de videolocadora e um conselheiro de jovens de meio período. Pascal parecia ora surpreso, ora entediado. Bebia café, fumava cigarros e agia como um francês, coisa que havia funcionado tão bem na França, mas que aqui não colava.

Mas era mais que um lance cultural. Isso representou uma mudança de poder. Percebi que precisava dele em Paris, e aqui ele precisava de mim. Traduzi conversas, piadas. (Não se traduz piada nem arte envolvendo um controle de portão de garagem.) Ele estava vivendo em lapso de tempo, sendo carregado para lá e para cá. Eu não fazia pouco dele, mas não tinha percebido quanto poder ele havia adquirido ao cuidar de mim em Paris, dar atenção às minhas necessidades — a empregada doméstica americana perdida.

E quem era eu aqui? Uma ex-artista? Uma mulher que ensinava História por alto para crianças suadas e morava no porão da casa dos pais? A filha de um casal estranho e infeliz? Eu dirigia em zigue-zague no trânsito, cantava junto com o rádio no volume máximo, apontava enigmas culturais incomuns.

— Olha, os americanos costumam pendurar bandeiras de beija-flores e melancias nas varandas. Não sei por quê.

Às vezes, ele me dizia para não traduzir.

— Eu entendo. Não sou idiota.

Mas Pascal não entendia de verdade e, mesmo que entendesse inglês, como poderia compreender os fenômenos americanos que eram meus amigos? Eu queria que ele entendesse minha vida aqui, mas, quando tentei explicar, Pascal ficou impaciente.

— Só me coloque no carro e dirija por aí — dizia. — Como minha bagagem.

Ele não estava sendo babaca, não mesmo. Havia se apaixonado por outra pessoa. E queria saber onde estava aquela mulher — aquela doce mocinha de jaqueta bolero que sorria o tempo todo e dava de ombros o tempo todo.

Voamos para a Flórida e a coisa foi ladeira abaixo. Pascal e eu discutimos nas praias de lá — Naples e tudo o mais —, criando minidramas franceses na frente de famílias com guarda-sóis, caixas térmicas de isopor e crianças pequenas.

A tendência era simples... Havia uma coisa que ele não queria falar: eu te amava e agora não te amo mais. Então disse tudo o mais em que pôde pensar. Pascal não conhecia a palavra para claustrofóbico. Desenhou uma imagem de si mesmo em uma pequena caixa. Disse:

— Isso não se traduz, este relacionamento não se traduz. Não funciona.

Eu queria que ele me dissesse que não me amava mais. Queria ser punida — por crimes do passado, acho. Mas não tinha certeza se poderia suportar. Então, eu iria provocá-lo e recuar.

Após passar quatorze meses na Antártida, dá para imaginar que Pascal ficava queimado com facilidade. Comprei um galão de leite na Seven Eleven e, de volta ao quarto do hotel barato, despejei o leite nas toalhas do hotel. Coloquei-os em seus ombros vermelhos nus, suas costas e pernas doloridas. Era algo que eu lembrava que minha mãe fazia por mim quando era pequena. O ar-condicionado chiava. O quarto tinha um odor carregado de velho, gasto, o ir e vir de corpos, camada após camada do que deixamos para trás. As toalhas de leite estavam frias, mas logo puxaram calor de sua pele, ficando mornas e depois quentes. Coloquei outra compressa de leite frio e então mais uma, como quem tenta extinguir um incêndio paciente. O quarto azedou.

Na última noite, Pascal enfim me contou a verdade.

— Não estou mais apaixonado por você.

Gritei com ele. Senti como se tivesse passado por muita coisa — a espera, as cartas dolorosas, a solidão — e ele me devesse algo. Disse-lhe que ele era um canalha. Pode ser que eu tenha parecido louca do nada.

Pascal me deu um tapa no rosto.

Meus olhos lacrimejaram na mesma hora com a dor. Toquei minha bochecha e o encarei. E, então, uma ferocidade antiga e adormecida surgiu em mim. Naquele instante, tive certeza de que seria capaz de matá-lo.

Mas Pascal já estava arrependido.

— Você tinha perdido a cabeça — justificou ele. — Precisava voltar a si. Desculpe.

Eis algo que você deveria saber a meu respeito. Levei o tapa, mas me segurei. Eu não faria nada em um quarto de hotel — é privado demais, desprotegido demais. Sou obcecada por histórias de corpos de mulheres encontrados em porões, parques públicos, juncos em pântanos, histórias de garotas que nunca mais voltam para casa.

Pegamos um voo de volta para Nova Jersey pela manhã. Naquela noite, eu estava ao lado dele em uma estação, aguardando o ônibus que o levaria ao aeroporto JFK. Havia uma família mexicana, alguns mochileiros, a mulher atrás do balcão. Vez ou outra, alguém passava alguma informação pelo alto--falante crepitante, mas, na maior parte do tempo, o lugar estava silencioso.

— Pascal. — Pronunciei seu nome devagar, minha mão fechada em punho. E, quando ele se virou para olhar para mim, desferi-lhe um soco na boca. Ele ficou atordoado. Sua mão voou até a boca. Os lábios sangravam. Minha mão latejava. Ele olhou para mim, perplexo. As pessoas viraram a cabeça para assistir.

— Não gostei do tapa — falei.

— Não — disse ele, com o rosto tenso de dor. — Imagino que não tenha gostado. — Pascal puxou um lenço e o levou à boca, mas recusou-se a dar qualquer resposta maior.

Nós dois olhamos à nossa volta, para a nossa pequena plateia. Todos pareciam saber que estava encerrado. Que não haveria uma discussão. Voltaram a descascar laranjas, ler seus livros de capa mole, comprar refrigerantes.

Passou-me pela cabeça: quem faz uma coisa dessas? Que tipo de pessoa pronuncia baixinho o nome de alguém e então dá um soco na sua cara em um terminal de ônibus? Achei que tivesse algo a ver com Pascal. Pensei que fosse porque eu estava louca de amor.

E, claro, não gostei do fato de Pascal ter me dispensado. O que mais odiava era o fato de ainda querer que ele me amasse. Queria que me dissesse que estava errado, que poderíamos resolver isso. E houve um pânico, um profundo pânico irracional, ao saber que provavelmente nunca mais o veria. (Já disse que odeio despedidas.)

Eu o vi entrar no ônibus com os lábios inchados. Esperei que Pascal mudasse de ideia, saísse do veículo e corresse de volta para mim. Esperei que virasse a cabeça na minha direção, para me olhar uma última vez. Mas ele não desceu do ônibus. Não se virou. Olhou fixo para a frente. O ônibus partiu com um solavanco e se afastou. E eu permaneci lá, sentindo-me como um gongo tocado, meu peito ainda ressoando, os nós dos meus dedos apertados.

Aguardei uma semana antes de contar à minha mãe sobre o rompimento. Estávamos em pé na cozinha. Eu vestia uma saia e uma camisa de botão. Tinha uma entrevista para um emprego em uma livraria na Filadélfia. Já estava pensando na pós-graduação. Precisava de um novo plano. Meu pai estava no carro esperando para me levar ao terminal ferroviário.

Minha mãe não recebeu bem a notícia.

— Espero que você ame esta casa de merda. Espero que goste de cortar grama! — Como se não houvesse grama na França. — Espero que goste disso... — Ela pegou um bem-intencionado saleiro. — E isso... — Ela jogou um Tupperware no chão.

Em qualquer outro momento, teria entrado em uma discussão de bom grado, mas não estava me permitindo um drama. Eu me desligaria. Tinha certeza agora de que era melhor conter a emoção. Mas também queria jogar coisas no chão, chorar e dizer à minha mãe que sabia que, se ela tivesse a chance de trocar a mim e meu pai por outra coisa, ela o teria feito. Era o que queria dizer minha vida toda.

Mas não. Em vez disso, falei:

— Estou saindo. Papai está esperando. — Eu me virei e fui embora, mas minha mãe me seguiu.

— Espero que você goste daquele carro compacto idiota! — esbravejou. — Espero que goste de tudo!

Meu pai ergueu a vista de trás do volante. Trotei até o carro, sentei-me, mas ele estava paralisado, olhando para a esposa parada no degrau da frente no frio congelante, as mãos nos quadris largos, o vapor da respiração escapando-lhe da boca. Ela estava corada e fumegante.

— Eu não a conheço — disse meu pai, baixinho. — Às vezes, posso jurar que nunca a vi na minha vida.

Então, agora vem a parte difícil. Eu deveria estar cobrindo as coisas aqui. (Por que apenas descobrir? Por que não cobrir de vez em quando?)

Receio que existam infinitas versões de mim — uma partiu o coração de Michael Hanrahan e o deixou correr em uma noite chuvosa em direção a um poste telefônico, uma abandonou Elton Birch porque queria sobreviver, uma era uma doce e inocente empregada doméstica em Paris e uma deu um soco na boca de Pascal em uma rodoviária. Tenho medo de ser como minha mãe e sinto pena do meu pai, que se apaixonou por uma campeã da equipe de debates, uma debutante, e não foi nada disso que ela acabou sendo. Tenho medo de que alguém se apaixone por uma versão de mim, mas essa versão vá mudar e se transformar até que um novo eu surja, talvez totalmente, de uma mágoa antiga. É uma confissão. É uma advertência.

Quebrei um dedo quando dei o soco na cara de Pascal. Doía pra caralho. Ficou inchado e azul. Não fui ao médico. Não tirei raio-X. Apenas deixei doer até que um dia não doesse mais. Ele se curou entortado e, agora, quando tento apontar uma direção à frente, meu dedo desvia do centro para algum local não intencional.

Mais uma coisa.

Talvez haja um problema aqui, em todas estas cartas, sabe. Você consegue sentir isso também, não consegue? Este vício. Esta contagem de perdas. Estamos abrigando a meia-vida do que deixamos para trás. Veja, pode se tornar uma espécie de acumulação, não muito diferente do hábito de meu pai. Minha mãe deixou meu pai não muito tempo depois que o francês partiu naquele ônibus — isso será abordado depois — e meu pai foi vasculhar nossa vida encaixotada. Ele colocou tudo para fora e as percorreu uma a uma. Foi uma coisa horrível — todos aqueles olhares. Torna-se insalubre. Será que exagerei?

Cobrindo meu passado em busca de ausência de tristeza,
A Empregada Doméstica Francesa

REBECCA "SUNNY" DARLING

5 DE JANEIRO

Prezada Sonny Liston,

Vou me segurar, só um pouquinho, para não fazer piada sobre sua indumentária de empregada francesa. Você está levantando uma preocupação séria, e tudo o que posso dizer, de verdade, é que o passado é algo pesado de se carregar. É isso que o torna difícil de lidar. Uma hora, você está vagando por entre as lembranças; na outra, é atormentado pelo que poderia ter sido. Pascal não me parece um cara que teria sobrevivido à casa dos seus vinte anos. Mas vai saber? Talvez ele tivesse. De qualquer forma, a possibilidade de Pascal persiste. Ele continua encantador e terno, banhado em leite e sangrando pela boca. (Nota para mim mesmo: Jane dá soco. *Com força.*) E, francamente, quem não preferiria morar na França na atual conjuntura, considerando como a América se tornou burra e assassina?

O que me leva à minha próxima ordem do dia, um rápido comentário a respeito da menção de "republicano" — em resumo, eu estava me exibindo com meu lado audacioso, agindo como um verdadeiro malfeitor para causar impacto e me tornar romanticamente desprezível. Votei, de fato, nos republicanos, mas apenas em uma eleição local, e mais porque o candidato democrata queria incluir uma área aí específica de praia poluída no programa Superfund, o que significava que todos nós, aspirantes a surfistas, não poderíamos mais fingir que pegávamos onda lá e ficamos tipo assim: *Nem a pau, morou? Essas ondas são* nossas, *véi. Nem vem querer detonar a nossa bomba.*[3] *(Sacou o trocadilho?) Estamos, tipo, na América. Direitos civis e tal.*

---

[3] "Bomba" é uma gíria do surfe para onda grande que quebra com violência. (N.T.)

É provável que eu também estivesse tentando testar os seus valores. Mas percebo que, nos últimos tempos, a palavra "republicano" adquiriu uma conotação mais sinistra. Mal consigo começar a descrever quão triste este grande país se tornou. Esquece o maluco conivente que roubou a eleição, seus guarda-costas (descaradamente devotados à ganância) ou os covardes preguiçosos da imprensa. O que mais me incomoda é o plural majestático, Nós, o Povo, nossa população solitária e ensandecida, aplaudindo a morte na TV, fazendo vista grossa a todo momento aos doentes e aos miseráveis, escolhendo temer e odiar no momento histórico exato em que o amor parece tão fundamental. Muito cristão da nossa parte, não?

Então, você percebe? Sucesso total.

Uma observação final que pode ser relevante: não precisa ficar toda se achando com esse negócio de amante do Ártico, porque a maioria das minhas ex-amantes acaba no Ártico, mais cedo ou mais tarde. Elas têm uma espécie de grupo de apoio lá, até onde eu sei. (Por pura caridade, não vou mencionar a lapônia gostosa com quem estava mandando brasa no primeiro mandato do Clinton.)

Não, a bola da vez agora é Rebecca Darling. Isso mesmo, Darling. Rebecca da Fazenda da Alegria Ensolarada, como eu costumava chamá-la, nome logo abreviado para simplesmente "Sunny". (E ela tinha mesmo uma alegria ensolarada — era loira natural lá embaixo. Nem mesmo Jodi Dunne poderia competir com isso.) Isso foi há alguns anos longe de Los Angeles. Eu tinha me mudado para Miami, para uma empresa de design, e acabei indo fazer terapia, o que me ajudou a entender como estava furioso com minha mãe e o quanto ela me assustava. Não vou sobrecarregá-la com essa coisa toda. Você não me parece do tipo de pessoa que precisa de mais imersão na Província das Mães Zoadas.

Seja como for, a história não é essa. Estamos falando de amores aqui, embora eu deva mencionar que foi Sunny a responsável por manter minha constância no consultório do Bom Doutor, nas tardes de terça e quinta, muito depois de eu ter declarado a coisa toda uma farsa, porque ela sabia que eu precisava desafogar um pouco da raiva e deixar os bons anjos da minha natureza[4] emergirem, e, o mais importante, tinha consciência de que esse

---

[4] Referência à fala de Abraham Lincoln em seu discurso de posse como presidente dos Estados Unidos. Utilizar a expressão "better angels of our nature" referindo-se a uma pessoa significa que o indivíduo tem traços admiráveis de sua personalidade que podem ajudá-lo a sobrepujar suas características desagradáveis. (N.T.)

não era a porcaria do trabalho dela. Era uma mulher fabulosa, afetuosa, mas pé no chão, uma genuína adulta sedutora. Também era mãe.

Foi a filha dela, uma indomável menina de seis anos chamada Zoe, que conheci antes de tudo naquela típica festinha na qual os convidados devem trazer um prato de doce ou salgado. Houve uma leve batida na porta e eu, que estava mais perto da porta, abri-a, e lá estava uma linda garotinha com o cabelo preso em uma trança francesa muito bem elaborada.

— Minha mãe está estacionando o carro — anunciou.

Ela entrou no apartamento e olhou em volta, para os outros convidados, sentados educadamente em vários sofás.

— Essa vai ser uma daquelas coisas? — perguntou a menina. — Uma daquelas coisas de adulto?

A anfitriã Patty apressou-se em nossa direção.

— Que traje de gala mais lindo o seu! — declarou ela. — Sua mãe comprou para você? Olhe só essas mangas. Essas mangas são ou não são bonitas?

Zoe inspecionou a própria roupa por um segundo.

— É só um vestido — respondeu com calma. — Não é um traje de gala de verdade.

Patty bateu palmas.

— Não é uma graça? Eu sou Patty! Qual é o seu nome?

— Zoe.

— Aposto que tenho alguns sapatos que ficariam ótimos com isso, Zoe!

— Acho que não calçamos o mesmo tamanho.

A menina não estava sendo atrevida também. Estava apenas tentando fazer com que Patty relaxasse. (Pelo que me lembro, ela colocou a mão no braço de Patty de maneira gentil, embora eu possa estar inventando isso.) As outras mulheres na sala estavam ansiosas para cair matando em Zoe. Dava para perceber. A menina irradiava fofura termonuclear, devido à delicadeza de seus traços. Alguém sentiu uma leve vontade de beliscar o nariz, para ter certeza de que era real. Zoe estava visivelmente acostumada a entrar em salas cheias de adultos ofegantes, porque logo perguntou a Patty se poderia ir a algum lugar e desenhar.

— Eu volto quando vocês forem comer — arrematou ela.

Então, Sunny apareceu, com o cabelo meio que flutuando à sua volta. Todos nós erguemos os olhos.

— Sua filha é uma mocinha muito equilibrada — comentou alguém.

Sunny sorriu. Eu nunca a havia encontrado. Fazíamos parte da mesma panelinha, pessoas com certo nível cultural tentando nos transportar do conforto do trabalho de escritório para as pradarias selvagens da arte. Gostei de sua aparência, loira, a cor um pouco desbotada, e gostei também de seu jeito, que era amigável de uma forma natural. Não havia qualquer sinal da existência de um pai e nenhuma menção a um. Mas Sunny tinha uma filha, e isso a excluiu do meu radar. Quem tem filho já era maduro demais para mim.

Além disso, não tenho exatamente jeito com crianças; você pode ter deduzido isso de minhas aventuras como monitor de acampamento. A verdade é que acho crianças insuportavelmente inseguras. Eu não as culpo. São o tempo todo bombardeadas com essa energia desesperada. Então, procuro adotar uma abordagem oposta. Reconheço a presença de uma criança, mas para por aí. Se elas quiserem algo além disso, podem pedir. Zoe deve ter gostado dessa postura, porque se sentou ao meu lado quando retornou para a sala. Os pratos estavam dispostos em círculo sobre a mesa, e me passaram uma quiche com brócolis e algum tipo de queijo com um odor forte. Tenho sérios problemas com brócolis, então não me servi de um pedaço, mas ofereci um a Zoe.

Ela fungou a coisa.

— Tem cheiro de peido — soltou a menina, *sotto voce*.

— Você acha que Patty peidou nele? — perguntei.

— Que nojo.

— Foi você.

Zoe parou para pensar nisso. Havia uma espécie de prato de frango com ameixas e alcaparras, e ela pegou um pouco. Espetou a ameixa com o garfo e a segurou sob a luz. Sua expressão sugeria a pergunta básica: *Por que ameixa?*

Havia algumas outras coisas, uma salada de macarrão carregada no vinagrete, uma versão embebida em gordura de tostones caseiros.

— Minha mãe cozinha melhor que isso — comentou Zoe baixinho.

— Qual é o prato dela?

— Ela trouxe a sobremesa.

— Que tipo de sobremesa?

— Uma *torte*.

— "Torta", você quer dizer?

— Não — respondeu. — Uma *linzer torte*. Tem geleia e é polvilhada de açúcar. Fui eu mesma que polvilhei. Tem que fazer isso com cuidado. Se você colocar demais, a coisa toda fica destruída.

O sujeito à esquerda de Zoe, Randy, era um daqueles caras que ficam se gabando de ter uma grande afinidade com crianças, como se estivesse desesperado para fazer um test-drive para a paternidade. Ele ficava dizendo coisas como: "A Zoe gostou do frango! A Zoe gostou do macarrão!". Quando a refeição estava quase terminando, "a" Zoe parecia prestes a enfiar um garfo no olho dele.

Sunny não se preocupava com a filha. Ela estava na outra ponta da mesa, ouvindo Patty discutir, em detalhes maçantes, seus planos de férias em Florença. Lançou olhares para mim algumas vezes, exibiu um sorriso paciente. *E a linzer torte* — meu Deus! Era ridícula. Metade manteiga, metade framboesa em conserva, com uma pitada de farinha para manter as aparências. Comi metade. Zoe comeu a outra. Que dupla mais fim de carreira. Sentamo-nos juntos no sofá, meio moles, os restos da *torte* entre nós.

— Você não estava brincando — falei.

— Ela é confeiteira — contou Zoe. — É assim que ganha dinheiro.

— Você é uma filha da mãe sortuda.

Zoe perscrutou a sala em busca de sua mãe, que não estava em lugar algum. A menina olhou para mim por um segundo.

— Qual é mesmo o seu nome?

— John.

— Isso. John. Com licença, John.

Ela levantou-se e saiu decidida para a varanda.

Houve uma movimentação para começar uma partida de Perfil. Sempre acho esses jogos deprimentes, pois me forçam a reconhecer que tenho mais conhecimento sobre programas de televisão populares dos anos 1980 e 1990 do que, digamos, literatura. Zoe ainda estava na varanda, então caminhei até lá como quem não queria nada. Mãe e filha estavam lado a lado, ambas olhando para a baía de Biscayne, que havia adquirido uma tonalidade rosada no crepúsculo do fim do verão.

— E aí, gente — lancei.

Ambas viraram-se ao mesmo tempo. Era a primeira vez que as via uma do lado da outra, e a semelhança era um pouco assustadora: a inclinação de seus quadris, o cerrar nervoso de seus punhos.

— Eu a peguei fumando — declarou Zoe.

— Meio cigarro.

Houve uma pausa constrangedora, que tentei preencher apresentando-me a Sunny.

— Ela sabe quem é você — disse Zoe bruscamente. — De qualquer forma, é fumar, mãe. Meio cigarro, ainda assim, é fumar. Significa que você fica com câncer, morre e eu fico órfã.

As duas já haviam tido essa discussão antes da minha chegada.

— Por favor, não fale isso — pediu Sunny. — Vou ficar aqui por um bom tempo, meu amor. Eu prometo. — Ela se abaixou e acariciou a bochecha da filha.

Mas Zoe esquivou-se e começou a tossir de propósito.

— Talvez eu tenha interrompido no momento errado — falei.

— Não — garantiu Zoe —, converse você com ela. Não tenho mais nada pra dizer.

Nós a vimos deslizar de volta para o interior do apartamento. Lá dentro, podíamos ouvir Randy gritando:

— Olha ela aí! Zoe, você está no nosso time! Você pode ser nossa arma secreta!

Sunny sorriu secamente. Estava mostrando uma postura excepcional para alguém que havia acabado de receber uma reprimenda da filha de seis anos.

— Isso foi um erro. Zoe odeia esse tipo de festa em que o convidado traz um prato.

— Por que vocês vieram?

— Pensei que pudesse haver outras crianças aqui. Patty disse que haveria. Estou tentando garantir que Zoe passe mais tempo com crianças da idade dela.

— Ela parece mesmo um pouco precoce.

Sunny contemplou a baía.

— Sensível — corrigiu Sunny. — Zoe é mais sensível do que deixa transparecer. — Ela soprou uma mecha de cabelo de sua bochecha para afastá-la do rosto. — Morte é a nova coisa da qual ela não para de falar, que as pessoas morrem, que deixam de existir. O pai dela a deixou assistir a uma merda de especial do Discovery Channel na última visita e agora minha filha está convencida de que eu estou com o pé na cova.

— Isso deve ser difícil — comentei.

— De qualquer forma, ela está certa. — Sunny apagou o cigarro. — É um hábito detestável.

Nós dois permanecemos ali por um segundo, observando o sol efetuar outra de suas extravagantes despedidas do sul da Flórida. Dei uma espiada furtiva em Sunny. Parecia cansada, de um jeito adorável, os tendões do pescoço se destacando um pouco.

— Olhando pelo lado positivo — falei —, a *torte* estava incrível.

— Obrigada.

— John — acrescentei.

— Certo. John.

Esse dificilmente foi um caso de um instantâneo turbilhão de emoções invadindo meu corpo. Sunny era uma mulher ocupada. Tinha uma filha e um novo negócio como fornecedora de sobremesas sofisticadas. Eu estava envolvido com minhas próprias travessuras de vinte e poucos anos, reconstruindo-me, basicamente, após as aventuras degradantes com Lina Cortez. O que isso significava? Que dormia com mulheres mais jovens que eram fáceis de impressionar. Parei de submeter meu cabelo a produtos em gel. Livrei-me da minha TV. Minha vida tomou um rumo, não de forma desagradável, em uma direção boêmia. Mantive um apartamento funcional em South Beach, em um prédio art déco pintado como um Mondrian. Resquícios de uma era pré-Armani, pré-Versace, pré-DeNiro, as novas fortunas dos gays num embate contra a pobreza judaica antiga. O resultado foi uma cidade litorânea com reputação de bairro degradado. Eu passeava pela Washington Avenue nas manhãs de domingo e absorvia toda forma de caricatura humana: travestis, velhos excêntricos, playboys peruanos, lésbicas femininas e lubavitchers. Não era incomum ver um homem seminu caminhando, descontraído, com uma píton de quase quatro metros pendurada nos ombros.

Minha rotina de domingo era levantar relativamente cedo, pedir meio litro de suco de laranja com cenoura em uma casa de sucos sujona e de donos cubanos, engolir tudo e depois correr para a praia. Era um crime ninguém nadar naquele mar. Mas, na maioria das manhãs, eu tinha o controle sobre o lugar. Mergulhava e ia de braçada até a boia salva-vidas. A água era tão límpida que dava para ver os raios de sol refletindo no fundo. Eu costumava ficar deitado de costas, boiando, e ver os hotéis da Ocean Drive, com suas escotilhas e grades vistosas, os turistas cor-de-rosa de tão tostados de sol, pessoas de ressaca perambulando à toa.

Algumas semanas depois da festa, saí da água em um desses dias e ouvi meu nome sendo chamado. Zoe estava usando um biquíni amarelo que deixava sua barriguinha à mostra e óculos de sol combinando. Sunny estava atrás dela, deitada em uma toalha.

— Oi — falou Zoe. — Eu me lembro de você. Vem cá, John! — Sunny disse algo, mas a menina dispensou a mãe com um aceno de mão. — Você estava naquele piquenique — continuou ela. — Na casa daquela senhora gorda.

— Pare de incomodar o homem — ralhou Sunny.

— Eu não estou incomodando — retrucou Zoe. — Estou te incomodando, John?

— Nem um pouco — garanti.

— Você não devia entrar no mar, é sério — avisou Zoe. — Há bactérias lá.

— Bactérias?

— Não fale isso, querida — censurou Sunny. — É falta de educação.

— Foi você quem disse isso.

Sentei-me ao lado delas.

— Existe algo que eu deva saber?

— Uma das amigas da minha mãe encontrou um dardo na água — contou Zoe, com seriedade. — Um dardo venenoso.

Sunny sorriu, apenas o suficiente para formar uma covinha na bochecha esquerda.

— Não vamos falar sobre esse tipo de coisa, ok, querida? Vamos falar sobre algo legal.

Zoe olhou para mim.

— Você tem bons músculos. — Ela se inclinou e sentiu meu bíceps, dando-lhe um pequeno beliscão elogioso.

Sunny riu.

— Pare de ser paqueradora. Francamente, Zoe.

Zoe virou-se para a mãe.

— Foi você quem disse isso! — A menina percebeu que havia pegado a mãe de jeito e aproveitou sua vantagem. — Você mesma disse, mãe. "Dê uma olhada naquela maravilha de espécie! Nós não o conhecemos?". Você falou isso.

— Espécie? — perguntei.

— Espécime — murmurou Sunny. Ela estava corando de leve.

De fato, minha aparência não era das piores nesse ponto da minha vida. Havia me livrado de todos os músculos idiotas dos meus tempos de "El Lay", e a natação ajudou a trabalhar harmoniosamente as regiões do corpo, o que era importante, porque eu ainda tinha que lutar contra as minhas pernas de saracura, herança de meu pai. Eu ficava, como todo morador de Miami, bronzeado o ano todo.

Não havia me ocorrido, até então, que Sunny poderia estar interessada em mim. Ela estava na categoria de mãe e, de repente, passou para essa categoria aparentemente remota, mas na verdade adjacente, de mulher, criatura sexual, potencial odalisca com sua dança do ventre. Ela usava short e uma blusinha com decote halter, uma indumentária absurdamente recatada dada a nossa localização, a famigerada 14th Street Beach, onde os homens gays tomavam banho de sol e, como resultado, onde as modelos vinham se bronzear, todas elas praticamente de topless. Peitos por toda parte, os naturais balançando com charme, os falsos em pé sob o sol, montículos femininos de soro fisiológico.

Na verdade, era um lugar estranho para levar uma criança, ainda mais uma menina como Zoe, que era tão — como posso colocar em palavras aqui? — atenta aos aspectos adultos de seu ambiente, embora, em defesa de Sunny, ainda fosse cedo. A maioria das modelos ainda estava dormindo, e os gays estavam acabando de vestir seus sacos de banana.

— Nós vamos tomar café da manhã no Front Porch — comentou Zoe. — Conhece esse lugar? Vamos comer hash browns. Você gosta de hash browns, John?

— Eu adoro hash browns — respondi.

Sunny fez um esforço teatral para protestar, mas percebeu que um eixo havia se formado. Acontece que Zoe e Sunny moravam perto da Española Way, a alguns quarteirões de mim, e isso significava que eu poderia ir até lá, se quisesse, e ver como Sunny preparava crème brûlée. Zoe fizera o convite. Só o cheiro daquela cozinha já era suficiente para me derrubar: baunilha, canela, chocolate e ovos. Eu deveria encontrar meu novo interesse amoroso para um jantar cedo, mas cheguei à casa dela meia hora atrasado, ainda de calção de banho e fedendo a açúcar caramelizado. Isso não foi difícil de explicar. Havia encontrado uma mulher, uma mulher muito mais jovem, e ela de alguma forma me sequestrara.

— É, tipo, o quê? Uma coisa de irmão mais velho e irmã mais nova? — perguntou-me ela.

— Isso mesmo — respondi. — Sim.

Então, fui por esse caminho por um tempo. Não estava longe da verdade. Continuamos nos encontrando, todos os domingos, na praia. Zoe precisava de uma presença masculina não ameaçadora em sua vida. Beleza. Eu conseguiria lidar com isso. Comprávamos sanduíches gourmet no Stefano's e assistíamos a Sunny fazer sobremesas malucas: bolo mocha regado com chocolate Valrhona, cannoli de avelã, napoleões de limão. Ah, era sexy pra caramba, essa mãezinha carinhosa e meiga manipulando todos aqueles ingredientes em formas obscenas, enquanto Zoe me mostrava sua coleção de conchas; como um encontro de pais para seus filhos brincarem juntos — com uma carga erótica.

E, então, uma manhã, nada de Zoe.

— Ela está com o pai este fim de semana — explicou Sunny.

Houve uma brecha desconfortável ali, na ausência dela, nós dois esbarrando para lá e para cá em nossos desajeitados corpos adultos, tentando não olhar para os atributos adultos. Sunny me deixou a par dos detalhes. Era de Buffalo. Ela e a irmã Tess foram criadas pela mãe, uma ironia que não lhe passou despercebida. Foi sua mãe quem a ensinara a cozinhar. Sete anos antes, havia deixado Buffalo para sempre, ficando o mais longe possível da neve.

Então, Sunny conheceu e logo se casou com um suíço, Marco, que ela pensava ser uma versão europeia sensual de uma tartaruga-de-caixa, um homem vivido. Ele era um pargo, no entanto, o epítome da imaturidade.

— Genes de paternidade zero — contou Sunny. — A falta de sono o deixou louco. Ele odiava trocar fraldas. Achou que haveria uma babá incluída, alguém para lhe trazer esse pacotinho cheiroso quando ele chegasse em casa à noite. — O sujeito fez algumas coisas estúpidas para forçar Sunny a sair; aquelas óbvias.

Balancei a cabeça para tudo isso. O que mais eu iria fazer? Continuei concordando.

Eis aqui uma boa questão: a família de Marco era rica. Eram os herdeiros daquelas fortunas europeias antigas das quais sempre ouvimos falar tanto e ficaram felizes em fornecer parte do dinheiro inicial, por meio de Marco, para o negócio de Sunny. (Isso era o mínimo que podiam fazer.) Sunny não gostou nem um pouco do acordo e estava determinada a devolver o empréstimo, centavo por centavo, o mais rápido possível. Por isso o cronograma de trabalho brutal. Fiquei absolutamente impressionado. Engendrar tal caos! Resistir a esse caos com tamanha desenvoltura! Tive que lembrar a mim mesmo que ela tinha a mesma idade que eu, 28.

Nesse domingo em particular, era seu dever preparar tiramisù para oitenta pessoas. Eu nunca havia parado para pensar em tiramisù — embora já tivesse devorado uns bons deles —, portanto não havia percebido a precisão necessária para confeccioná-lo. Sunny teve que preparar duas formas de pão de ló leve, uma mistura de queijo mascarpone e creme doce, uma calda que levava manteiga e licor Kahlua. Cada uma dessas partes recebia o devido tratamento: resfriada, aquecida, temperada, respectivamente, depois eram todas montadas em camadas como uma lasanha e polvilhadas com chocolate em pó e canela. A técnica de cozinhar de Sunny era sua vida: frenética, esperançosa, transbordando. Foi o Kahlua que nos colocou em apuros. Não que precisássemos de muito estímulo.

Isso vai soar meio patético, mas eu não desfrutei de bom sexo na casa dos vinte. Quero dizer, não foi terrível. Definitivamente não encarei como terrível na época. Mas não havia aquela verdadeira sensação de total entrega, o ritmo extático que começa com uma vontade de devorar o outro e culmina com um vulcão em erupção para ambas as partes. Foi assim que aconteceu com Sunny. Eu pensei, com a minha cabeça idiota de vinte e poucos anos, que uma mulher com uma filha estaria de alguma forma esgotada na área sexual. Não havia me ocorrido que o corpo feminino era um instrumento regenerativo. Sunny não fazia sexo desde que o casamento fora pro brejo. Havia muito desejo armazenado em seu invólucro físico não muito grande e algumas adoráveis capacidades criativas. Então, sim: peripécias na cozinha, aproveitando todo seu potencial. Como poderia ter sido diferente? Sunny tinha acesso a toda uma gama de ingredientes: mel em pó, manteiga de coco, pasta de amêndoa. Ela não tinha o bumbum mais definido do mundo, mas adquiria um gosto muito bom levemente coberto com pudim de gengibre. O batedor foi bem utilizado, assim como o pincel de alinhavo, a manga de confeiteiro e, o que seria bastante improvável, o espremedor de alho. Na segunda ou terceira vez que ficamos juntos, Sunny correu para sua grande geladeira e pegou uma tigela de massa de bolo gelada. Nós nos despimos, mergulhamos as mãos na tigela e rolamos a massa pelo corpo até que nossos pelos ficassem duros e crocantes. Tudo isso parece pervertido e descarado. Mas essas inovações foram mais infantis que adultas, fruto de curiosidades gastronômicas naturais. Está lá, é só pegar. Houve algumas mordidas também. Sunny era uma criatura com inclinação para mordidas. Agressão oral, segundo ela. Eu poderia conviver com isso. É incrível com o que as pessoas são capazes de conviver quando estão apaixonadas.

(E aqui devo confessar algo no tempo presente, que é que meu momento de pânico no armário de casacos da chapelaria teve algo a ver com você ter mordido meu ombro, o que deveria ter sido, e foi, incrivelmente sexy, mas também evocou uma forte lembrança de Sunny, embora, como você verá no devido tempo, minha abstenção idiota envolvesse outras questões além dessa.)

Sunny não queria que a filha soubesse de nada. Assim, durante os primeiros meses, nossas aventuras sexuais foram às escondidas, encaixadas entre diversos deveres maternos e profissionais. Fizemos sexo — sexo apressado e ardente — em um dos armários do ginásio de uma escola primária local, enquanto Zoe executava uma série de piruetas e plantava bananeira para seu professor de ginástica.

Depois de um tempo, porém, o fascínio de ser um segredo passou. Comecei a suspeitar que Sunny estava usando a menina para manter o controle sobre mim.

— Você está sendo ridículo — acusou-me. — Tem que olhar para a minha situação. Zoe está em uma fase muito insegura. Dê a ela algum tempo para se adaptar à ideia.

Estávamos deitados no meu futon, as sobras de uma banana flambada espalhadas pelo chão feito moedas molhadas.

— Ela não vai conseguir se adaptar se continuarmos nos escondendo desse jeito pelas costas dela — argumentei.

— Você não pode simplesmente esperar entrar de supetão na vida dela.

— Ninguém está entrando de supetão. Mas, até certo ponto, você sabe. Ela espera mesmo que você permaneça celibatária pelo resto da vida?

— Celibatária? Meu Deus, John. Do que está falando? Isso não tem a ver com sexo. Tem a ver com que tipo de papel você vai desempenhar na vida dela. Você não é o pai dela.

— Eu disse que era?

Sunny levantou a cabeça do meu peito e me estudou. Seus olhos eram azul-claros, com manchinhas cinza.

— A questão não é você e eu — esclareceu ela, devagar. — Só para você entender. Não existe você e eu, na verdade. É você e nós. Não posso simplesmente convidar um homem a entrar na minha vida, ok? É todo um pacote. E não vou envolver Zoe até que me sinta confortável. — Seus olhos deslizaram para o relógio de cabeceira. — Merda — resmungou. — Merda, odeio isso. Tenho que correr. — Ela se levantou da cama e começou a procurar suas roupas, enquanto eu permaneci lá, com a cara fechada.

Sunny baixou rapidamente os olhos para a bagunça que fizemos e sorriu consigo mesma. Bem-humorada, aproximou-se de mim e beijou-me na testa; em seguida, com mais ternura, nos lábios.

— Sinto muito por tudo isso. Olha só, sinto mesmo. Mas já cometi um erro. Não posso me dar ao luxo de cometer outro. Não há margem de erro para mim. Tente confiar em mim. Pode fazer isso, querido?

Bem, claro que eu poderia. A matemática aqui não é muito complicada. Ela era mãe, uma mãe de verdade, apaixonada pela filha. Eu estava apaixonado por ela e, se isso faz algum sentido, também estava apaixonado pelo amor que as duas sentiam uma pela outra. Muitas vezes, no fim daqueles domingos preguiçosos, eu me sentava na sala de estar e ouvia Sunny e Zoe executarem seu ritual para dormir — as negociações recatadas e sussurradas, as histórias lidas e relidas, os beijos suaves e estalantes — e as lágrimas brotavam, uma onda repentina e confusa de tristeza misturada com alegria. Em mais de uma ocasião, eu me esgueirei pelo corredor para poder observá-las da porta, Sunny inclinando-se sobre a filha, murmurando, a luz suave do corredor nas bochechas de Zoe, Sunny traçando círculos nessas bochechas com o polegar, beijando sua testa, o cheiro do quarto (chiclete e xampu de bebê) me deixando zonzo. Havia noites em que o ritual levava uma hora. Eu sabia que Sunny estava superestimando a filha, oferecendo-lhe um pouco mais do que uma mãe deveria; e eu era incapaz de resistir ao suave feitiço do amor delas.

Fiz bastante lobby para passar a noite lá. Eu estava encantado com a ideia de que Zoe entraria no quarto uma manhã e se aconchegaria entre nós. Entenda, não era apenas uma questão de querer as coisas às claras. Eu queria, de uma forma que agora percebo que era emocionalmente perversa, absorver o amor que fluía entre as duas. Mas havia um quê de carência na maneira como me agarrei à vida delas, ultrapassando o que Sunny chamava de limites. Ela não levava fé no meu desejo real de fazer o papel de Papaizão Salvador. Era a opinião do Bom Doutor que eu desejava ressuscitar minha mãe e minha irmã, desta vez capazes de amarem uma à outra e — droga, por que não!? — a mim. Não estou discordando.

Bora para um avanço rápido de seis meses. Quatorze de fevereiro em South Beach, congelantes 26 graus Celsius, as ruas cheias de seres humanos querendo se exibir, as caixas de som dos clubes bombando house music. Em noites como essa, você podia olhar pelas janelas de um restaurante como

Divine ou Oggi e ver homens e mulheres, editores de moda, drag queens e xeques, chapadaços de champanhe caro demais e dançando nas mesas.

Para fornecedores como Sunny, comerciantes de sobremesa sofisticada, o Dia dos Namorados era um momento crucial. Ela trabalhou 48 horas seguidas, preparando 180 massas folhadas em formato de coração (recheadas com uvas-passas e purê de pera), duas dúzias de tortas de noz-pecã com chocolate branco (também em formato de coração) e 4 mil trufas enroladas à mão. Não me dei conta, no entanto, do quão atarefada ela estava.

Fiz reservas no Bella Napoli, nosso restaurante italiano favorito, e a instruí a me encontrar lá às 20h em ponto, porque havia contratado uns caras para tocar violino para ela. Sunny tinha uma queda por tais gestos, extravagantes e levemente impressionantes. Eu tinha combinado com o proprietário de reservar uma mesa de canto na varanda, longe do barulho da Washington Avenue, com vista para o mar.

Então, lá estava eu sentado, às 20h, todo limpo e cheiroso em uma camisa cubavera verde-clara e calças cáqui. Meus cabelos estavam soltos, um pouco desgrenhados. Havia nadado até três boias mais cedo; sentia aquela dor muscular gostosa de ter me exercitado. Fiquei imaginando Sunny usando um vestido de praia, sorrindo, seus olhos ficando marejados ao som dos violinos.

Ela estava atrasada. Às 20h20, os violinistas apareceram, três deles, bigodudos e carrancudos em smokings alugados. Eram húngaros (eu acho), carinhas morenos com narizes compridos e violinos gastos, que seguravam sob o queixo com grande ternura. O mais baixo deles pronunciava um inglês dos Irmãos Marx.

— Tocamos — disse ele. — Fazemos uma boa música para o amor.

— Ainda estou esperando meu amor — argumentei.

— Claro. Aguardamos até que a senhorita chegue. — O violinista assentiu e fez sinal para que os outros se juntassem a ele atrás de um pilar.

Fui ligar para Sunny em casa. Sem resposta. Sentei-me à mesa mais uma vez, tentando não parecer em pé. Lá embaixo, na Lincoln, casais passavam. Eu estava procurando Sunny, é claro, mas a figura que vi, logo depois da fonte pública, foi (deixa para música de suspense) Lina Cortez. Estava vestida com uma saia vermelha e uma blusa branca transparente, caminhando daquele jeito hippie descontraído que sempre acabou comigo. Não a reconheci a princípio; na verdade, pensei que ela poderia ser uma criança, porque o cara ao lado dela tinha cerca de dois metros e meio de altura, um sujeito negro ridiculamente musculoso. Ele era — percebi em um lampejo bastante desagradável — o pivô titular do Miami Heat. Os pombinhos estavam chamando bastante atenção.

O que se seguiu foi um momento digno de sitcom. Por instinto, como se quisesse me esconder, levantei-me da cadeira. O trio de violinistas, interpretando isso como uma deixa, saiu de trás do pilar e começou a tocar uma vigorosa versão de "That's Amore". Isso chamou a atenção de bem, basicamente, todo mundo, incluindo Lina e seu acompanhante, cujo nome era (e presumivelmente permanece) Marvelous Williams.

Lina ergueu os olhos e me viu sozinho em uma mesa à luz de velas, com a minha cubavera idiota. Eu a vi erguer a mão e começar a sorrir, mas a essa altura eu já estava recuando, e os violinistas, em um estado de ardor típico dos seresteiros profissionais, começaram a me perseguir no restaurante para onde quer que eu fosse, arranhando seus instrumentos às pressas. Eu sabia que Lina viria atrás de mim. O potencial para constrangimento masculino era delicioso demais para ela resistir. ("Marvelous, este é um velho amigo meu, John.")

E assim, muito heroicamente, escondi-me no banheiro. Os violinistas enfim entenderam o recado básico e pararam de tocar. Eles não acharam nada disso particularmente engraçado. O líder deles entrou num rompante no banheiro e explicou que eles tinham outra *aprrresentação* às 21h. Meus pensamentos começaram a ser povoados por uma paranoia. Sunny e Lina estavam de conluio? Isso era ridículo, mas me ajudou a converter minha má sorte em uma raiva convincente. Então, corri para a casa de Sunny, bati com força na porta e, por fim, entrei de fininho pela entrada lateral. A cozinha revelava todo o ocorrido. Ela havia usado praticamente todos os utensílios que possuía. As paredes estavam salpicadas de chocolate amargo. O chão estava pegajoso de melado. Um pedaço gigante de manteiga, deixado sobre o fogão, havia derretido e se transformado num lago amarelo brilhante. Encontrei Sunny no escritório, dormindo com a cabeça no mousepad. Estava imprimindo notas fiscais.

Eu não sabia o que fazer. Sentia-me todo nauseado e exaltado, abandonado por completo. Mas Sunny estava absolutamente destruída. Mal sabia onde estava. Levei-a para a cama e comecei a despi-la. Ela murmurava pedidos de desculpas, agradecendo-me, agarrada ao meu pescoço.

— Não vá — murmurou. — Fique.

— Você deveria dormir.

— Estou toda nua agora. Por favor, fique.

— E quanto a Zoe?

— Ela está com o pai.

Sunny acordou no meio da noite, faminta. Nós dois estávamos. Ela esquentou um pouco de sopa, fez uma salada e jantamos à luz de velas em meio ao caos. Contei sobre Lina. Fiquei um pouco choroso, na verdade, pensando em como eu estava condenado, levando a vida precariamente como se fosse um anúncio de cerveja.

Sunny tocou minha bochecha e disse:

— Isso acabou agora.

Então, ela jogou algumas fatias de kiwi e pera no processador de alimentos, despejou gemas de ovo por cima, casca de laranja ralada e açúcar; depois, com uma colher colocou o resultado na minha boca — era uma espécie de mousse de frutas. A essa altura, estávamos na cama, completamente nus. O amor com Sunny, quando o tempo permitia, era longo e orquestrado. Houve muita apreciação visual. Então, em algum momento, as feições de Sunny começaram a se contrair e seus lábios deslizaram para trás para revelar os dentes, e esses dentes encontraram meu ombro e o morderam, de leve, com força, de leve. (As marcas roxas pareciam cascas de ameixa; eu as tocava sem parar.)

Sunny ainda estava exausta às 8h. Por volta das 9h, um carro parou e a porta bateu, e a voz de Zoe se elevou para se despedir do pai.

— Tchau, tchau, papai!

Acordei Sunny, chacoalhando-a.

— É a Zoe — informei.

— Está tudo bem — garantiu Sunny.

— O que eu devo fazer? Me esconder?

Sunny olhou para mim e sorriu.

— Não. Chega de se esconder. Só coloque algumas roupas, querido. Podemos tomar um brunch, nós três.

Hesitei enquanto colocava as calças, inebriado de gratidão, peguei uma das camisetas folgadas de Sunny e fui para a cozinha, parecendo o mais indiferente possível.

Zoe estava entrando pela porta da frente. Ela foi direto para a cozinha, olhou para a bagunça e então seus olhos se fixaram em mim.

— Cadê a minha mãe? — perguntou.

— Ela está levantando da cama — falei. — Nós íamos fazer o café da manhã para você.

— Eu já comi cereal.

Normalmente, quando nos encontrávamos, Zoe me lançava um de seus olhares de esguelha, um misto de afeto e conspiração. Mas sua expressão agora estava tomada de desconfiança.

— Por que você está vestindo a camiseta da minha mãe?

— Só a peguei emprestado — aleguei. — Só por hoje.

— Você não tem sua própria camiseta?

— Eu tenho — respondi. — Mas ficou suja.

— Você estava ajudando minha mãe a cozinhar?

— Sim, estava.

— E ficou suja enquanto você a ajudava? — Assenti. — Não acredito em você.

Zoe permaneceu ali, com toda a magnificência de sua personalidade tipo A, pronunciando desajeitadamente as palavras como as crianças costumam fazer. Estava usando uma blusinha preta e minúscula de lycra com "Girl Power" estampado em strass. Esse era o tipo de roupa que as meninas usavam em Miami.

— Você dormiu aqui? — questionou ela.

Concordei com a cabeça.

Eu podia ouvir Sunny saindo do banheiro. Ocorreu-me, por um momento — fiquei preocupado, na verdade —, que ela pudesse me abraçar por trás.

— Que tal alguns waffles? — sugeriu Sunny.

— Eu falei para ele — murmurou Zoe. — Já tomei café da manhã.

Houve uma pausa tensa, durante a qual pude sentir a energia da sala mudar. Era como se eu tivesse sumido de vista. Sunny e Zoe ficaram de frente uma para a outra em lados opostos do balcão, e o olhar trocado entre as duas foi simplesmente terrível. Sunny tentava sorrir. Sua mão torceu o fio do processador de alimentos. Zoe não dava trégua. Ela havia encurralado a mãe naquele ponto com uma expressão que não era exatamente de raiva, mas algo mais calculado e ameaçador.

— Este lugar está uma zona completa — observou Zoe.

— Eu estava trabalhando — justificou Sunny.

— Está um nojo.

— Não gosto nada do seu tom — advertiu Sunny.

Zoe, então, arremedou a mãe, *Não gosto nada do seu tom*, e, quando Sunny deu a volta no balcão, Zoe virou-se e correu para fora.

— Droga — resmungou Sunny.

— É melhor eu ir embora — adiantei-me.

— Está tudo bem — garantiu Sunny. — Ela só precisa se acostumar com a ideia.

Sunny avaliou o estado da cozinha — tudo endurecendo, tudo começando a estragar — e foi tomada por um ligeiro desânimo.

Tentei ajudá-la com a limpeza, mas ela não queria minha presença lá. Droga, *eu* não queria minha presença lá. Apressei-me pelo caminho da frente da casa dela. Zoe, escondida nos galhos retorcidos de uma figueira--de-bengala, berrou para mim:

— Eu não me importo! Eu não me importo! Eu não me importo!

Não desisti, no entanto. Sem chance. Estava determinado a conquistar Zoe, a recuperar o ritmo fácil de nossos primeiros dias. Queria ver Sunny e Zoe apaixonadas mais uma vez. Eu ainda achava que havia alguma chance de me envolver nisso tudo. Lembro-me de levar as duas ao Stoneman Pond, uma piscina pública de categoria em Coral Gables. Sunny estava feliz. Havia feito outro grande pagamento para seus ex-sogros. Estava me sentindo bem também. Pediram-me para mostrar algumas das minhas colagens de fotos em uma exposição coletiva. Era um daqueles raros dias arejados de outono que você tem em Miami, o vento levantando ondas brancas de espuma em Biscayne, o céu azul um pouco mais alto que o normal, navios de cruzeiro passando pelo Government Cut como gigantescos bolos de casamento flutuantes.

Tínhamos comprado sanduíches no Stefano's e uma garrafa de vinho, e a sobremesa era um pudim de caramelo com amêndoas de chocolate. Zoe tinha acabado de aprender a nadar sem boias de braço. Ela queria que a mãe fosse para a piscina com ela.

— Daqui a pouco — disse Sunny. — Me dê alguns minutos para fazer a digestão.

— Isso é um mito — comentou Zoe. — A sra. Fallows nos contou.

A sra. Fallows era a professora da pré-escola de Sunny, a atual autoridade em todos os assuntos relacionados ao universo e seu conteúdo.

— Peça ao John — continuou Sunny. — Ele nada melhor que eu.

Zoe considerou essa proposta. A menina coçou uma picada de mosquito no tornozelo. Então, aproximou-se de mim e pediu, quase de forma solene:

— Quer nadar comigo, John?

Caminhamos até a piscina, subindo de mãos dadas os degraus até lá, e ela pulou na água e sacudiu os membros, como fazem as crianças pequenas.

Eu a segurei sob a barriga por um tempo. Ela me mostrou seus exercícios com as pernas. Havia toda uma ciência envolvida. Então, Zoe me pediu para jogá-la.

— Não sei, não — avisei. — Está bem cheio aqui.

— Vamos lá — insistiu a menina. — Só um arremesso de nada.

Ela me lançou um de seus beijos no ar arrasadores e meu coração disparou. Essa era minha grande chance de provar meu valor, de parar de me sentir um mísero intruso. Então, eu a joguei algumas vezes e ela soltou gritinhos e risadas. O problema era que, cada vez que Zoe voltava remando com os bracinhos, ela se agarrava a mim um pouco mais demoradamente, e suas mãos — como posso pôr isso em palavras? — meio que agarravam áreas que uma criança não deveria tocar. Na primeira vez, achei que era sem querer. Mas então aconteceu de novo, e eu tive um mau pressentimento.

— Última vez — avisei. — Combinado?

Zoe olhou nos meus olhos com uma expressão assustadora e estava agarrada a mim, esfregando as pernas contra mim e dizendo: "Vamos, John! Vamos!". Suas mãos brincavam com meu short. Não acho que ela soubesse exatamente o que estava fazendo, mas tinha noção o suficiente para me apavorar pra cacete. Tentei içá-la para longe do meu corpo, mas Zoe me segurou, e pude sentir a luta entre nós se intensificando. Suas unhas cravaram em minhas costelas e minhas próprias mãos começaram a contê-la com menos delicadeza. Para alguém que estivesse assistindo de longe, pareceria a típica brincadeira na parte rasa da piscina. Zoe estava rindo, de um jeito seco e soluçante. Mas, sob a superfície, havia todo tipo de agitação maldosa. Toda vez que eu a segurava com firmeza, ela se contorcia para se libertar e se agarrar de novo, até que enfim prendi seus braços nas laterais de seu corpo. Foi a única maneira que encontrei para pôr um fim naquilo. Então, ela projetou a perna para fora e me acertou você sabe onde, e simplesmente perdi a paciência. Eu a arremessei para o alto, voando no ar. Ela caiu de costas com um daqueles golpes horríveis, do tipo que faz as pessoas fazerem uma careta como se dissessem "ai, essa doeu".

Zoe entrou no mesmo instante no modo rainha das atenções. Todo o chororô que aquela menina desatou a dar — parecia um ato de *A dama das camélias*. Pedi desculpas. Eu me desculpei desenfreadamente. Mais tarde, tentei explicar a Sunny o que havia acontecido. Mas não consegui mencionar o que Zoe estava fazendo, não a pior parte. Sabia que isso só iria estragar as coisas. Sunny não ignorava a vontade de Zoe. Mas ela realmente não conseguia ver quão zoada a filha estava.

Continuamos juntos por seis meses. Mas, cada vez mais, éramos apenas nós dois, quando Zoe estava com o pai ou com uma babá. O sexo adquiriu um toque de desespero. E nós mesmos começamos a sentir a lenta mas implacável autoconsciência que é, de alguma forma derradeira, a morte do amor.

Meu psiquiatra já havia antecipado isso tudo. Minhas próprias mãe e irmã não eram muito próximas antes de eu aparecer e entornar o caldo? Não estaria eu, de certa forma, despertando mais uma vez o trauma da minha juventude, aquela casa assombrada por uma variedade brutal de encaradas e olhares femininos? Eu não sabia. Às vezes, isso parecia fazer sentido. Houve outros momentos em que tive vontade de dizer: "Olha só, doutor, só estava tentando encontrar o amor!".

Acredito de verdade que eu estava melhorando, um pouco menos zangado a cada dia, um pouco mais próximo do perdão. Mas não sou o cara mais forte do mundo. Aqueles últimos meses foram agonizantes, todo aquele ódio retumbante. E detesto dizer isso, mas acho que Zoe foi atraída até mim — e me puxou para a órbita de sua mãe — porque sabia que meu coração era muito frágil para suportar lealdades divididas. Não havia dúvida de que ela tinha uma queda por mim, uma coisa física idiota transmitida parcialmente por Sunny. Mas, em um nível mais profundo, a menina farejou minha fraqueza. Ela sabia que eu abandonaria as duas se as coisas ficassem muito complicadas.

Naqueles momentos encantadores de autodesprezo aos quais ainda estou propenso, tendo a considerar o fim do caso como obra minha. Fui ganancioso, queria apenas a sobremesa. Se eu tivesse mostrado paciência, poderia ter lutado para conquistar o coração de Zoe. Mas a verdade é que não acredito que o amor deva ser uma batalha. Deve ser um esforço (um esforço gentil) em que ambas as partes estejam totalmente dispostas a avançar, recuar e ceder. Afinal, as armadilhas estão lá, aguardando-nos, à medida que expomos cada vez mais a carne macia.

Sonhos achocolatados,
Ted Nougat[5]

P.S.: Meu pinto lhe deseja um próspero e intumescido Ano-Novo!

---

[5] Torrone, em português. (N.T.)

SR. E SRA. PAGLIA

19 DE JANEIRO

Prezado indivíduo perseguido por violinistas húngaros obcecados,

Devo dizer que estou um pouco farta do meu inconsciente. Tenho tentado conseguir um pedacinho seu, uma porção inspiradora do tamanho de uma mordida, ou mais — eu estaria disposta a aceitar mais —, e possivelmente um cenário de ancoradouro. Será que é pedir muito? Óbvio que é. Em meus sonhos, fiz sexo com, até agora, Bill Buckner (ainda o consolando após a World Series de 1986), Jon Stewart do *Daily Show* (com comentários irônicos e a plateia do estúdio), a maioria dos grandes dramaturgos — Sam Shepard, um Neil Simon jovem (interpretado por Matthew Broderick, como de costume), David Mamet (falando palavrões do começo ao fim) —, Beyoncé (quem nunca?), Emily Dickinson ("esquisito" não descreve bem a coisa), Bon Jovi (vergonha total), os irmãos Wilson (da época de *Bottle Rocket*), Starsky (sem Hutch)… mas não com você. Nunca você. Bem, uma vez, quase, meio que você, mas havia um acordeão e uma interrupção constante de Cary Grant.

Estou enchendo linguiça aqui, no entanto, e o bajulando. Esse é meu número de enrolar e puxar o saco. Dá para você perceber. Já chega.

Devo admitir que, depois de ler sua última confissão, uma série de pensamentos me passaram pela cabeça. Suponho que Sunny me pareça a primeira com quem você estava pronto e era capaz de sossegar. Ela é o seu primeiro verdadeiro "o que poderia ter sido", como você disse. E, então, isso me leva a questionar: meu Deus, e se der certo? E se houver uma proximidade aqui, uma intimidade que se torna inegável, e nos apaixonarmos e nos casarmos e passarmos a lua de mel na Grécia e tivermos filhos, aqueles a quem contaríamos a nossa história, que começa com um gato morto num campo de golfe que voltou à vida? E que tipo de filhos criaríamos? Anjinhos perfeitos? Anjinhos perfeitos de porão de igreja em asas de papelão. Isso é altamente improvável. Produziríamos uma descendência complicada. Sei que estou colocando a carroça na frente dos bois, mas acompanhe meu raciocínio por um instante, porque quero saber, saber de verdade, quanto esforço, seja ele gentil ou não, você é capaz de suportar. A vida promete desafios mais difíceis do que Zoe Darling. Não que eu esteja afirmando que compreenda o universo da vida com crianças ou saiba que estaria à altura dos desafios de nossa (delicada? engraçada?) prole. Mas o que estou dizendo é que quero saber: você amava Sunny ou não? Amava-a de verdade, segundo suas definições mais idealistas? Se houver uma mínima possibilidade, quero que me diga.

Não fui eu mesma quem disse que não devemos discutir os fracassos do outro? Eu disse. Era uma regra, e agora dei um passo adiante tecendo essa crítica, oferecendo esse questionamento. Espero não ter violado algo de forma irreparável, mas estou tentando ser sincera. Estou tentando responder com sinceridade. (Quantas vezes isso já não foi desculpa para um comportamento reprovável?) E você se comportou tão bem, permitindo que Pascal fosse absorvido pela esponja da memória, passando pano para meus crimes, meus fascínios um tanto sangrentos, minhas ruminações familiares. E, francamente, tenho apenas mais uma confissão depois desta... se quisermos nos ater às confissões de grande importância. E você? Imagino que deva estar alcançando seus dias atuais também. Isso não me dá muito espaço de manobra se eu tiver que compensar. Bem, eu deveria parar agora, continuar e confessar. Vou me abrir de corpo e alma, para que pelo menos nesse quesito estejamos quites. Aqui vai:

A ironia não me passou despercebida: durante o divórcio de meus pais, namorei um casal feliz.

Alex e Deirdre Paglia. Os Paglia. Isso mesmo: sr. e sra. Paglia.

Eles eram casados e felizes? Eles eram casados e *infelizes*? Os dois estavam apaixonados. Isso é inegável. Estavam insuportavelmente apaixonados. E foi bom estar com eles (durante um tempo), ser ponderada em todo o seu exuberante e inquieto desamparo. Os Paglia estavam desamparados de amor. Eles foram capinados, estavam desesperados, perdidos na selva. Lembro-me acima de tudo da estufa deles. Ocupava grande parte do pequeno quintal. Quentes, úmidas, hidropônicas, as flores eram obscenas, suando com o esforço de seus vibrantes destinos. Os tomates eram coisas vermelhas, inchadas, amassadas, carregados e oscilantes — pesados demais, maduros demais, tão cheios que rasgavam a casca. Tudo parecia estar se contorcendo, avançando com propósito a cada momento. Mas estou me adiantando.

Alex e eu nos conhecemos acidental, estranha, ilegal e desconfortavelmente; eu estava invadindo. Na verdade, talvez seja isso que sou o tempo todo: uma invasora.

Havia deixado minha carteira no banco de trás do carro de uma amiga de uma amiga.

— Eu vou colocar na mesa da cozinha — disse-me ela, dando instruções pelo telefone. — Vai estar destrancada. É só entrar e pegar. Ninguém vai nem notar.

Ela morava em uma casa geminada com um grupo de estudantes estrangeiros — coreanos, turcos, brasileiros. Minha amiga havia dito, na noite anterior, que morar com coreanos era como morar com gatos, e brasileiros, como morar com cachorros. Era para ser uma teoria cultural reveladora, não um estereótipo humilhante. Ela estava pensando em redigir um relato contando tudo.

Eu estava morando na Filadélfia naquele momento, uma amiga havia largado o emprego na livraria que ficava embaixo de seu apartamento minúsculo. Eu poderia ficar com o emprego e o apartamento, completo com direito ao futon dela. Eu estava na pós-graduação, buscando meu doutorado em pobreza. Era uma oferta que não podia recusar. Namorava muito, embora não sério. Eu adorava, durante esse breve período, principalmente músicos e atletas. (Ninguém famoso. Ninguém que você deva conhecer.) Foi uma fase. Eu os amava não porque estavam no palco, não porque eram heroicos, mas porque amava ver os homens ficarem em êxtase, descaradamente emotivos. Amava o modo como enfim se permitiam ser afetuosos uns com os outros; na verdade, mais do que afetuosos, apaixonados, ternos. Um baterista sem camisa, um jogador da primeira base choroso; esses foram, por um tempo, irresistíveis. E uma vez namorei um jogador de basquete que era dezesseis centímetros mais alto que eu e que, devo acrescentar, foi uma grande decepção. Então, se serve de consolo, talvez Lina não estivesse se divertindo tanto quanto você imagina naquele tipo de brinquedo de parque de diversões em forma de homem. O que posso dizer é que a discrepância de nossos tamanhos fazia eu me sentir o equivalente sexual de uma polaina, um cachecol. O cara poderia ter me usado como uma flor na lapela. Às vezes, eu tinha a sensação de que precisava sacar um mapa com uma setinha indicando "Você está aqui". (Contar essa experiência está ajudando? Talvez não. Desculpe. Vamos prosseguir.)

Estava preparada para o cheiro de carne estrangeira frita e gordurosa do apartamento, aqueles molhos quentes de iogurte coalhado. Esperava uma sala de estar com poucos móveis e incompatíveis uns com os outros, a arrumação anônima exigida de muita gente morando junto, um acúmulo de bicicletas.

Cheguei ao local, e a porta — pesada, velha, com uma meia-lua grossa de vidro — estava realmente destrancada. Entrei e a sala de estar de fato parecia ocupada por estrangeiros, mas não do jeito que pensei que seria. Escura, amadeirada, com tapetes persas, sofás de couro exuberantes, estantes enormes. Passava uma sensação incubada de musgo; as paredes eram pintadas de um verde-acinzentado. A atmosfera toda do lugar me passava uma impressão de *sala de visitas*. A sala era pequena e cheia de antiguidades, uma lareira de mogno, candelabros, pinturas a óleo esfumadas, estantes — e animais mortos, tapetes de pele de urso e cascos de gazela projetando-se da parede no lugar de cabides. Parecia a habitação de um eremita — uma vida tranquila de ávida contemplação, mas não, um homem que também tinha que se defender sozinho na natureza, matando feras para sobreviver — na Filadélfia? —, para que pudesse... ler? Aspirei o ar do lugar e senti sua densidade preencher meus pulmões, como se eu estivesse um pouco chapada, como se estivesse bebendo éter. Era o tipo de lugar onde poderia haver éter ou absinto.

Era o apartamento errado, é claro, e soube disso na mesma hora. Mas eu tinha uma desculpa para estar lá e estava disposta a me agarrar à ideia da carteira para explorar mais. Entrei em um corredor curto. Estava repleto de faces de macacos — preservados, apavorados, congelados. Detive-me ali. Dava para ver a mesa da cozinha — uma tigela com ovos enormes (ema? avestruz?) dispostos sobre ela. Nada de carteira. Eu ainda esperava que a carteira se materializasse? Não me mexi. Ocorreu-me naquele instante — o rosto dos macacos era impressionante — que eu estava na residência de um assassino, um psicopata, um caçador de aberrações que usava um capacete colonial, alguém que havia pirado de vez, mas que, ainda assim, estava armado até os dentes.

Ouvi um som partindo da cozinha. Um barulho de panelas. O clique de um fogão a gás. Zumbido. Dei um passo para trás. O piso de madeira rangeu. Os macacos me encaravam das paredes.

— Deirdre? — A voz de um homem. — Já chegou em casa?

E, então, Alex Paglia surgiu virando o corredor. Ele não era um caçador maluco — bem, não aquele que eu havia imaginado, mas era algum tipo de caçador, eu acho. Estava nu, exceto por um par de óculos de armação de metal e uma boxer branca, a ponta rosada do pênis pressionando-se para fora da borda da cueca. Ele segurava uma toranja e uma taça de vinho. Eram 15h. O sol se infiltrava pela janela.

Falei:

— Eu não deveria estar aqui.

Foi a coisa mais perfeita a se dizer a Alex Paglia, eu descobriria mais tarde. Ele gostava quando as coisas não eram como deveriam ser. Era bonito — ou talvez não fosse bonito, apenas amoroso. Não estava simplesmente olhando nos meus olhos; estava absorvendo todo o meu rosto, demorando-se na minha boca. Não sabia disso na época, mas Alex Paglia estava se apaixonando por mim do jeito que sempre se apaixonava. A maioria dos homens dirá que ama as mulheres, mas não é a mesma coisa. Alex se apaixonava profundamente por mulheres o dia todo. Eu entendia isso, claro. Padecia de uma doença semelhante com os homens. (Talvez nós dois fôssemos caçadores malucos usando capacetes coloniais, armados até os dentes.) Amo os homens, e não apenas a ideia de homens, aperfeiçoados pela imaginação recorrente refinada. Não, eu amo a inquietação de sua alma corrompida, a maneira como escondem o coração pesado e assassino, as delicadezas repentinas e pequenos e chocantes atos de ternura. Não há nada melhor que as histórias que um homem vai lhe contar — belas, simples, transcendentes — se ele realmente confiar em você e acreditar que sumirá da frente dele em breve. (É isso que temos aqui? Estamos compartilhando um confessionário, sua treliça de madeira? Será que estamos cientes do fato de que as regras ditam que temos que surgir, ressurgir, urgir um ao outro?) E Alex amava as mulheres — o jeito como os seios balançavam, a forma como arqueavam as costas. Ele adorava a maneira como liam livros e compravam frutas. E lá estava Alex, parado no ângulo certo do sol, e lá estava eu, no corredor, ligeiramente suada — era verão, meu vestido estava grudado. Bem, isso foi o suficiente para nós dois.

Ele sorriu e corou, e seu pênis desabrochou diante do corpo, uma graciosa oferenda.

Veja, nós não nos agarramos ali mesmo no corredor forrado de macacos ou na mesa da cozinha com a tigela de ovos gigantes (dinossauro?). Não há necessidade de usar o sintetizador pornô — *plompt, tchica chont, ta-ta-ta-ta, plompt, tchica chont.*

Alex se virou. Havia uma luva de forno bem-posicionada. Ele perguntou:

— Bem, você está perdida? Procurando uma tigela de mingau e uma cadeira resistente... — Ele não terminou a última parte do conto de Cachinhos Dourados: uma cama confortável, nem muito dura, nem muito macia, mas na medida certa. A conclusão pairou no ar à nossa volta. E eu me senti em uma casa de ursos: havia um com a pele arrancada, a boca escancarada, enormes dentes amarelos estendidos no chão da sala. — Deixa eu me vestir. — Ele passou por mim.

— Estava procurando, bem, exatamente este endereço. Mas o endereço está errado. — Eu gritava para ele escada acima.

— Não conheço meus vizinhos. Até tentaria ajudar, mas de fato não conheço nenhum deles. Isso é ruim? Ser tão antissocial com os vizinhos?

— Não, está tudo bem.

— Os vizinhos me deixam nervoso, a maneira como estão sempre por perto. Quer vinho?

— Claro. Você está esperando alguém chamada Deirdre?

— Deirdre. Estou sempre esperando Deirdre. Ela simplesmente não costuma aparecer, e então eu fico solitário.

Ele reapareceu na palavra *solitário*. Radiante, elegante, abençoado com certa melancolia e um dente lascado sobre o qual eu queria passar a língua. Vestia uma camisa branca de linho aberta no pescoço, bermuda e sandálias. Tinha um proeminente cinturão de Adônis e os shorts pendurados nele, o cinto de couro folgado, uma porcaria totalmente inútil.

— Vamos comer queijo Limburger e brie com cream crackers e ficar bêbados — sugeriu ele.

Eu não tinha para onde ir. Como estudante de pós-graduação, levei um bom tempo para pensar na ideia. Pensar, pensar, pensar. Tinha grandes ideias, ideias colossais, e elas levavam tempo para cozinhar com o mínimo de consideração da minha parte. (Em que área? Você realmente quer saber? Bem, fiz carreira com os garotos de Asbury Park e Guerra da Autoestima. Há intelectuais de Estudos Feministas que pelo menos fingem apreciar minhas teorias sobre a psique feminina. Ironia. Vá em frente, eu sei. As pessoas geralmente vão para as áreas onde menos deveriam estar, vide Barbara Walters e Mugsy Bogues.)

Era meu dia de folga de um emprego de meio período na livraria Festoova, administrada por uma mulher que se autodenominava Festoova — o nome me lembrava uma infestação de bandas de oompah, e Festoova tinha a infeliz constituição física mais adequada para a tuba. (Quando ela apareceu com as irmãs de aparência semelhante certa tarde, chamei aquilo de Infesttuba, na minha cabeça.) O nome foi invenção dela. Certa vez, alguém ligou procurando uma tal de Nancy e, quando eu disse: "Não, não tem nenhuma Nancy aqui", Festoova pegou o telefone da minha mão e começou a tagarelar. Eu morava no apartamento acima do dela, um aposento sujo. Cheirava a livros e ao meu velho estojo de pintura; eu não conseguia mais pintar pintos e porcelana Wellington ou qualquer coisa nesse sentido. Estava sem inspiração. Estava sozinha, como Alex Paglia havia dito, apesar dos rapazes ou inclusive talvez até mais solitária por causa deles. Eu odiava o apartamento e que minha mãe ligasse de seu condomínio acarpetado de parede a parede, onde ela residia. A secretária eletrônica apitava e ela perguntava: "Deu um bipe? Será que deixei apitar? Essa coisa está gravando? Você consegue me ouvir?". E, então, ela chorava e desligava. Ainda trabalhava na loja de discos, mas o divórcio estava sendo mais difícil do que minha mãe tinha imaginado.

Queijo e embriaguez pareciam um plano tão bom quanto qualquer outro.

Descobri que Deirdre era a esposa de Alex, que ela tinha um apartamento do outro lado da cidade e vivia viajando.

— A negócios?

— Mais ou menos.

Alex Paglia não trabalhava. Ele disse:

— Eu não compactuo com isso. Os empregados me deprimem. Jornada de trabalho das 9h às 17h, bebedouros, intervalos para café. Não nasci para isso. — Ele estava constrangido em admitir, mas parecia compelido a continuar. — Mulheres em escritórios com ombreiras nos vestidos, bem, elas partem um pouco meu coração.

Os animais mortos foram herdados do pai. Alex odiava o velho — um grande caçador, mas sem amor. O pai o chamara de fraco, e a mãe o criara para ser fraco, ou seja, sensível, compassivo. Ele me mostrou uma foto dela quando jovem, e ficou óbvio que Alex era o produto de extremos:

o mais masculino dos homens, a mais feminina das mulheres. Também era um daqueles meninos que atiram em um animal, por engano, talvez com uma pistola de pressão ou de propósito porque o mandaram fazer, e começam a chorar. Acontece que eu gosto desse tipo. (Desconfio que você já pode ter sido esse tipo de garoto. Apostaria que acertou um esquilo — tem esquilo na Califórnia? Talvez não — com um estilingue caseiro, porque seus pais liberais não o teriam deixado ter uma pistola de pressão e talvez você não tenha chorado naquele momento, mas chorou mais tarde. Olha só, não há por que se envergonhar disso.)

O trabalho do pai de Alex era internacional, portanto Alex morou em todo o mundo quando criança.

— Os animais são minha residência, minha cidade natal, minha infância. Eram as únicas coisas que permaneciam iguais, e eu me apeguei. — Eu compreendia, embora naquela época realmente não tivesse entendido que minha juventude existia no corpo dos homens.

Isso levou a uma breve discussão sobre meu passado e a situação atual com meus pais. Minha mãe me deu a notícia sem rodeios:

— Seu pai e eu estamos nos separando. Simplesmente não está dando certo.

— Quando foi que estava dando certo? Eu não sabia que dar certo fazia parte da definição de vocês de casamento.

— Não seja desaforada. — Ela estava desviando o foco.

— Não estou sendo desaforada.

— Está, sim.

— Você está me repreendendo?

— Não, nós estamos no mesmo barco! Somos duas solteiras!

Isso me horrorizou por todas as razões óbvias. Minha mãe e eu estávamos no mesmo barco? Nós duas estávamos solteiras, soltas no mundo? Ela não podia me repreender porque éramos iguais! (Quantas versões fragmentadas de minha mãe o mundo pode conter?) A essa altura, ela já havia se mudado para o apartamento de um quarto. Anunciou que havia parado de usar sapatos em casa — por acaso meu pai insistia que ela usasse sapatos em casa? Também parou de cozinhar. Comia refeições prontas, dietas em porções retangulares congeladas, e era dada a ataques de choro que eu apaguei da minha secretária eletrônica. Minha mãe buscava uma aproximação entre nós, mas era tarde demais para isso. Precisei dela uma vez, e ela era apenas uma versão frágil de si mesma, uma versão frágil da mãe de alguém. Ela deu o tom da relação desde o início. Eu não a estava punindo; simplesmente não queria uma mudança nas regras. Além disso, a independência simbolizada pelos pés descalços e a rebelião na forma de dietas congeladas me deprimiam pra caralho, e sua solidão — décadas dela derramando-se em soluços sufocados — era aterrorizante. Não queria aprender nada com ela, mesmo que por acaso.

Até onde eu sabia, a vida do meu pai não mudara muito. Eu tinha falado com ele só por telefone. Ele tinha aprendido a cozinhar macarrão com molho de mariscos em lata. Ele gostava, e me passou a impressão de que estava muito contente.

O divórcio dos meus pais não deveria ter sido uma completa surpresa. Mas foi. Senti-me sem um teto para morar, embora não morasse em casa há anos. Tinha idade suficiente para saber que não devia me preocupar com o divórcio. Não era uma criança de doze anos que seria trocada de um pai para outro em uma Texaco. Racionalmente, achei que era a coisa certa. Mas não apagou o sentimento de desesperança. Amor, a causa perdida; não fiz um estardalhaço a respeito disso, mas a suspeita profunda e incômoda que tive durante toda a minha vida de que o amor era um Papai Noel falso parecia confirmada. Fingi ter ideias como: "A questão não era *Como eles vão viver um sem o outro?*, era *Como eles viverão sem a sua insatisfação?*". Mas eu realmente não acreditava que pudessem viver um sem o outro, e ainda assim eles viveram.

Quando conheci Alex, fiquei me perguntando por que alguém sequer se casaria. Ele não ajudaria em nada a esclarecer o sacramento. Cruzando a porta de correr dos fundos, além do pátio com o pequeno jardim de pedra, passando por um trecho estreito de grama, situava-se a estufa — uma cintilante casa de vidro que, por mais estranho que pareça, aparentava ser mais sólida que qualquer outra coisa com que eu já houvesse me deparado. Presa ao chão, cravada no solo, era uma parte da própria terra, intumescida em sua própria fertilidade vicejante. Quando o sol batia no ângulo certo, toda a estrutura refletia de tal forma que parecia ser feita de luz. E, dentro dela, Alex e eu também éramos. Com nosso hálito de embriaguez elevando-se no ar denso, úmido, apertado, nós nos despimos e nos entregamos um ao outro no chão, macios, transbordantes. As flores, sua imensa quantidade, seus pólens brumosos e flutuantes, atordoavam, sacudiam, balançavam, e nós nos pegávamos descontroladamente, ofegantes entre elas.

Passei a noite na casa dele, fui trabalhar no dia seguinte, retornei, passei a noite seguinte na casa dele e a seguinte depois dessa.

Os Paglia tinham um *casamento aberto*. Eu já tinha ouvido o termo, mas nunca tinha feito as associações — uma porta aberta, um espaço aberto, boca aberta, pernas abertas, Alex deitado de braços abertos, em sua cama larga, aberto, aberto. E Alex era o amante perfeito. Ele tinha habilidades oriundas da prática, mas elas não me impressionaram. Era genuinamente elogioso, astuto. Admirava todas as coisas certas — não as óbvias, mas as sutis —; eu não deveria dizer o que exatamente, deveria? (Ainda existe a possibilidade de exploração se algum dia nos encontrarmos. Será que algum dia nos encontraremos?) Ele se postava ao pé da escada só para me ver subir. Estava apenas absorvendo tudo. Era admirador, e não apenas um punk amador. Era conhecedor. Deveria ter dado aulas, como um serviço público, assim como degustação de vinhos e aulas de condução defensiva na Associação Cristã de Moços.

Deirdre. Eu a encontrei em fotos, em artigos de toalete, em seu armário, cheio de lenços lindos, saias longas e estreitas, decotes ousados. Ela era linda. A pele ostentava um bronzeado permanente, os cabelos eram dourados. Tinha pernões, impressionantes por natureza, como sua mãe. Ela olhava preguiçosamente para a câmera ou, se pega de surpresa, estava rindo com alegria, um braço travado em Alex.

Eu disse a Alex que tinha quase certeza de que Deirdre não gostaria de me encontrar ali, apesar do casamento aberto. Mas ele me garantiu que Deirdre adoraria me conhecer.

— Contei sobre você quando ela ligou. Ela disse que você parecia encantadora.

— Acho que estava sendo sarcástica.

— Deirdre não faz o tipo sarcástico.

Uma noite, uma mulher apareceu na porta. Não era Deirdre. Era outra pessoa. Ela conversou com Alex no degrau da frente. Assisti da janela da cozinha. Era um pouco mais velha que ele, perfeitamente arrumada com uma bolsa quadrada. Estava chorosa. Alex falava em tom calmo, concordava com a cabeça, mas a mulher ficava cada vez mais agitada. Ela acenou com os braços e começou a chorar. Alex a segurou e ela se derreteu no abraço. Ele acariciou seus cabelos e então os dois se soltaram. A mulher se virou e caminhou rapidamente para o carro. Alex permaneceu na varanda, observando-a.

— Quem era aquela?

— Meu bom senso nem sempre prevalece — comentou. — Ela não compreendeu.

— Qual é o nome dela?

— Marsha. Coitada, mas ela vai se recompor.

Então, senti pena de Marsha. Pobre Marsha. Ela não compreendeu. Coitada. Ela vai se recompor. Esperemos. Tadinha da Marsha. Eu me perguntei o que ela poderia ter feito para ser cortada. Tinha se apegado demais, talvez. Queria Alex só para si. Teve pequenos ataques de ciúme e tentou separar o casal feliz. Eu com certeza nunca faria nenhuma dessas coisas. Era o tipo de erro que só uma mulher desesperada cometeria. Eu estava convencida de que não estava desesperada. E me confortava o fato de não ser a única mulher. Menos chance de escrutínio. Menos chance de ter que fazer as melhorias necessárias em mim mesma — eu sabia que sentia muita pena, mas não conseguia entender o porquê. Pobre Marsha. Pobrezinha da bem-arrumada Marsha. Nem sabia que eu estava lá, que ela havia sido substituída.

Já Lillian, essa veio pelo dinheiro. Também não foi convidada a passar pela varanda da frente, mas eu vi Alex entregar algumas notas para ela. A mulher tinha tatuagens de grinaldas em torno dos bíceps. Quando perguntei sobre ela, Alex explicou:

— Lillian acabou de se meter em uma encrenca. — Lillian era insensível. Ela pegou o dinheiro, sorriu e deu um grande beijo em Alex.

June foi convidada a entrar. Tomou uma taça de vinho conosco e nos disse que estava namorando um mímico.

— Um tédio! — contou ela. — Um tédio ao quadrado!

Ellen, Mary, Karen. Karen era a coitada da Karen. Mary também não passou da varanda. Ellen havia perdido alguma coisa. Ela usava óculos descolados e franja preta curta. Queria ver se Alex sabia onde estava a coisa perdida. Enquanto ele estava no andar de cima procurando, ela comentou:

— Ele é um faz-tudo.

— É mesmo?

— Quero dizer, como na canção. Ele conserta corações partidos. Qual é o problema do seu?

— Nenhum — respondi. Realmente acreditei nisso na época. Eu estava errada. Meu coração estava em pandarecos. Eu estava triste. Era tão solitária quanto minha mãe, mas resistente a isso. Será que estava atrás de um faz-tudo? Alex não era nenhum amador. Devo ter gostado do fato de estar sob os cuidados de um profissional.

— Claro. Certo. — Ellen riu. Senti-me constrangida. — Você conheceu Deirdre? Eu nunca conheci.

— Não — respondi.

— Talvez ela não exista.

Alex apareceu com um colar com pingente de golfinho de diamantes em uma longa corrente.

— Obrigada! — agradeceu Ellen. — Ele me mataria se eu perdesse isso! — E foi embora.

Eu esperava que Ellen estivesse certa, que Deirdre não existisse, mas sua presença estava em toda parte. Tentei me introduzir na vida dela. Usei seu desodorante, seu xampu e um absorvente íntimo da caixa embaixo da pia. Enquanto isso, Alex e eu tínhamos esses pequenos momentos domésticos. Ele lia o jornal e eu o interrompia para perguntar onde tinha colocado a vodca. Éramos um casal de velhinhos, às vezes bêbados, às vezes em ponto de bala como dois doidos, às vezes triviais, o bom e velho trivial. Isso é o que eu mais amava — o bom e velho trivial. Eu parecia estar dizendo aos meus pais: "Viram só? Não é assim tão difícil! É fácil, na verdade. Brincadeira de criança!". Meus pais estavam fadados ao fracasso — desde o início. O descuido na relação deles estava apenas começando a colher as consequências naturais. Ninguém ficou surpreso com a separação — muito menos eu. Não tinha esperança de uma reconciliação real entre os dois, mas queria poder acreditar em casamento. Então, estava provando que casamento era absolutamente viável, mas provando isso com o marido de outra pessoa. Um fetiche óbvio.

Depois de morar na casa de Alex por cerca de duas semanas, mais ou menos ignorando meu apartamento de um quarto em cima da livraria de Festoova, Deirdre retornou para casa. Foi no meio da noite. Alex e eu estávamos dormindo em sua cama há cerca de uma hora quando ouvi a porta se abrir, chaves baterem na mesinha de centro, saltos altos na cozinha.

— Alex — sussurrei. — Tem alguém aqui.

Ele rolou em minha direção. Sua pele quente, seu pau duro.

— Sério?

— Sério. No andar de baixo. É Deirdre? Pode ser um invasor.

— Um invasor. — Ele puxou meu cabelo para trás, beijou meu pescoço. Parecia lhe agradar a ideia de um invasor. — Vou ter que pegar um taco de golfe e perseguir esse *invasor* na rua.

Mas não houve necessidade. A luz acendeu. E lá estava Deirdre, a radiante e pernuda Deirdre.

— Sou só eu — disse ela. — Você é Jane. Alex falou muito bem de você. E olhe só, aqui está você! — Ela foi sincera, estava um pouco cansada. Seus lábios eram carnudos, brilhantes. Deirdre. Em carne e osso. Ela se virou para Alex. — Estou exausta, querido. Não se levante. — Ela estava ofegante, de voz baixa. Ela se inclinou para Alex. Ele se apoiou em um dos cotovelos, a ereção ainda visível sob o lençol. Deirdre se curvou. Os dois se beijaram e eu os amei. Meio que já havia me apaixonado por Alex, mas esse momento foi o fator decisivo. Eles eram uma graça juntos. E como posso explicar a maneira como se olhavam? De coração partido e quase chorando. Estavam morrendo, de alguma forma. Eram maravilhosos e fortes, mas tive a impressão de que estavam se deteriorando também. Estavam em estado de colapso. Algo neles dava a impressão de ruínas.

— Me desculpem — falei. — É melhor eu ir.

Comecei a vasculhar debaixo das cobertas em busca de minhas roupas. Coloquei a calcinha com um puxão, peguei a regata na mesa de cabeceira. Não queria permanecer lá, mas também não queria estar em nenhum outro lugar. Adorava a efervescente estufa respirando no quintal abaixo da janela. Adorava os animais congelados no tempo, o horror deles, e que Alex os acolhesse embora odiasse o velho caçador, seu pai. Adorava a cama com o edredom leve e o teto com vigas. É estranho, eu sei, mas eu não queria partir. Não queria ser mais uma daquelas outras mulheres — Ellen, June, a coitada da Marsha —, aquelas outras mulheres com bolsas quadradas, tatuagens de grinaldas e óculos descolados, aquelas outras mulheres da varanda da frente, dos itens perdidos. E eu sabia que era. Não tinha uma direção real, nenhum lugar verdadeiro no mundo. Minha existência era facilmente abandonada, um doutorado que parecia fora de alcance, um trampo em uma livraria, um apartamento com aluguel mensal. Sim, eu era uma daquelas mulheres isoladas do mundo, como minha mãe em seu apartamento, comendo comida em recipiente retangular, descalça — vivendo minha vida solitária e bagunçada. Mas eu não era uma delas enquanto estava na casa de Alex, em sua cama. Não era uma delas neste exato momento, ou pelo menos foi assim que me pareceu.

Mas Deirdre me surpreendeu.

— Não vá — pediu. Ela ficou na ponta da cama, cruzou os braços, soltou um suspiro forte e começou a chorar. — Diga a ela para não ir, Alex.

Ele se virou para mim.

— Você não precisa ir.

Eu deveria ter ido, claro. Deveria ter insistido nisso. Isso era particular. Um quarto. Marido e esposa. Um regresso para casa. Ela estava chorando. Ele precisava confortá-la. E presumi que Deirdre estivesse chorando por minha causa ou pelo casamento aberto, o conceito horrível que dava lugar a cenas como essa. A única coisa educada a se fazer teria sido pedir licença, mas agora parecia mais estranho ir embora que ficar… e eu queria ficar mesmo sendo tão desconfortável. Não queria ser expulsa.

— Faria mais sentido se eu fosse embora — sugeri.

— Eu não sabia que ia chorar — disse Deirdre.

Ela ainda estava chorando, e chorava belamente. As lágrimas escorriam por suas bochechas, acumulavam-se no queixo, peroladas, peroladas de verdade; elas brilhavam. O nariz também escorria um pouco, como Jane Fonda em *Klute, o passado condena*, e Deirdre as enxugou com as costas da mão delicada. Ela abriu o zíper da saia e tirou a blusa. Estava sem sutiã. Seus seios eram fartos, frouxos, com um bronzeado que remetia ao Mediterrâneo. Ela vestiu uma camiseta folgada, ajustando-a nos ombros.

— Arthur está morrendo. É só isso. Não é nenhuma novidade. Ele vai morrer e eu vou sentir falta dele.

— Arthur está doente — contou-me Alex.

— Ele está morrendo — repetiu Deirdre.

— Arthur é o amante de Deirdre. É ele quem a mantém…

— Dez anos! — exclamou Deirdre. — E ele vem morrer pra cima de mim. As pessoas acham que a luxúria é a nossa ruína, mas eu acho que é o amor, que é muito, muitíssimo pior.

E, então, eu estava errada. O choro não tinha nada a ver comigo. Tinha a ver com Arthur. Alguém chamado Arthur, o *sugar daddy* dela? Deirdre jogou-se na cama e se arrastou para a cabeceira, ainda chorando. Seu perfume rodopiou ao seu redor. Ela se aconchegou sob o edredom leve, deitando-se entre mim e Alex. Soluçava e suspirava, tentando se acalmar, como uma menina que se perdeu, mas foi encontrada e não consegue se livrar da sensação de quase ter desaparecido.

— Jane sabe de tudo? Quero dizer, eu poderia falar sobre Arthur, mas não devo, a menos que ela saiba. Você sabe, Jane?

— Não — respondi. — Não sei nada sobre Arthur.

Então, Deirdre virou-se para mim e me contou uma história de amor. Era mais ou menos assim: quando Deirdre tinha vinte anos, sua mãe morreu e ela estava pegando um voo para ir ao funeral. Gastou todo o dinheiro que tinha na passagem e uma amiga da companhia aérea lhe conseguiu um upgrade para a primeira classe, onde ela conheceu Arthur. Os dois se apaixonaram. Ele era casado, mas cuidou dela, instalou-a em um apartamento, pagou-lhe aulas — ela escolheu os idiomas: italiano, francês, japonês — e viajaram juntos. A esposa dele compreendia vagamente o arranjo, mas não parecia se importar. E, quando Deirdre conheceu Alex, Arthur foi cem por cento a favor do casamento, porque Alex compreendia. Alex precisaria de seus próprios adendos aos votos normais de casamento. Arthur pagou pela lua de mel. Agora, o sujeito estava envelhecendo. Ele havia feito cirurgias de ponte de safena. Seu coração estava fraco.

— Um dia, estarei esperando-o e ele não aparecerá. E vou descobrir que está morto.

— Ou ele viverá mais dez anos — disse Alex, cansado. — Tenho a sensação de que Arthur pode acabar enterrando a todos nós. — Ele deu um soco no travesseiro e rolou. — Estamos no meio da noite. Deveríamos dormir um pouco.

— Está tarde — falou Deirdre, ignorando o tom de voz de Alex. — Está tarde.

Quando pensei que os dois tivessem adormecido, saí da cama e me vesti à meia-luz do corredor. Desci as escadas e saí pela pesada porta de madeira da frente.

Achei que seria difícil explicar para você meus tempos de Asbury Park, o maluco do Elton, aquele soco na boca de Pascal, mas isso é o mais difícil de explicar. Por que eu amava os Paglia. Por que ouvia as mensagens deixadas na secretária eletrônica vezes sem conta: "Deirdre está fazendo algo com tender ao molho e cogumelos shitake. Venha. É esse tipo de comida que é bem gostosa, só para você saber". E por que retornei a ligação e fui. E o que tudo isso significava: animais caçados mortos, a estufa de vidro bem-cuidada repleta de solo fértil para vasos, tubérculos inchados, orquídeas de língua abanando. Algo a ver, eu acho, com se apegar ao que é transmitido, algo relacionado à abundância de amor, à delicadeza dele também. Somos caçadores. Nós cultivamos.

Comemos tender ao molho salgado, shitake e bebemos gim-tônica doce com limão. Deirdre e eu batemos palmas enquanto Alex fazia malabarismos com os ovos gigantes. Foi assim. Ele nos entreteve. Ficamos encantadas. Os ovos foram entregues por nativos — nativos de sabe-se lá onde — e as cascas eram duras pra caramba, inquebráveis. Alex deixou cair um. Deirdre gritou, mas o ovo quicou. Ele o apanhou e nós batemos palmas de novo.

Deirdre queria se sentar ao sol antes que ele se pusesse atrás da casa, mas já estava escuro quando saímos. Nós nos deitamos na pequena faixa de grama entre o jardim de pedras e a estufa. Contemplamos as estrelas. Alex conhecia as constelações e nós o deixamos tagarelar. No início, era infantil e maternal. Dizíamos: "Nossa, você é tão inteligente"; "Ele é ou não é um menino esperto?"; e: "Olhe para você! Conhecendo todas aquelas estrelas!". Era como brincar de briguinha, dar-lhe um beliscão amoroso no queixo, bagunçar seus cabelos e chamá-lo de bom menino, bom menino inteligente. Era aquela sensação emocionante de estar com as amigas da sua irmã, imagino. Como você chamou isso? Cruel e amoroso? E, então, nós estávamos nos derramando sobre Alex, e o esparramar excessivo se transformou em outra coisa, que de maternal não tinha nada. Estava escuro. Pele com pele com pele. Havia a sensação perdida — embriagada, nebulosa — de não ser uma pessoa com duas outras, mas de ser um animal maior, amplo e esparramado, um animal que se derrama sobre si e de volta, que se estica e se agarra, que se comprime em si mesmo, depois se solta, aí se abre, uma grande flor nua no quintal.

Não preciso dizer como é fazer sexo com uma mulher. Mas posso dizer que, para mim, tudo foi uma surpresa. Como naquela primeira vez com Michael Hanrahan, eu não tinha pensado em como seu corpo ficaria quente. Isso por si só, o calor, era algo para se encantar. E por que a pele macia de Deirdre deveria se mostrar uma surpresa? Ou o cheiro doce que se acumulava em seu pescoço? Ou seus lábios macios, seus gemidos gentis, a depressão de sua barriga? Eu tenho todas essas coisas, uma anatomia completa com mamilos e clitóris. Mas era tão diferente naqueles momentos em que nós duas nos aninhávamos, pélvis contra pélvis, seios contra seios. Às vezes, Alex parecia desnecessário. Ele era como alguma outra raça, como um boi musculoso tentando invadir. (*Vá embora, boi.*) Ele era maravilhoso, não me entenda mal. Eu o amava, e ele era gentil e bom, mas havia momentos, isso é tudo que posso dizer, quando não precisávamos dele, quando, talvez, nem o quiséssemos.

Uma vez, quando Alex não estava por perto, perguntei a Deirdre se ela já havia pensado em si mesma como lésbica.

— Tentei ser lésbica quando era mais nova, mas não tinha a disciplina necessária. Eu ansiava por um pau.

Portanto, não se preocupe com Alex, caso esteja prestes a se preocupar. Nós duas ansiávamos e ele foi bem atendido. Na verdade, era mimado, muito mimado. Às vezes, até demais — como dar brownies a um menino gordo vestindo uma camiseta com os dizeres "Eu amo bombons" na estampa.

Os dois teriam parecido o tipo de casal que possui uma gama de brinquedos sexuais. Faziam piadas sobre esses brinquedos, mas não havia nenhum.

— Brinquedos são para os entediados — declarou Alex.

— E os entediados são apenas os entediantes disfarçados — acrescentou Deirdre.

Eu sabia que não devia dar uma pausa. Inventava desculpas para Festoova. Tinha sido uma boa funcionária, e então ela acreditava em uma gripe, uma gripe de verão, da pior espécie, eu lhe disse. E nós três vivíamos assim. Houve ocasiões mais triviais em que eu ainda os amava. Café. Livros. Alex tagarelando sobre política. Deirdre, que, aliás, foi criada sem dinheiro, fundindo lascas de sabão para aproveitá-los até o fim. Eu caminhava em silêncio pela casa, pairava em frente ao ventilador ligado. Comíamos cereal. Certa vez, vi Deirdre acariciar o urso como se fosse um golden retriever. Ela coçou suas orelhas e sussurrou alguma coisa carinhosa, dando tapinhas na cabeçorra. Ela podia ser bastante jovial. E eu adorava isso nela. Queria cuidar de Deirdre.

E às vezes me sentia uma órfã que foi acolhida e amada, recebendo suco de toranja espremido à mão com uma colherada de mel. Sentia-me sortuda. Sentia-me em casa. Alex e Deirdre nunca brigavam. Eles se tocavam quando passavam um pelo outro. Também me davam tapinhas na cabeça. Eles me amavam. Fitavam-me com amor doce e açucarado. Entreolhavam-se com o mesmo sentimento. Nós éramos felizes.

Mas eu sabia que isso não iria durar. Às vezes pensava em minha secretária eletrônica. Amigos ligando para sair, um ou outro encontro que dei bolo e minha mãe, claro, enchendo a fita com seus soluços abafados. "Você recebeu minha última mensagem? Essa secretária eletrônica está funcionando? Devíamos marcar de nos encontrar…". Eu podia ouvi-la, "nós, duas moças solteiras, devíamos mesmo marcar de nos encontrar". Eu teria que atacar de novo minha pesquisa. Teria que voltar a trabalhar em algum momento. Teria que pagar o aluguel.

E logo havia uma nova atmosfera de inquietação. Deirdre se perguntava por que Arthur não havia ligado — será que sofrera outro ataque cardíaco?

Ela ficou ansiosa. Ameaçou telefonar para os amigos dele. Alex passava o tempo trabalhando com dedicação e sem interrupção na estufa, podando, arrancando, amarrando tomates em finas estacas. Pequenos silêncios se acumulavam e então se dissipavam. O telefone tocava e ele corria para atender. Em geral, era uma de suas mulheres. "Alex tem namorada!", cantarolou Deirdre certa vez. Achei que eu fosse a namorada dele, mas não era. Eu estava num nível acima de namorada. Era algo mais que isso. Não é o que ela estava dizendo? Não pedi esclarecimentos. Eu era uma estudante de pós-graduação em Estudos Feministas. Não precisava pedir esclarecimentos.

Os limites também se manifestaram no sexo. Em vez de cada um de nós deixar a coisa rolar naturalmente, havia mais liderança, mais indução, mais diretrizes e barreiras. Não quero me delongar aqui. Acho que qualquer rala e rola de garota com garota é arrebatado por esse erotismo que os homens parecem achar que merecem. Percebo que eu poderia ser fascinante aqui, se quisesse. Poderia discorrer com detalhes magníficos, mas não vou usar esse argumento a meu favor. Quero deixar claro que Deirdre e eu não estávamos nos usando para fazer de Alex um homem feliz. Ficávamos contentes por ele estar feliz, sim, mas Deirdre e eu também nos amávamos.

Dito isso, o sexo ficou mais difícil de orquestrar, ou, falando mais francamente, começou a parecer algo orquestrado em vez de natural. Todos nós sabíamos que as coisas não iam bem.

Lembro-me de uma conversa que evidenciava uma diferença fundamental entre Alex e Deirdre. Os dois estavam conversando sobre a mulher mais velha que ia limpar a casa deles. Alex odiava vê-la trabalhar e arrumava as coisas antes que ela chegasse. "Ninguém deveria ter que limpar a bagunça deixada por outro ser humano", declarou ele. E, embora isso parecesse atencioso de sua parte, na verdade, era apenas uma questão de autossuficiência. Deirdre falou: "Não. Todos deveriam ter que limpar a bagunça deixada por outro ser humano". Deirdre limpava a bagunça deixada por ela e seu amante, Arthur, e Alex não.

Por fim, o telefone tocou, e era para Deirdre. Alex lhe entregou o fone, caminhou até a sala e sentou-se em uma cadeira estofada. Fiz o mesmo, presumindo que Deirdre precisasse de privacidade. Caminhei até as portas francesas que levavam ao quintal e olhei através do vidro.

Lá, vi uma mulher. Era a pobre Marsha na varanda da frente. Ela tinha o cabelo volumoso e um traseiro quadrado, mas desta vez estava com um aspecto desvairado. Usava um vestido de praia, mais adequado para um piquenique. Parecia um pouco queimada de sol, como se tivesse passado o dia em uma reunião de família ao ar livre. Estava perambulando pela estufa, caminhando de maneira instável. Tinha uma pedra na mão, uma pesada do pequeno jardim de pedras. Ela se aproximou da estufa, segurando a pedra contra o peito, e olhou para dentro. Então, andou para trás.

— Tem uma mulher no quintal — avisei. — Ela parece desequilibrada.

Alex não respondeu. Deirdre terminou de falar ao telefone. Ela correu escada acima.

A mulher pegou outra pedra do jardim. Seus punhos agora pareciam inchados. Ela girou em círculos. Estava chorando, murmurando para si mesma.

— Tem uma mulher no quintal — repeti. — Acho que ela enlouqueceu.

Alex continuou quieto.

Agora, Deirdre estava lá embaixo. Ela devia ter uma mala feita guardada e pronta para partir. A maquiagem havia sido retocada. Ela declarou:

— Ok, então. Vou ficar fora por um tempo.

Deirdre se aproximou de mim e me deu um beijo, um beijo curto e suave. Cheirava a perfume de novo, como naquela primeira noite. Olhei para ela. Como podia partir? Como podia amar Arthur? Como podia deixar Alex e eu? Como podia fazer tudo com tanta alegria? Claro, eu sabia que isso era treinado. Ela abandonara Alex por Arthur várias vezes. E eu sabia que essa hora chegaria. Fui avisada. Mas, ainda assim, não estava preparada. Você sabe que nunca fui atrás de mulheres buscando amizade. Não era boa nesse tipo de relação. E a partida de Deirdre pareceu doer mais que qualquer outra coisa. Parecia uma dor antiga. Ela estava tocando em um poço profundo e mal resolvido. Minha mãe? Era isso? Eu não tinha certeza. Ainda não tenho certeza. Olhei mais uma vez pelas portas de vidro.

— Tem uma louca no quintal — falei.

Deirdre pôs-se a encarar o lado de fora e viu a mulher com os punhos pesados.

— Sim — disse Deirdre. Ela chamou Alex.

Ele estava de pé, caminhando devagar. Postou-se em frente a nós duas, e Deirdre olhou para ele e depois para mim de novo.

Ela comentou:

— É uma das suas, solta no quintal.

Nesse momento, a mulher soltou um grito e atirou uma pedra e em seguida a outra na estufa. Houve o estilhaçar de vidraças. Alex ocupou seu lugar ao nosso lado na porta de vidro. A mulher virou-se para a casa. A princípio, seus olhos procuravam as janelas do andar de cima, mas então baixaram e encontraram nós três encarando-a do lado de dentro. Os joelhos da mulher cederam. Ela murchou na grama. E parecia correto e sensato, a coisa mais racional e elegante a se fazer.

Mas eu não consegui assistir. Alex saiu para o quintal. Deirdre permaneceu na janela. Mergulhei para o interior da casa. Meus olhos percorreram as paredes — os cascos de gazela, a boca escancarada do urso, a cabeça de macacos gritando nas paredes. A casa estava tomada de morte. Como eu não conseguia enxergar isso antes? Sou bastante boa com metáforas. Morte, mas não uma morte qualquer... morte suspensa, congelada, imutável. Os Paglia estavam mortos. O sexo era apenas uma discussão contínua com a qual tentavam se convencer do contrário. Eu também estava morta.

Depois que Deirdre foi embora, depois do incidente com a maluca, via Alex de vez em quando, mas nunca mais foi a mesma coisa. Fui perdendo o contato aos poucos. Arthur morreu. A última notícia que tive era de que Alex ia aceitar um emprego. Ele e Deirdre estavam prontos para se mudar. Decidi tentar estar mais viva de novo. Comecei de maneira simples. Falei com minha mãe pelo telefone. Almoçávamos juntas vez ou outra. Comíamos saladas e bebíamos chá gelado. Às vezes, minha mãe vinha às lágrimas. Ela dizia: "Bem, eu não sirvo para esse tipo de vida, mas estou lá fora, tentando! Estou comprometida". Mais de uma vez ela falou: "Seu pai não está aceitando isso bem".

Mas eu não acreditava nela. Tinha certeza de que isso era algo que ela havia inventado para se sentir melhor.

Meu pai, meu pai... eu finalmente o visitei. Fui à sua casa uma noite, sem avisar. Queria vê-lo com meus próprios olhos. Encontrei-o em sua cadeira preferida. Ele estava recolhendo corações de alcachofra de uma pequena jarra com os dedos. Tinha deixado cair um copo de água na cozinha e cortara o pé. Apontou para a trilha no tapete da cozinha até onde estava.

— Eu não tinha percebido — argumentou. — Não sabia que tinha feito isso. No começo, não doeu.

Seu pé ainda estava sangrando. Não havia vidro nele. Pressionei a ferida com uma toalha. Meu pai pescou mais corações de alcachofra, esfregando os dedos oleosos. Começou a chorar.

— Ela se foi, sabe. Ela se foi.

Cometi um erro ao namorar os Paglia. Foi uma decisão ruim. Eu gostaria de dizer que eles entenderam tudo errado. Que o casamento deles era uma farsa. Que eram swingers movidos pela luxúria sem consideração pelos outros, bolas de demolição balançando e colidindo pela vida. Arthur eu nunca conheci, mas posso dizer que foi um filho da puta por trair a esposa. E, já que estamos falando disso, as mulheres de Alex deveriam ter juízo. Eu deveria ter juízo, e minha mãe deveria ter ido para casa.

No fim das contas, os Paglia revelam meu maior ato de infidelidade. Foi uma época da minha vida em que eu não podia confiar em mim mesma como fonte de amor. Só estava disposta a me entregar a um relacionamento que tinha provas abundantes, como um crente que quer acreditar ser atraído à igreja com as curas de altar mais óbvias (*Levante-se e ande!*) e o coro mais alto, mas não se dá conta de que a verdadeira obra da fé — ou do amor — tem que começar dentro da alma mal iluminada, sem qualquer prova discernível ou sensibilidade geral para continuar.

Ah, mas havia tanta prova, tanto amor e sexo. Deirdre amava Alex e Arthur. E eu amava Alex e Deirdre. E Alex amava Deirdre, a mim, Marsha e todas as outras mulheres. Meu pai amava minha mãe e minha mãe amava meu pai, embora nenhum dos dois fosse capaz de expressar isso. E eu não conseguia entender como tanto amor poderia resultar em tanta ruína. Marsha. No fim, ela era a única com a cabeça no lugar. Sua dor desconcertante era tão simples. Hoje, mais do que nunca, estou convencida de que Marsha foi a sortuda, na verdade, porque ela sabia como se sentia e por quê, o que é mais do que eu poderia dizer de mim mesma.

Dito tudo isso, gostaria de reconhecer que eu sei, eu sei; era mais complicado com Zoe e Sunny. Sei que você estava reabrindo velhas feridas aí. Entendo. Eu percebo. Tudo é mais complicado quanto mais imbuído está de amor. Claro, você amava Sunny, Zoe, sua irmã, sua mãe. Você não precisa se explicar. Reli a confissão, analisei-a de novo e de novo. Está tudo lá. Somos fracos, todos nós. Nós só podemos suportar um tanto. Não podemos saber no que vamos confiar, como vamos desistir ou como vamos, por um milagre, seguir em frente.

Minha confissão é que eu queria ver meu pai assim. Derrotado. Queria acreditar que ele havia perdido alguma coisa, porque queria acreditar que havia algo a perder. Contei-lhe que minha mãe com certeza voltaria para ele, embora soubesse que não era verdade. E ficamos sentados sob o embaçado brilho azul da televisão, mergulhamos naquela luz graciosa e desfrutamos da mentira.

Nunca encontrei a casa certa, cheia de estudantes estrangeiros e bicicletas, ou minha carteira. Um mês depois, minha carteira de motorista chegou pelo correio em um envelope branco simples com o seguinte bilhete: *Essa é você, você mesma? Você perdeu? Acho que precisa dela. Parabéns!*

E parabéns a você!

Com sinceridade,
A caçadora demente de capacete colonial

MAGGIE LESKY

12 DE FEVEREIRO

Prezada Destruidora de Lares Benigna,

Lamento que esta correspondência tenha demorado tanto para chegar. Eu poderia apresentar um monte de desculpas, todas mais ou menos razoáveis, mas a verdade é que estou protelando. Com base na sua última carta, parece que você está entrando na reta final, em termos de grandes desastres românticos, e o fato é — na realidade, estou um pouco envergonhado de admitir — que não cheguei nem a um terço do caminho do meu catálogo. Tendo chegado até aqui, parece errado ignorar as lésbicas sardentas com quem dormi em Glasgow, a ex-estrela soft core que apontou uma arma para mim, a bolsista da Fulbright com problemas de penetração. Isso sem falar nas trigêmeas Hankey, na dominatrix indonésia ou na guarda florestal com calos sensuais.

Devo apenas fingir que essas mulheres não existem?

Ou, ok, acho que talvez não existam.

A questão é que precisamos ser justos sobre isso, e, se você vai escrever só mais uma, então esta carta é minha última, e, depois que eu terminar... caraca, e aí? O que vem depois? Recebi a sua última. E então... Você entende o que quero dizer?

E outra coisa. Uma confissão pré-confissão (vou oferecer também uma confissão pós-confissão): eu tenho feito anotações em suas cartas. Sei que não é uma coisa muito romântica de se fazer, mas não consigo evitar. Sou um leitor ativo, um maníaco da marginália, um coração inquieto, uma música do Bryan Adams.

Então, por exemplo, da última vez, quando você escreveu, *Ele tinha habilidades oriundas da prática, mas elas não me impressionaram*, rabisquei nas margens: *Ai, graças a Deus!* E, quando você escreveu sobre sua suspeita profunda e incômoda de que o amor era um Papai Noel falso, eu escrevi em contrapartida: *Agora, pera lá um minutinho em nome do adorável Kwanzaa...* E, quando você perguntou se nós estávamos realmente compartilhando algum tipo de confessionário epistolar, eu me enfiei em um par de roupas íntimas pretas rendadas e — espere um segundo, risque isso. O que fiz foi anotar uma piada que meu pai me contou uma vez, que é mais ou menos assim:

O velho judeu entra no confessionário e diz ao jovem padre:

— Padre! Padre! Tenho 96 anos e acabei de fazer amor com uma mulher de apenas 22!

— Mas, senhor — diz o padre —, esta é uma igreja católica. Por que está me contando isso?

— Como assim? — arguiu o velho judeu. — Eu estou contando para todo mundo!

Eu poderia continuar. Mas o contragolpe só nos leva até certo ponto. Tenho assuntos a tratar, mais ruínas esplêndidas para revirar.

Deixe-me dizer, porém, antes de retornarmos ao confessionário — diga-me, o que você está vestindo aí? Sou o único neste confessionário usando roupas íntimas sensuais? —, que não a culpo por se envolver com os Paglia. Nem um pouquinho, sua safadinha. Se eu colocar seus sapatos (qual é o seu tamanho mesmo?), nem há muito o que pensar, é óbvio. Aqueles Paglia, eles eram cheios de amor, sensuais e seguros de si mesmos, destrutivos, claro, mas de uma forma que oferecia uma expansão do seu mundo. É isso que você parece estar buscando.

Também não me ofendo (seja qual for a ofensa) por suas perguntas sobre Sunny. Pelo contrário, sinto-me honrado por você ter me chamado a atenção e um pouco menos honrado em me declarar culpado por Capricho Não Premeditado. Posso ver agora que evitei muito rapidamente aqueles últimos meses com Sunny, e não apenas porque os fatos tristes e peculiares de minha criação os tornaram dolorosos de reviver, mas porque eu a amava, poderia até ter construído uma vida com ela e Zoe, e porque minha decisão de não lutar por essa possibilidade ainda me envergonha. Não quero ser considerado — ainda mais por você — alguém que não está disposto a lutar pelo amor. Vou tentar lidar com tudo isso a seguir. Se eu falhar, espero que você me responsabilize.

Por último, mas não menos importante, devo mencionar minha atitude infantil em relação a pequenos animais peludos, que era de benevolência fetichista. O que *não* significa que eu tivesse pensamentos indecentes a respeito dos esquilos que saltavam precariamente de galho em galho nos salgueiros atrás de nossa casa, mas que me preocupava sem parar com eles, com sua mortalidade. Isso tinha a ver com um boato amplamente disseminado sobre a detonação de um esquilo por um tal de Eric Pankey, uma crueldade lembrada pela miríade de vítimas humanas de Pankey como "o velho supositório de M-80". Não tinha ideia do que era um supositório. Minha irmã teve que me explicar. Seguiram-se pesadelos. Então, sim, na categoria de roedores, eu era um pacifista convicto, embora tenha desenvolvido uma infeliz tendência pré-adolescente de afogar as pequenas aranhas vermelhas que se apresentavam em número abundante dentro e ao redor da banheira no banheiro do andar de baixo. Não me lembro de ter exposto nenhuma de suas cabeças ou pernas.

Deixe-me agora passar para a confissão, que, fico feliz em informar, inclui uma breve participação sua. Isso é só no fim. Começa da seguinte forma:

Deixei Miami pela selva da cidade de Nova York. Fiz isso porque me ofereceram um trabalho absurdamente lucrativo (esse foi o auge da idiotice ponto.com) e porque sofri com a crença de que minha arte floresceria em um lugar onde a consciência era tão densa e porque não conseguia imaginar retornar à minha própria terra natal, o adorável oeste, por enquanto.

Não foi uma excelente decisão. Nova York, quando você chega lá, prova ser muito mais decepcionante que o esperado. Todos chegam com os olhos arregalados, o coração murmurando: *Eu estou aqui, eu estou aqui*, contemplam do alto a Madison ao entardecer, fazem piquenique no Central Park e, depois que esse deslumbramento passa, eles se veem vivendo em uma espécie de caixa fuliginosa com água amarronzada, sendo despejados por algum patrão babaca, pagando demais pelas bebidas, reclamando ao telefone, desvalorizados e descontando no restante da nação. São os imigrantes que tornam Nova York suportável, os que dirigem táxis, vendem espetinhos e limpam banheiros. Eles, pelo menos, vestem o manto da cidade com alguma dignidade, sem conflitos a respeito da sujeira e da liberdade, em busca de riqueza, pura e simples, em vez de noções de sofisticação.

Chega de falar da cidade de Nova York. A essa altura, o lugar todo é um clichê, tão cheio de sua própria desgraça glamorosa e empolada.

Uma coisa eu digo: as mulheres de Nova York. Santo Deus, há tantas delas, nas ruas, atraídas para fora da bocarra escancarada do Meio-Oeste, das cidades desertas do Cinturão da Ferrugem, das cidades pequenas sem importância que entram para o repertório da comédia stand-up amadora nos bares à noite. E as criadas aqui mesmo, membros vitalícios das Avenues, o coração guardado feito armas escondidas, sempre um pouco entediadas, um pouco refinadas, todas bem-arrumadas, mas fartas das opções disponíveis. (Namorei algumas delas, principalmente para ver se conseguiam ser despertadas de sua letargia.)

Essas representaram minhas próprias escapadelas sexuais, no início da casa dos trinta, em que aprendi a foder mais ou menos, ganhava um bom dinheiro com muito pouco trabalho real e, nos fins de semana, preenchia a cabeça com arte moderna e sorvete. Consegui desfazer quinze anos de comportamento masculino relativamente bom em, hã, sete meses. Eu não era tão ruim quanto gostaria de acreditar. Não suportava a culpa. Mas tive loucas aventuras lá. Era como ser adolescente de novo, quando as amigas de Lisa me apalpavam, só que, dessa vez, por incrível que pareça, elas estavam dispostas a me chupar.

Meu modo de vida não ajudou em nada. Eu tinha um loft em East Village, com um estúdio cubículo subindo um pequeno lance de escadas, onde rolava a maior parte do sexo. Tirei fotos da maioria dessas mulheres, a pedido delas. Elas queriam ser fotografadas. (Nova York é o tipo de lugar onde todo mundo se torna narcisista.) O cheiro de óleo de amendoim se infiltrava do Wok N Roll quatro andares abaixo e as deixava com água na boca, de dentes brilhantes.

Aos poucos, fui aprendendo a lição da arte, que é a atenção sustentada. Fiquei muito tempo olhando para essas mulheres, esperando que se revelassem. Podiam se vestir como quisessem. Ou nem se vestir, aliás. Cabia a elas, no fim, o quanto revelavam. A mistura precisa de desejo e medo, fraqueza e força. Eram elas, junto com os ângulos de seus corpos, as protuberâncias e depressões particulares, as manchas lisas e os afloramentos secretos de pelos.

O que as pessoas querem, no fim das contas, é ser notadas. Foi isso que Eve me ensinou, dez anos antes, e eu ainda pensava nela. Às vezes, olhava para Hoboken, do outro lado do rio, e ponderava. Uma vez, um pouco mal-humorado, disquei bêbado o antigo número dela e, mais tarde, uma amiga dela me disse que Eve conheceu um carpinteiro e se mudou para o interior do estado. Interpretei esses anseios como um bom sinal. Não queria me tornar um daqueles tipinhos artista/cafajeste, revisitando minha adolescência, aproveitando-me das garotas fáceis de pegar, produto da solidão urbana.

O que nos leva a Maggie. Não que fosse solitária ou fácil. Ela trabalhava em uma pequena galeria em Chelsea, a Delano, batizada em homenagem ao chow-chow do proprietário, temível, de língua roxa, um prolífico cagalhão nas calçadas próximas. A Delano foi a primeira galeria a expor meu trabalho, uma série de estudos de nus que cortei em cubos e coloquei em tigelas de porcelana, no estilo chop suey. (Minha estética era meio travessura, meio seriedade falsa, indevidamente influenciada por Braque, mas eu estava aprendendo.) Alguns dias depois da inauguração, meu telefone tocou. Uma voz suave disse:

— É a Maggie.

— Oi — cumprimentei.

— Maggie Lesky.

— Claro. Certo.

— Espero que não se importe que eu esteja ligando.

— De jeito nenhum — garanti.

Ela perguntou como eu estava. Respondi que bem. Conversamos um pouco. Houve uma pausa.

— Você não tem ideia de quem está falando, não é? — declarou Maggie, por fim.

— Na verdade, não — confessei. — Mas você parece legal.

— Nós nos conhecemos na Delano — explicou ela.

— Certo.

— Pelo jeito, não devo ter causado uma grande primeira impressão.

Na verdade, Maggie não havia causado primeira impressão alguma. Isso não era inteiramente culpa dela. Tratava-se de uma abertura para vários jovens artistas, e um deles mencionara que sua amiga, a pequena Srta. Tal e Tal do Art Forum, havia falado em dar uma passada por lá, então todos nós estávamos em um estado de pânico deplorável e silencioso. Maggie estava servindo o vinho. Era uma daquelas graduadas em História da Arte que sonha em ser curadora de uma pequena ala do MoMA, mas deve começar essa longa e desesperada missão como uma fachada articulada. Assistente de Galeria era o termo certo, embora meu patético bando de colegas aspirantes a artistas e eu as chamássemos de Gatas de Galeria, GGs para abreviar, de batom discreto e bolsas tamanho bebê, apartamentos sujos do Brooklyn e colegas de quarto drag queens.

— Eu não devia ter ligado — murmurou ela. — Sabia que era uma ideia idiota. Que coisa estúpida, Maggie.

— Não diga isso — falei. — Estou contente por ter ligado. Sou péssimo com nomes.

Maggie respirou fundo.

— Eu gostaria de posar para você — lançou ela.

— Posar para mim?

— Para uma foto. Acho seu trabalho assombroso. — *Assombroso?* Achei assombrosa a ideia de alguém achar meu trabalho assombroso. — Mais uma coisa.

— Sim?

Ela respirou fundo outra vez.

— Eu gostaria de ficar nua.

— Claro. A decisão é toda sua. Como você se sentir mais confortável.

— Eu quero ficar nua — repetiu ela. — Um nu.

Belê.

Algumas noites depois, Maggie apareceu no meu apartamento. Ela vestia jeans vermelhos, uma blusinha de seda preta que expunha um pequeno triângulo de barriga, sapatos grossos. Trouxera uma garrafa de vinho e, ao entregá-la a mim, suas mãos tremiam. Servi-lhe um pouco. Conversamos mais um tanto. Maggie era de Portsmouth, New Hampshire. Seus irmãos ainda moravam lá. Os pais eram divorciados. Ela tinha saído de casa aos dezesseis anos, foi morar com um amigo, abandonou o Ensino Médio, obteve um GED,[6] matriculou-se em uma faculdade comunitária, ganhou uma bolsa de estudos para uma pequena faculdade de artes liberais. Ninguém da família entendia o que ela estava fazendo. Quando Maggie contou ao pai sobre a bolsa, ele a incentivou a estudar computadores.

Mas Maggie era viciada em arte. Quando contei sobre a aula que tive no colégio, como o sr. Park havia apagado as luzes da sala e nos apresentado pintura após pintura, ela suspirou.

— Parece o paraíso — comentou.

Seus interesses eram dispersos e obsessivos. Lia Clement Greenberg religiosamente (eu nunca tinha ouvido falar dele). Sentia que era papel da arte resgatar as pessoas da indolência espiritual da época. Elogiou a beleza absoluta de Walker Evans, os suculentos corações vermelhos de Jim Dine,

---

[6] Certificação equivalente ao Ensino Médio reconhecida e emitida nos Estados Unidos e que substitui a certificação tradicional para alunos que não concluíram o Ensino Médio. (N.T.)

o lânguido sensualismo de Modigliani. Contou-me, naquela primeira noite, toda a história de vida de Modigliani, como o sujeito foi para Paris, encantou Picasso, mudou da pintura para a escultura em pedra, como, durante uma crise de depressão, ele jogou no Sena quase todas as esculturas que fez — Maggie fantasiava sobre um dia liderar uma expedição para recuperar essas peças —, como ele havia sido acometido pela tuberculose aos 35 anos de idade; como sua amante, a ruiva sofredora Jean Hebuterne, jogou-se de uma sacada após saber de sua morte. O relato trouxe uma cor viva às bochechas de Maggie.

Então, matamos a garrafa de vinho. A bebida havia manchado os dentes dela de um violeta agradável. Maggie pediu para ver meu trabalho e subimos as escadas para o estúdio. Ela examinou as peças enquanto eu aguardava, constrangido com a silenciosa intensidade de sua atenção.

Já era bem tarde. Perguntei se ainda queria posar para algumas fotos. Ela sorriu e assentiu. Desapareceu atrás do meu biombo e pude ver sua silhueta congelada por um bom tempo. Preocupava-me que Maggie pudesse ter exagerado em sua autoconfiança. Eu queria dizer algo, garantir-lhe que poderia ir para casa, sem problemas. Mas então ela surgiu com os cabelos presos e o pescoço resplandecente.

— Aqui estou.

Seu corpo era uma verdadeira escultura humana, estreito no torso, agradavelmente atarracado, rechonchudo nos quadris, com pernas bem torneadas e musculosas. Acendi as luzes e Maggie se sentou embaixo delas, pálida, um pouco radiante, com os seios pequenos tremendo como as mãos antes. Era uma mulher bela composta de partes não particularmente belas, um nariz arrebitado, pequenos olhos castanhos, um maxilar fino. Sua característica mais notável era a cicatriz no lábio superior — seu irmão mais velho a havia golpeado com um taco de beisebol, o que moldou sua boca em um doce e envergonhado sorriso de escárnio. O efeito era o de um jogador de hóquei bastante sexy.

Observei pelo visor enquanto ela se contorcia no lugar.

— O que devo fazer? — perguntou Maggie, com gentileza. — Você quer que eu faça alguma coisa?

— Exatamente o que está fazendo.

O embate entre seu entusiasmo e sua vergonha era irresistível. Pensei na figura que tinha visto em um dos vasos gregos que Patros me mostrou, uma mulher mortal contemplada por Apolo durante o banho, os olhos baixos, os cantos da boca contraídos em prazer secreto, um ombro nu, o outro discretamente dobrado.

— Você tem mais alguma coisa para beber? — quis saber Maggie.

Peguei vodca para ela e comecei a tirar fotos.

Maggie começou a mudar de uma posição para outra. Observei seus músculos flexionarem e relaxarem; a postura repentina de seus movimentos era surpreendente. Mais tarde, eu me daria conta de que ela estava — de maneira consciente ou não — imitando as posturas das mulheres que posavam para Modigliani. Havia uma em particular, uma tomada frontal completa em que ela inclinava a cabeça e olhava diretamente para a câmera, o peito projetado para a frente. Eu havia colocado alguma música de fundo, talvez Mingus (o início da primavera me deixou com mania de Mingus), mas a música parou e então éramos só nós e a cidade, uma sirene ao longe, uma pessoa gritando por alguém chamado Mickey, o clique do obturador. Maggie me encarou. O rímel começava a borrar. Pequenas lágrimas começaram a rolar por suas bochechas.

Perguntei-lhe o que havia acontecido.

— Continue fotografando — sussurrou.

Percebo que todo esse cenário, ao ser recontado, sugere um ar deprimente à la Slick-Rick. Os detalhes — o vinho, o estúdio, a pose nua — estão a um esboço incorreto de cair em um clichê. Talvez ajude lembrar que eu não era bem um artista e que ela não era bem uma historiadora da arte. (Ou talvez isso só piore as coisas.) Mas quero transmitir como Maggie era corajosa e adorável de assistir, toda aquela vulnerabilidade emanando de sua pele, brilhando entre nós. O que ela estava dizendo para mim? O que qualquer um de nós diz nesses momentos? Aqui estou. Salve-me. Por favor.

Houve muito sexo depois disso, mas já falei o bastante sobre sexo. O importante é como tratei Maggie.

Eu não a tratei bem.

Não era nada desprezível, considerando o que os homens costumam fazer com as mulheres. (Isso é que é preconceito embutido em baixas expectativas!) Nunca fiquei com ela só por curtição. Eu me interessei de coração por sua vida e a alimentei com muitas refeições requintadas. Mas nunca a fiz sentir-se totalmente segura dentro do nosso amor. Tirei vantagem de sua adoração. Eu a tratei, mais do que gostaria de admitir, como algo secundário. Meu truque favorito era terminar com Maggie — para poupá-la de uma mágoa maior no futuro —, mas de forma que continuássemos amigos que ainda pudessem dormir juntos. A cada poucos meses, ela ficava mais sábia e declarava ter terminado comigo, embora nunca de uma forma cruel ou raivosa (ela era assim principalmente consigo mesma), e eu elogiava seu bom senso, conversávamos de maneira cativante e nos abraçávamos em algum lugar semipúblico: uma escada de incêndio, a entrada de um beco. Então, algumas semanas se passavam e um de nós ligava para ver como o outro estava e dar início ao desastre.

Achei que tinha me livrado de todas as minhas palhaçadas em Miami, no consultório do Bom Doutor. Mas acontece que eu ainda tinha muita palhaçada para infligir.

Lisa me disse uma vez, depois do meu primeiro ano de faculdade, pouco antes de voar para a Nicarágua:

— Não seja um desses homens.

— Que homens? — questionei.

Estávamos no quintal, deixando o sol nos banhar. Minha irmã vestia uma blusa camponesa e óculos de sol Vaurnet. Era tão bonita que me doía olhar para ela. E devia estar com uma boa aparência também, mais como um jovem adulto que o menino que ela deixara para trás. Eu a peguei olhando para mim mais cedo, quando tirei a camisa.

— Você sabe o que quero dizer — disse Lisa.

E eu sabia.

Mas havia coisas para as quais eu precisava de Maggie. Acreditar era a principal delas. Ela acreditava em mim. Achava que meu trabalho era importante. Tinha toda uma teoria sobre isso, minha necessidade de, ao mesmo tempo, salvar e destruir mulheres. Ela falou bem de mim para as poucas pessoas que conhecia no mundo das galerias. Ofereceu-me espaço para executar meu trabalho e me incentivou a voltar para a cerâmica. Eu tinha talento, alegava ela. Depois de um tempo, percebi que estava fazendo meu trabalho, em grande parte, porque Maggie esperava que eu o fizesse. (Isso ocasionou, se não me falha a memória, o rompimento número sete.)

Maggie também me permitiu fazer o papel do irmão mais velho gentil, que, como um irmão mais novo entristecido, eu gostei muito. Dei-lhe conselhos e apoio, comprei-lhe livros e velas de baunilha, e fui em seu socorro quando a família dela a tratara mal. Deixei-a ficar no meu apartamento enquanto ela procurava um novo lugar, porque sua colega de quarto havia se mudado para o Queens. Fui amoroso com ela nas pequenas coisas do dia a dia e passei muitas horas felizes explorando os êxtases de seu corpo.

Maggie conseguiu colocar algumas de minhas peças em uma galeria particular no Soho, um daqueles lugares no décimo andar de um prédio comercial, algumas salas bancadas por uma carteira de ações. Era uma mostra coletiva apresentando vários artistas mais consagrados da tendência conceitual. Uma senhora mais velha falou em comprar uma das minhas peças, mas o que desejava mesmo era tocar meus ombros e me regalar com seu bafo de Roquefort.

Não preciso dar meu pequeno sermão amargo sobre a insegurança sádica da cena artística de Nova York. Bastará observar que não pertenço a tal companhia. Para começar, meu trabalho era representacional (que porre), e os meios com que trabalhava (fotografia e cerâmica) eram considerados prosaicos e menores. Eu não poderia fazer algo com fezes? Ou órgãos internos e vaselina?

Após o evento, caminhei emburrado pela Prince em meio ao vento cortante, envergonhado e humilhado em minha ridícula gola rolê. Maggie agarrou meu braço. Dava para ver que queria dizer alguma coisa — contar-me, talvez, sobre a primeira mostra de Modigliani, que havia sido encerrada por indecência (ela adorava essa história). Mas ela sabia que não devia tentar nada gentil, que eu só iria puni-la depois.

Houve outra mostra, passados alguns meses, em um bar chamado No One. Consegui canalizar um pouco da minha raiva para uma nova série intitulada "O amor em que cone?". Estudos fotográficos, figuras em barro cru e, após a intervenção de um pequeno forno, a pele queimada de cada mulher. Dependendo do calor do forno, os esmaltes adquiriam diferentes cores: verde-kiwi, bege, um escarlate sangrento. As mulheres reclinadas em uma cama de cones derretidos. Era apelativo pra caralho, mas as pessoas adoraram. Algumas resenhas foram publicadas em fanzines.

E a multidão! Enxames de Gatas de Galeria testando as costuras de seus vestidos de brechó, serpenteando por entre nuvens de fumaça e vodca. Maggie havia terminado comigo uma semana antes, mas não resistiu em dar as caras e circular a noite toda, observando-me flertar e consumir bebidas grátis. Foi ela quem me pegou no fim da noite, e deixei a Maggie Maligna, seu alter ego sexual, extrair todo o suco de pica do meu corpo. Mais tarde, escutei-a pela porta do banheiro enquanto chorava. Ela pensou que eu estivesse dormindo.

No dia seguinte, liguei para o Bom Doutor em Miami. Ele me ouviu dar todas as fabulosas notícias a respeito do meu trabalho e da minha carreira artística, e não ter traído minha namorada que não era minha namorada. Ele sabia sobre minha mãe, minha falecida irmã e todos os outros corpos. Então, apenas ficou ouvindo.

— Deve ser bom ter tanto controle — disse enfim o Bom Doutor.

— O que isso deveria significar?

— Você sabe exatamente o que significa.

Não era uma consulta oficial, então ele não poderia me perguntar o que estava pensando, e, de qualquer forma, eu não teria contado a ele.

Mas estava pensando em Maggie, é claro, saindo do meu apartamento ao amanhecer, indo ao mercado da esquina comprar um bagel, redigindo um e-mail alegre para mim uma hora depois (vários emoticons sorridentes), marchando para o trabalho, suportando os péssimos pais de Nova York por mais um dia, confessando toda a situação caótica para seu cabeleireiro enquanto ele aplica luzes vermelhas em seu cabelo. Eu a imaginei voltando para seu apartamento e tocando suavemente as lombadas de seus livros de arte. Imaginei-a aos dezessete anos, gordinha, de cabelos frizzados e exóticos como os de Cyndi Lauper, dirigindo um Chevy Cavalier pelos bairros caídos de Portsmouth, entregando pizzas para homens úmidos em roupões de banho. Eu a imaginei pegando um ônibus para a cidade e zanzando pelos luminosos salões de exposições do MoMA, sonhando com uma forma de escapar. Eu a imaginei comprando presentes para mim que ela não podia pagar e embrulhando-os em papel que ela havia estampado com nus alongados.

O Bom Doutor pigarreou.

— Eu o irritei, John?

Mas nem a pau que eu lhe proporcionaria o prazer da minha angústia. Então, disse a ele que tinha que desligar, e nós terminamos a conversa, despedimo-nos com educação.

Ainda assim, passei o restante do dia espumando de raiva. O que eu deveria fazer: me casar com a garota? Deveria simplesmente sossegar de vez? Era isso que ele estava querendo dizer? Mas ela não fez meu coração disparar e martelar. (Eu não merecia que disparasse? Não merecia que martelasse?) Em contrapartida, Maggie fazia eu me sentir calmo e amado. Isso era verdade. Não tinha nenhum desejo real de ir para a cama com outras mulheres. Isso deve ter sido um sinal de alguma coisa. Eu sabia que ela era uma mulher forte, que lutou para sair de um buraco terrível. Maggie tinha apenas 27 anos. Quem poderia dizer que equilíbrio ela poderia adquirir, o que poderia se tornar, se eu parasse de tratá-la como um modelo de leasing?

E, às vezes, enquanto perambulava pela cidade, imaginava como seria. Parecia uma rendição. Isso era uma coisa boa ou ruim? Eu estava cansado de ser um predador burro e solitário, cansado de invadir a vida das mulheres e deixar um rastro de sofrimento. Mas então pensava em Sunny, a quem eu amara sem reservas, até de uma maneira um tanto estúpida. Continuamos nessas idas e vindas por mais seis meses. E, então, poucos dias depois do meu aniversário de 33 anos, meu velho amigo Curt, de Santa Bárbara, ligou-me para dizer que ia se casar. (Isso estava acontecendo com cada vez mais frequência.) Ele perguntou se eu gostaria de ir até a Filadélfia para a cerimônia. Havia um tom de súplica nesse pedido.

— É tão ruim assim? — perguntei.

— Ruim pra burro — respondeu ele baixinho. — Vamos orçar o valor das tendas amanhã.

Não queria ir, mas sentia uma lealdade especial a Curt, porque ele me permitiu ocupar seu sofá por alguns meses, durante os anos de escassez, e outra vez ele quase foi para a cadeia em meu nome, depois que os policiais o pararam em meu carro, que não tinha seguro, não era registrado e violava umas vinte leis de equipamentos/emissões. Curt nunca ficou bravo comigo porque eu era uma estrela do rock (de certa forma) e, portanto, com direito a extravagâncias autodestrutivas.

Torturei-me um pouco considerando se deveria levar Maggie. Ela esperava tal gesto, pacientemente, aguardando que eu cedesse.

— Não entendo — disse-me ela. — Poderíamos ser um casal e tanto se você simplesmente se abrisse comigo.

Então, a verdade é que eu não estava na minha melhor forma naquele casamento. A coisa toda me deixou um pouco desequilibrado. Lá estava Curt de smoking, apertando mãos com o desespero de um candidato derrotado, seu pitelzinho rechonchudo espremida naquele vestido horrível e todas as mães (eram quatro, lembra?) jorrando suor. Comecei a pensar em Maggie, onde poderia estar, o que eu estava fazendo com ela. Disse-lhe que tinha uma conferência de trabalho em Pittsburgh.

Você deve se lembrar que eu estava usando aquela flor de lapela esca-lafobética. A noiva pediu a todos os homens que usassem uma. Mas eu não tinha ideia de como prender a coisa no meu paletó, então a madrasta dela me ajudou. A mulher já havia bebido; dava para sentir o cheiro do vermute.

— Logo mais, será você caminhando pelo corredor — declarou, dei-xando a mão pousada na minha lapela. — Um mocinho bonito como você.

Fiquei lá assistindo à celebração, e minha respiração não estava muito boa. Imaginei que tivesse contraído tuberculose e logo morreria, e que Maggie teria a oportunidade de se jogar de uma varanda, embora morasse no primeiro andar de uma residência de baixa renda para mulheres. Distraída, minha mão foi à lapela; eu estava esmagando aquele encantador adereço em meu punho.

Alguns drinques, presumi, ajudariam, mas a tenda era coisa demais para suportar, então saí vagando para o campo de golfe e encontrei aquele gato morto. Perfeito.

E aí você apareceu e nós fizemos nosso pequeno número de sapateado — *cliqueti-tap, cliqueti-tap* — e senti aquele friozinho na barriga que estava esperando. Quando você atinge certa idade, sabe o que está procurando. Não demora muito para descobrir se alguém tem aquele algo mais. O restante, independentemente de você definir os termos, pode levar meses ou anos. Mas a conexão básica da coisa, o calor dela, é praticamente instantânea.

Então, fomos levados para o armário de casacos da chapelaria e nos despimos com alegria e você mordeu meu ombro e eu pensei em Sunny e me refugiei em seu prazer e, então, logo depois, nosso corpo estava pronto para o amor e eu a desejava tanto. Mas tudo em que conseguia pensar era em Maggie, a quem eu não amava como deveria, e em minha promessa a Lisa de que não seria um desses homens, e pensei em você, também, deitada embaixo de mim com a boca aberta de leve e o pescoço vermelho, e eu precisava saber mais.

Mais algumas confissões.

Esta carta não demorou para chegar porque eu estava protelando. Essa não é a principal razão, de qualquer maneira. Tive que voar para o oeste para ver minha mãe. Ela teve alguns problemas de saúde. Não há necessidade de entrar nos detalhes sórdidos, mas ela teve que fazer uma cirurgia, uma cirurgia nada agradável, e eu não suportava a ideia de que meu pai teria que passar por isso sozinho. Como já deve ter notado, tenho uma tendência a evitar pensar em minha mãe. Mas tudo está profundamente conectado, o amor que buscávamos de nossos pais, o amor que buscamos em nossos amores. Retornamos a esses sentimentos mais cedo ou mais tarde, para reaprender quem somos.

Meu pai me pegou no aeroporto. Ele estava em um de seus estados de espírito animados. A cirurgia tinha corrido muitíssimo bem. Eles extraíram tudo, até o último pólipo. Mamãe estava ótima. Meu pai estava ótimo. Ele caminhava muito. (Seu couro cabeludo parecia rosado nos últimos tempos, sensível.) E os médicos. Foram simplesmente sensacionais. Mereciam o Prêmio Nobel, vários deles. Eu não deveria me preocupar. E como andava a minha vida?

Ótima.

Ótima.

Ótimo era bom.

Em casa, meu pai me mostrou os cartões que havia recebido das colegas da mamãe. Ele abriu a geladeira. Havia cerca de vinte bolos de banana lá dentro, embrulhados em plástico-filme. (Um e-mail tinha sido enviado para a universidade.) Também houve telefonemas a cada meia hora. As pessoas ficavam me dizendo que santa minha mãe era, que anjo. Os mais novos, alunos e pupilos, tiveram dificuldade em comunicar às pessoas.

— Você é o filho dela? — perguntou uma mulher. Ela estava ligando de algum lugar distante; parecia alemã.

— Sim.

— Que rapaz de sorte.

— Obrigado.

— Sim — disse ela. — Sua mãe é, há um termo especial para isso, alguém tocada por um bem superior.

Então, havia uma pessoa por aí, uma alma provedora de tremendo amor e atenção, que eu conheci quando criança, mas perdi quando adulto.

Eu deixava meu pai atender ao telefone na maioria das vezes. Ele falava baixinho, no tom tranquilizador que reconheci como sintomático de seu medo. Tarde da noite, podia ouvi-lo tocando Caruso e sabia que ele estava em seu leito nupcial, balançando para a frente e para trás.

Havia presumido que meu pai iria querer ir ao hospital comigo, para servir de distração, manter a conversa fluindo. Mas ele me falou que tinha coisas a fazer, então fui sozinho. Eles a haviam colocado no terceiro andar, em uma sala cheia de buquês. Minha mãe estava deitada em uma cama fina com grades altas e seus olhos estavam fechados. Não conseguia me lembrar de alguma vez sequer tê-la visto dormindo. Achei que poderia estar morta. Estava com um papel no colo com anotações, onde lia-se "Escravidão Materna nas Pequenas Antilhas, 1880 a 1930".

Estendi a mão para o papel, mas minha mãe abriu os olhos naquele momento.

— Olha ele aí — disse ela.

— Oi.

Minha mãe sempre foi magra. Mas agora parecia frágil. Dava para ver o contorno de suas órbitas, e seu hálito cheirava a gordura carbonizada. (Era um odor que me fazia lembrar de Lina.) Beijei-a no rosto e ela fechou os olhos mais uma vez, suportando o gesto.

— Você parece bem — comentei.

— Tolice.

— Considerando tudo.

— Por favor, Jonathan. Deixe o papo-furado adulador para o seu pai.

— Tudo bem, então. Você está com uma cara de quem foi requentada pela morte. — Ela sorriu debilmente. — Como está se sentindo? — perguntei.

— Eviscerada. Estes lugares estão cheios de sádicos legitimados. Eles te cortam em pedaços e vão metendo drogas em seu sangue para que você não possa revidar.

— Prefere a outra opção?

— A medicação me deixa confusa — argumentou ela. — Não consigo trabalhar.

— Você está no hospital, mãe. Acabou de fazer uma cirurgia. Não deveria trabalhar. — Era difícil entre nós. O clima ficava carregado por essa névoa de apreensão. Dava para entender por que meu pai havia metido o pé; supervisionar tamanha tensão o teria perturbado demais.

Minha mãe alisou a camisola hospitalar.

— Conte-me sobre Nova York. Seu pai disse que você fez uma exposição. Em algum lugar em Chelsea. Vendeu alguma peça?

Então, falei um pouco sobre isso. Mas, na verdade, minha mente estava meio que divagando para outra época. Comecei a me recordar da última vez que estive em um hospital com minha mãe. Eu devia ter uns quatro ou cinco anos. Lisa voltou mancando do parque para casa. Uma criança caiu sobre minha irmã enquanto brincavam de se empilhar umas sobre as outras. Ela me mostrou o tornozelo inchado e roxo, um resultado horrível. Nós dois sabíamos que era uma situação ruim, porque Lisa era bailarina, com talento inato indiscutível, e os testes para o balé júnior seriam dali a duas semanas. Nossa mãe não era uma desalmada mãe de ator mirim, mas se orgulhava da excelência de Lisa, de suas possibilidades. Havia certa demonstração de amor ali, é o que quero dizer. (Ela também advertiu Lisa, sem meias-palavras, que ela não deveria participar de brincadeiras violentas no parque.)

— Você vai contar a ela? — perguntei.

— Lógico que não — respondeu Lisa. — E é bom você também não contar.

Minha irmã devia ter nove anos. Era uma criança difícil. Mas eu podia ver sua reação de dor toda vez que tinha que colocar peso na perna. Na hora do jantar, ela mal conseguia andar.

— O que significa isso? — questionou minha mãe.

— Torci o tornozelo — declarou Lisa calmamente.

Elas estavam de frente uma para a outra, a tábua de corte entre as duas e um pedaço de *london broil* exalando vapor. Trocaram um olhar duro (o mesmo olhar que Sunny e a filha trocariam tantos anos depois).

— Como isso aconteceu? — minha mãe exigiu saber.

Lisa deu de ombros.

— Isso é uma resposta?

— Brincando — confessou. — Só brincando.

Minha mãe balançou a cabeça.

— Pois bem, é bom você se recuperar rápido. Tome um analgésico, mas não até que haja algo em seu estômago.

Depois do jantar, Lisa permaneceu na cadeira.

Minha mãe a observava com certa irritação.

— Você precisa andar sobre ele — avisou. — Não vai melhorar a menos que ande sobre ele, querida.

Horas se passaram até que minha mãe a levasse para a sala de emergência. Minha irmã estava em um estado de raiva silenciosa naquele momento.

— Espero que esteja feliz — disse ela.

Eu fui também, porque nosso pai estava trabalhando até tarde e não deu tempo de arrumar uma babá. Tivemos que aguardar uma hora para sermos atendidos por alguém. A sala de espera estava lotada de pessoas com dor. Um homem mais velho sangrava em bicas pelo nariz, seu lenço ficando vermelho. Minha mãe estava visivelmente abalada. Ela tinha uma verdadeira repulsa por doença.

Por fim, uma jovem médica apareceu e pediu a Lisa que explicasse o que havia acontecido. Minha irmã tentou esconder o fato de que estava brincando de se empilhar na grama, então a explicação saiu meio confusa.

— Sinto muito por desperdiçar seu tempo — disse minha mãe. — Ela faz isso às vezes.

A médica sorriu com paciência. Retirou a meia de Lisa, desenrolou-a pelo pé, e, na mesma hora, sua expressão mudou. Tocou o tornozelo de Lisa com cuidado, como se de repente tivesse adquirido grande valor. Então, olhou para minha mãe de um jeito que me deu vontade de arrastar todos nós para longe daquele lugar.

— Vamos precisar fazer um raio-X imediatamente — informou a médica.

O tornozelo da minha irmã estava quebrado em dois pontos. As fraturas não eram graves, mas exigiam que a perna fosse engessada. Lembro-me desse gesso, de um branco brilhante, quase incandescente. E a maneira como minha mãe se agarrou a Lisa quando a médica preparou sua perna. Era visível que estava transtornada enquanto sussurrava:

— Meu bebê, ai, Deus, eu não percebi. — Lisa estava chorando. Nós dois estávamos. Nunca tínhamos visto nossa mãe naquele estado.

E, agora, quase trinta anos depois, minha mãe estava ela mesma deitada em uma cama de hospital, enrugada como um saco velho de marmita, pálida demais.

Perguntei se ela se lembrava desse episódio. Não consegui evitar. Algo havia se avolumado dentro de mim, uma necessidade repentina de furar suas defesas.

Minha mãe me olhou, com uma expressão desprovida de emoção.

— Você achou que ela estava fingindo — falei.

— Do que está falando?

— Então, colocaram a perna dela naquele gesso enorme e branco. Vocês duas estavam chorando.

— Foi para isso que você veio voando até aqui? — perguntou minha mãe, devagar. — Conduzir uma rediscussão de meus crimes maternos? — Suas mãos tremiam de leve.

— Eu só estava lembrando disso — eu me justifiquei.

— Não se faça de bobo comigo, Johnny. Não combina com você. — Ela semicerrou os olhos para mim e os ângulos de seu rosto (ainda belos) adquiriram um aspecto mais suave. — Eu não era perfeita — declarou. — É isso que você quer ouvir?

— Não quero ouvir nada.

— Mas, sua irmã — continuou minha mãe, tremendo mais visivelmente agora —, ela tinha o dom de estragar as próprias oportunidades.

— Eu sei.

— Maldita seja — murmurou ela. — Maldita seja aquela menina. — Minha mãe fechou os olhos. Respirou fundo e exalou devagar. Então, abriu os olhos e me encarou diretamente, e o azul de suas íris causou uma onda de medo por todo meu corpo. — Não serei tratada dessa maneira — decretou ela.

— Me desculpe — apressei-me em dizer. — Não estou tentando irritá-la.

— É exatamente isso que está tentando fazer.

Minha mãe soltou um longo suspiro, um suspiro de cansaço absoluto, que parecia chocalhar dentro de seu peito. Coloquei minha mão na mão dela. Parecia um galho seco abandonado na praia. Dava para perceber o que estava acontecendo. Minha mãe flutuava rumo à morte, lenta e inexoravelmente. O pensamento nunca me ocorreu. Eu estaria livre dela um dia. Era isso que eu estava fazendo? Dando uma mãozinha nesse sentido? Ou estava tentando tocar seu coração, o interior tenro, antes que fosse tarde demais. Seria possível que estivesse fazendo as duas coisas ao mesmo tempo?

— Um montão de gente tem telefonado — comentei. — Seus vários admiradores.

Minha mãe balançou a cabeça. Olhou para a mesinha de cabeceira, onde colocara o papel, em cima de uma pilha de livros.

Eu não sabia o que dizer; o silêncio estava nos consumindo. Não conseguia pensar em uma única coisa para dizer. Deveria ter vindo preparado, dito algo pensado sobre Lisa, sobre a dor que compartilhamos, a necessidade de compaixão, mas o infortúnio havia arrancado nossas línguas.

— Acho que posso voltar mais tarde.

Ela assentiu.

Virei-me para sair, mas minha mãe estendeu a mão e segurou um dos meus dedos (foi tudo o que conseguiu fazer), dizendo meu nome tão baixinho que foi apenas uma perturbação no ar.

— Sim, mamãe — respondi.

Ela fechou os olhos e apertou um pouco meu dedo.

— Seu pai não para de me trazer bolo de banana. Por favor, diga a ele para parar.

Houve algumas visitas depois disso. Fizemos o que pudemos para suavizar as coisas. Meu pai foi uma mão na roda para preencher os vazios.

Suspeito que essa história faça minha mãe parecer um monstro. Na verdade, ela estava apavorada. Não suportava ver a filha sofrendo, então se recusou a ver a dor. Desprezava a fraqueza e a humilhação porque conhecia muito profundamente a dor que causavam. Tudo remonta à sua própria infância, às altíssimas expectativas que os pais depositaram sobre ela e que ela depositou sobre Lisa. Suponho que algo aqui soe familiar para você.

Tendo dito tudo isso, mais duas confissões.

A primeira é que terminei com Maggie, de uma vez por todas. Na verdade, terminei com ela cerca de um mês atrás, na noite em que eu (ou, na verdade, meu pinto) enviei aquela missiva hesitante. Era algo que tinha em mente desde o casamento, porque estava cansado de traí-la, é claro, mas também porque tive um palpite, um pressentimento, um desejo indecente, depois de te conhecer. Então, você deveria saber disso.

O que me leva, com certa relutância, à minha confissão final, que é a de que vejo semelhanças entre minha mãe e você, e isso me assusta.

Sei como essa frase soa horrível e acusatória, mas vou deixá-la como está, porque é de fato mais um medo que qualquer outra coisa e porque é a verdade do fundo do poço, e é isso que prometemos oferecer um ao outro. Não estou dizendo que você será o tipo de esposa ou mãe que permite que seus entes queridos manquem com os tornozelos quebrados. Só quero dizer que estou preocupado com essa fachada de durona que você sustenta, com essa compreensão brutal das coisas. Foi o que me atraiu no casamento. Eu disse a mim mesmo: "Aí está uma mulher cheia de vida e perigosa, alguém capaz de fazer eu me sentir desafiado, bem como seguro, alguém que pode, por amor, criticar-me por minhas próprias palhaçadas sem fim". E talvez essa declaração seja apenas parte dessa palhaçada sem fim, meu velho amigo Bom Senso se erguendo para mantê-la afastada. Certamente estou ciente de como tudo isso soa presunçoso. Está além da presunção, classificado em alguma nova categoria. (Será que estou estragando as coisas aqui?)

Mas você tem que admitir que há algo fundamentalmente falso nesse arranjo. Ele aposta no nosso egoísmo atroz, na nossa necessidade de apresentar nossas opiniões da forma que queremos, evitar as perguntas difíceis, comandar nossa própria história. O discurso do amor, porém, não segue um caminho paralelo. Ele entra em choque e causa uma grande bagunça. E eu quero essa bagunça.

Você perguntou em sua última carta quanto esforço eu seria capaz de suportar. A resposta é: tanto quanto você está disposta a oferecer. Mas você não pode esconder nada, Jane, porque já sofri com muitos tipos inacessíveis, cuja vulnerabilidade nunca me foi possível alcançar. E a vida continua arrancando-as de mim, antes que possa oferecer-lhes qualquer conforto.

Eu me apaixonei pela mulher em suas cartas não por causa de quão perspicaz, engraçada e ágil ela é, mas por causa daqueles momentos de ternura em que ela se sente vulnerável. Não Michael Hanrahan, com seus olhos negros e o moicano, ou Elton, com o sorvete derretendo, ou a triste e furiosa Martha, mas ela, Jane, você.

Não sei ao certo o quanto disso fará sentido. Está tarde. Posso estar deturpando as coisas, bem no finzinho. (E aqui estava eu, esperando parecer tão compreensível, tão lúcido.) Eis o que continuo dizendo a mim mesmo: se esta carta a assusta, isso acabaria acontecendo mais cedo ou mais tarde, de qualquer forma.

É você minha alma gêmea? Sou eu a sua alma gêmea?

Diga-me a verdade,
John

John,

O que está fazendo, porra?

Eu te lembro a sua mãe? Acho que não sou nada parecida com sua mãe. Permita-me uma rápida defesa: ela envelheceu bem. Eu provavelmente não vou. Ela lê sobre a escravidão nas Antilhas enquanto está no hospital se recuperando da morte. Eu? Só vou querer bombons e um macho forte que corrija a maciez dos meus travesseiros sempre que eu precisar. E duvido seriamente que alguém — estrangeiro ou não — algum dia me acuse de ser tocada por um bem superior. Além disso, nunca enjoo de bolo de banana. Não falo "tolice". Sou deselegante e um pouco ríspida e direta. Por exemplo: você disse sobre sua mãe e sua irmã que *Havia certa demonstração de amor ali*, e, ao contrário de sua mãe, eu seria capaz de admitir que havia mais do que "certa". Acho que sua mãe foi arrebatada por um amor avassalador e voraz por sua irmã e que agora a consome, e que talvez não tenha sido o medo da fraqueza que a atormentava, mas o medo de se entregar ao amor (que pode ser visto como uma fraqueza). E se sua mãe pudesse admitir um amor intenso por sua irmã, um amor devastador, ela não poderia admitir com mais facilidade que o ama? Não é isso que você quer? (Francamente, não estou preocupada em lembrá-lo de sua mãe. Estou muito apavorada por lembrar a mim mesma de minha própria mãe. Uma mãe de cada vez, pelo amor de Deus.)

Mas o que posso fazer se você acha que sou invulnerável?

O que posso fazer se você está preocupado com minha fachada de durona e minha compreensão brutal das coisas? Desligá-las?

Olha, beleza então. Que tal isso para chamar sua atenção para suas palhaçadas sem fim: seu velho amigo Bom Senso não te decepcionou; ele correu e salvou o dia. Considere-me oficialmente afastada. Assim é mais fácil, né? Deve ser um alívio. Não tenho ideia de como você espera que eu reaja.

Jane

P.S.: Será que não percebe que lhe contei coisas que nunca revelei a ninguém, nem a mim mesma?

1º DE MARÇO

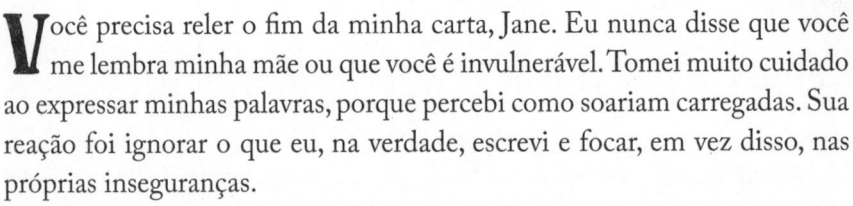

Jane,

Você precisa reler o fim da minha carta, Jane. Eu nunca disse que você me lembra minha mãe ou que você é invulnerável. Tomei muito cuidado ao expressar minhas palavras, porque percebi como soariam carregadas. Sua reação foi ignorar o que eu, na verdade, escrevi e focar, em vez disso, nas próprias inseguranças.

O amor não tem a mínima chance de florescer sem uma boa dose de sinceridade.

Então, beleza. Tire o corpo fora.

É o que minha mãe teria feito também.

John

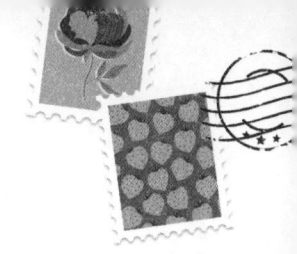

Jane

Tudo bem, olhe, ultrapassei certo limite na minha última carta e quero me desculpar. Minha intenção não era magoar seus sentimentos. Eu disse o que disse em prol da total transparência. Foi esse que considerei ser o objetivo destas cartas. Não para bancar o bonzinho e paquerar. Não para inflar o ego um do outro. Nem para ficar furioso ao primeiro sinal de problema.

Eu não estava tentando atacá-la ao mencionar minha mãe. Estava tentando expressar minha própria ansiedade. Se o fiz de forma atrapalhada ou de um jeito que a magoou, peço desculpa. Não quero brigar com você nem entrar em uma disputa de vontades. (Pelo menos, não por enquanto. Vamos aguardar o padrão de três meses depois de dormirmos juntos.)

O problema é o seguinte: ainda não recebi uma resposta sua. Estou presumindo que tenha colocado uma no correio, então pensou melhor e tentou reavê-la com o carteiro da sua localidade, motivo pelo qual você provavelmente está na Prisão Federal Feminina de La Tuna agora, à qual você pertence. Mas, caso eu esteja enganado quanto a isso e você não tenha me respondido: que porra é essa? Está tentando me punir com silêncio? É assim que lida com as coisas, Jane? Sério mesmo? Porque, se for — se eu não tiver mais notícias suas —, só posso dizer que seria muito triste desperdiçar o que poderíamos ter compartilhado por um ato de vaidade tão intelectualmente lamentável.

Se for esse o caso, vou começar a achar que talvez tenhamos compartilhado muito menos do que eu acreditava.

John

Querido John,

Talvez eu o estivesse punindo, para ser sincera. Mas aqui está a racionalização da minha mente para o atraso. Eu esperava que você estivesse saindo com alguns amigos — tradutores aceitáveis da psique feminina — e mencionasse a eles a difícil situação como quem não quer nada: *Tudo estava indo tão bem, e então eu falei para ela que ela me lembrava a minha mãe, ela pegou e parou de falar comigo.*

E um amigo diria: "Repete, você fez o quê?".

E outro questionaria: "Você apertou o Alarme da Mãe?".

E um terceiro se aproximaria e falaria: "O que está acontecendo?".

E os dois primeiros afirmariam: "Ele apertou o Alarme da Mãe".

E os três balançariam a cabeça juntos, cheios de tristeza, todos relembrando seus traumas passados com o Alarme da Mãe.

E você perguntaria: "O que é Alarme da Mãe?", lamuriando-se com inocência.

E seus amigos responderiam: "Você não sabe?", e olhariam uns para os outros com uma curiosa mistura de surpresa e perplexidade. "Ele não sabe? Não sabe mesmo?"

E explicariam a você que o Alarme da Mãe está presente em todos os relacionamentos — às vezes, é apenas um botão em um relógio de pulso, mas, outras vezes, é um enorme botão vermelho afixado à parede e protegido por um vidro, com um martelinho preso a ele com um bilhete que diz: *Não toque na porra do alarme.*

Um dos amigos diria: "Você pode polir o vidro, sabe, um pequeno hábito oriundo do nervosismo, se ela realmente o fizer lembrar de sua mãe, mas não quando ela está por perto. Quando ela está por perto, tem que fingir que o alarme não existe".

(Percebo agora que essas representações ficaram todas muito a cara da lanchonete de *Seinfeld*, da cafeteria de *Friends*, muito — correndo aqui o risco de entregar a época de meus marcos culturais — *O primeiro ano do resto de nossas vidas*; como era chamado o bar deles, My Place?)

Um amigo pode ir longe a ponto de confessar que o Alarme da Mãe em um relacionamento antigo era uma sirene de ataque aéreo — simplesmente disparava sem qualquer aviso e ele corria para um abrigo antiaéreo, sua (atual ex-) esposa em seu encalço.

Agora, esclarecido por seus amigos (interpretados por excelentes atores), eu esperava que você me escrevesse uma carta que colocasse todo esse negócio de mãe de lado — uma forma de prometer, sem verbalizar, que você substituiria o vidro e colocaria o martelo de volta em seu devido lugar ao lado do bilhete *Não toque na porra do alarme*.

Mas tudo bem, eu entendo. Não é isso que está acontecendo aqui. É o oposto do que está acontecendo aqui. Então, é o que eu digo... Tranquilo. O alarme disparou. Fiquei um pouco desorientada. Eu venho de um contexto que não dispara muito os alarmes e, portanto, os alarmes me desorientam. É genético. Eu posso ser desOriental, na verdade. Mas aqui estou, preparada para responder.

Minha defesa anterior não importa. Se você me enxerga como sendo igual à sua mãe, então eu sou — a percepção sendo a realidade. Estou disposta a dançar conforme a música. Não me entenda mal; não estou interessada em agir como uma mãe para cima de você, e você não está interessado em ter a mim agindo como uma mãe para cima de você. Mas, se, em algum momento de um futuro distante, ainda estivermos juntos, acho que será, em parte, porque cada um aprendeu a retribuir algo para o outro, algo que sempre foi nosso — um amor pelo qual não temos que lutar, que não está sujeito a um conjunto de regras, que não é merecido. E, como não consigo simplesmente desativar a compreensão brutal das coisas, permita-me ser otimista; se você se sentiu atraído por mim, de alguma forma, porque eu o fiz querer receber amor de mim, já que você quer receber amor de sua mãe, está tudo bem. Isso pode até ser bom. Quem sou eu para opinar sobre uma coisa dessas a essa altura do campeonato?

Eu sou a sua alma gêmea? Você é a minha alma gêmea? Isso é o que você está perguntando. Quer que eu diga a verdade. Aqui está: tenho medo das infinitas versões de mim mesma. Mas acho que, quando duas pessoas são certas uma para a outra e quando estão apaixonadas de verdade, existe a possibilidade de você se tornar uma versão melhor e mais verdadeira de si próprio. Quando estou com você, será que estarei mais próxima da pessoa que quero ser? Existe uma versão de mim que vou amar, que você vai amar, que vai me fazer amá-lo... quando estivermos juntos?

O que me atraiu em você não foram suas autorrealizações ou suas hipóteses sobre por que faz o que faz. Essas coisas são divertidas, claro. São olhares singulares para sua racionalidade diligente. Bizarra, às vezes, falando francamente.

O que me atraiu em você, seu doce idiota fodido, foi a maneira como vê o mundo, por causa do que escolheu recordar-se e porque está disposto a revelá-lo, para mim, dessa forma. (Preciso dizer que também senti o friozinho na barriga? Acho que fui bem clara sobre o friozinho na barriga desde o início. E estou feliz que tenha terminado com Maggie por um desejo indecente por mim — mais que feliz, mais que lisonjeada, mais como... transbordando?) Amo os detalhes que sua mente acolheu ao longo dos anos — a qualidade indescritível dos orgasmos de Jodi Dunne; Billy Dunne, gritando com o pai à beira da piscina, chamando-o de marinheiro de merda, e os tubinhos de ritalina do pequeno Nicky Slocum; seu pai fechando os olhos no estacionamento de um restaurante caro, sua mãe chorando quando as radiografias revelam duas fraturas no delicado tornozelo de sua irmã trinta anos atrás. Fiquei atraída por suas mulheres — a sempre amável Jodi, e Eve levando-o para a casa dela depois de irem ao restaurante espanhol, e Sunny caramelizada, e Lina chamando-o de Thunder, e Maggie com a cicatriz no lábio. E aí está você, não apenas entre eles, mas no meio da ação, a bagunça boa, mas você é essas coisas que você vê, e o olfato revela — talvez o olfato acima de tudo: o cheiro de mofo dos lençóis de sua irmã na noite do funeral. Você é fruto dos detalhes que sua cabeça escolheu guardar.

Droga, veja, o que estou dizendo é que você me expôs uma vida amorosa, e o que eu retive não foi a história; retive seu jeito de ver, seu jeito de lembrar, seu jeito de contar. Sei mais sobre você nesse quesito que qualquer coisa que tentou apresentar, que qualquer factualidade possível.

Presumi que minha ternura seria aparente. Junto ao egoísmo furioso no interior deste abafado confessionário — estou vestindo preto rendado; sapato tamanho 37 —, reside a ternura. Ambos carregamos um aparente desespero de sermos compreendidos por alguém que simplesmente entenda, com ternura. Temos oferecido confissões aqui, e não para parecermos antiquados, mas acho que o que queremos é reconciliação. Não estamos buscando descarregar o fardo de alguma coisa? Nossa alma não está — mais uma vez, peço desculpa, mas não tenho um termo melhor — enumerando itens para alcançar algum tipo de bênção, e que melhor bênção que o amor? E não uma versão genérica de amor enlatado adquirida em lojas como aquelas lembrancinhas do sol da Flórida, que nada têm a ver com amor, mas com essa compreensão que acabei de mencionar — que o mundo raciona e acumula. Você disse em sua última confissão: o que as pessoas querem, no fim das contas, é ser notadas. Espero que por "notadas" você queira dizer compreendidas. Não tenho medo de não poder aceitar o amor. Não tenho medo de não poder oferecer amor por completo, de corpo e alma. O que tenho medo é de não ser real, verdadeira e profundamente compreendida.

E esse é um espaço tão bom quanto qualquer outro para falar sobre Mark Foreworth.

Fiquei noiva de Mark Foreworth durante quatorze dias na primavera passada. Esta não é uma história bonita.

Em primeiro lugar, meu pai estava doente. Ele tem diabetes, bem controlada, há anos. Mas, depois que minha mãe meteu o pé, ele se descuidou. Falou-se em cegueira em determinado momento, em perder uma perna e, por trás de toda a terminologia médica, havia a mensagem de que todos nós morremos em algum momento de alguma coisa, mas que meu pai pode morrer em breve de algo de uma hora para outra. E, então, eu entendo sobre sua mãe, sobre hospitais, essa terrível arquitetura do sofrimento. Passei muito tempo com meu pai, principalmente o observando cochilar. Passei a odiar aquelas fileiras de cômodos, brancos e rigorosos em sua frugal simplicidade. O companheiro de quarto dele na enfermaria só falava sobre matar japoneses na Segunda Guerra Mundial e como o sangue escurece no chão molhado. Toda aquela atmosfera de sofrimento! Em todo lugar, alguém em processo de morte. Dar à luz uma vida é trabalhoso, mas morrer também é. E imaginei a morte nascendo de meu pai, essa versão flácida, pálida e encolhida dele próprio.

O que aconteceu, porém, era que meus pais precisavam de uma experiência de quase morte. Minha mãe retornou para a velha casa como uma força da natureza; apareceu do nada e tomou as rédeas da situação, esfregando os tapetes, os pisos, os rodapés. Ficou evidente que estava a postos. Toda sua energia foi gasta tentando se conter, então, quando ela se liberou, retornou para sua antiga vida. Largou o trampo no Super Jack's Record Shack e sublocou o apartamento — libertou-se de tudo. Ela montou um quarto improvisado na sala de estar onde meu pai iria se recuperar, quando chegasse a hora. Enquanto isso, ela dormia ao lado da cama dele no hospital, em uma cadeira.

Havia uma regra: não falar sobre morte. Mas a morte pairava à nossa volta. Eu nunca havia me dado conta de como a morte é tão adorável, tão constante e imperturbavelmente amorosa.

Eu detestava toda essa patacoada. Acima de tudo, o grau de preciosidade que de repente a vida adquiria. A vida era preciosa! Não era para ser desperdiçada! Minha mãe me disse uma vez no aeroporto antes de eu partir para a França: "Cuidado com o desperdício". Dessa vez, ela levou a sério. Começou a colecionar coisas, aumentando a bagunça do sótão e o porão do meu pai. Garimpou brechós e bazares de doação para encontrar peças sobressalentes — panelas de fondue, álbuns de Petula Clark, coisas que um dia já tivemos, mas e se ela tivesse se desfeito e tudo havia se perdido para sempre? Bem, minha mãe iria recuperá-las. É disso que estou falando. E assim a casa — não apenas o meu quarto, o porão e o sótão, mas o sofá da sala, a mesa da sala de jantar tornaram-se áreas de armazenamento dedicadas ao passado. "A vida é preciosa!" Quando minha mãe não estava cantarolando essa frase, ela a bordava em pequenas almofadas.

Teria eu herdado as pressões exorbitantes da carência por parte de minha mãe e a triste necessidade por parte de meu pai? Eu havia acumulado uma vida que não estava de acordo com nenhum dos meus ideais a respeito do amor. (Tenho grandes ideais a respeito do amor, como você deve ter notado aqui.) Assim, decidi abandonar meus ideais. Eram inúteis. Meu pai estava morrendo. Minha mãe estava testemunhando a morte dele. Os dois também tiveram ideais, muito tempo atrás.

E por que continuar tentando cavar um amor perfeito quando outras pessoas, pessoas normais, viviam bem felizes sem eles? Kelly, de Perth Amboy, por exemplo, tinha um marido e uma filha escoteira, de acordo com um cartão de Natal com uma foto dessa garota típica e comum enfiada dentro dele.

Eu queria o normal e estava disposta a aceitar o preço que o normal exige. Primeiro, você abre mão de alguns princípios básicos — alegria avassaladora, angústia existencial, entrega ao desejo etc. E, então, promete resistir a conversas-fiadas sobre o clima, incentivar clichês, defender as virtudes da média. Você abre mão da necessidade de ser compreendido e recebe, em troca, a promessa do quê? Algum tipo de gratificação passageira? Uma espécie de proteção contra a selva? Se você pedir, o normal lhe entregará uma barra de sabão normal. E pode se lavar com ela e renascer todos os dias em um mundo seguro de amor dosado e duradouro ou, pelo menos, de um vínculo leve e bem-polido.

Mark Foreworth e eu nos conhecemos sob uma tenda em alguma corrida de cavalos em meio a muitas tendas e mulheres de quadris largos usando chapéus, os saltos altos abrindo buracos na grama molhada, e havia muitos homens de quadris largos também, aliás. Ganhei ingressos de alguém do departamento de Filosofia. Consegui um cargo de professora; tinha um escritório úmido com o horário de expediente afixado na porta. Levei uma amiga minha que realmente queria ver a corrida de cavalos, entre tantas coisas. Perambulei sozinha de tenda em tenda particular — o Clube Filipino-americano, a Liga Juvenil, os Apresentadores de Cães Premiados. Todo mundo era educado demais para me impedir, o efeito incomum de tantos chapéus elegantes. Acabei sob a tenda de um determinado banco. Comi camarão e bebi vinho; notei que alguém me encarava: Mark, terno de *seersucker*, a tenda inflando-se com o vento, sacudindo ao seu sabor. Trocamos olhares e depois conversamos sobre as coisas mais simples e óbvias: sol, tendas, corridas de cavalos, chapéus.

E o que percebi de cara foi que Mark pertencia ao mundo normal. A beleza de sua higiene imaculada, o jeito de falar com fingida despreocupação, as mãos macias e sem cicatrizes. Tudo o que saía de sua boca parecia confirmar o palpite de que havia sido alimentado com mamadeira, mas com amor.

E todas as pessoas ao seu redor gostavam dele. (Mark trabalhava no banco. Todos eles trabalhavam no mesmo banco. A barraca pertencia ao banco.) E eu não sou uma pessoa que particularmente inspire paixões. Por exemplo: se alguém me disser que é dentista, posso mencionar as altas taxas de suicídio entre os dentistas. Mark não. Ele era inteligente, bem-intencionado, brincalhão, decidido, apenas um pouquinho imoral.

Mark trajava o normal com tamanha confiança que, mesmo sem me conhecer, sem saber nada a meu respeito, parecia estar dizendo com cada palavra e gesto: *Seu pai não vai morrer. Não mesmo. Não enquanto eu estiver por perto. E, enquanto eu estiver nessa, você não vai morrer sozinha. Simplesmente não é possível. Vai ficar tudo bem! Olhe só!* E, então, ele poderia oferecer uma visão do normal cheia de pessoas felizes (ou minimamente felizes).

E, da tenda, vagamos de mãos dadas para um relacionamento normal, e eu estava orgulhosa de mim mesma por ser tão normal. Usava roupas da Gap, indumentárias de cabo a rabo, cintos, calças cáqui, camisas de botão, e eu queria mais. Falei: "Gostaria que a Gap vendesse calçados de inverno". E Mark compreendeu.

Nas manhãs de sábado, ficávamos de bobeira em nossos moletons, comíamos bagels, bebíamos café. Ele tinha um labrador amarelo chamado Archie, em homenagem ao sr. Bunker, com quem, Mark admitiu certa vez, sentiu uma compatibilidade incomumente forte quando criança. Lavávamos nossos carros. Comíamos frituras em bares. Caminhávamos pelo parque de braços dados, com Archie puxando a coleira, e conversávamos com outros donos de cachorros sobre seus cães. Eu adorava os paletós de Mark, as gravatas lustrosas, os sapatos engraxados em público por imigrantes enquanto ele se sentava em uma fileira de homens lendo os índices de ações. Esse era aquele mundo que minha mãe sempre almejou, e aqui estava ele esparramado diante de mim. Não é difícil entender por que achei tudo tão atraente.

Uma vez, no início, contei a Mark uma história — completamente sem relação com qualquer assunto em questão, uma espécie de reflexão sonhadora que normalmente se vê quando a moça está descansando a cabeça no peito do moço, expressa em voz alta — de quando meus pais me levaram para jogar croqué em algum acampamento e os mosquitos enxameavam e ficavam mergulhando o tempo todo em meus olhos grandes. Meu pai cuspia em um lenço, torcia e extraía os mosquitos, sem parar.

Mark comentou:

— Que história estranha.

— É?

— Por que vocês simplesmente não foram embora?

— Não sei.

— Passamos as férias em um lago. Não tem nenhum mosquito por causa da brisa.

É óbvio que, para os Foreworth, não existiam mosquitos. Resolvi, então, contar menos histórias. (A história do mosquito não parecia nem um pouco estranha quando comparada com a maioria das minhas histórias.) Mark nunca saberia muito sobre meu passado, eu disse a mim mesma.

Ele tirou um álbum de fotografia de um armário e me mostrou fotos de docas ensolaradas.

— Você vai curtir a casa do lago.

Veja, ele sempre me incluiu em seu mundo. Mark me queria com ele. Ele era bom para mim. Quando eu retornava para casa depois das visitas no hospital, sempre dirigia de volta para Mark muito devagar, com muito cuidado, verificando se o cinto de segurança estava encaixado e bem preso, o olho fixo para trás pelo espelho retrovisor, o rádio em busca de sua ardente promessa de mau tempo. Muitas vezes, ficava abalada. Às vezes, chorava durante o sexo e ele acariciava meus cabelos, dizendo que tudo ia ficar bem — como naquela música dos Beach Boys, ou será que era do Bob Marley? Ele me consolava, e eu precisava de consolo. Talvez Mark precisasse de algo de mim também. Olhando para trás, lembro-me de que ele tinha o hábito de suspirar. Achei que fosse contentamento, mas talvez fosse alívio por alguma coisa ter passado, um momento ter corrido bem, um lapso de tempo ter transcorrido sem dificuldade. E ele tinha o hábito de esfregar as mãos, como se dissesse: *Mãos à obra* ou como se estivesse com frio, mas fazia isso mesmo no verão, quando não havia absolutamente nada a ser feito que justificasse tal frase, então talvez fosse um gesto de esfregação higiênica para se livrar da sujeira, alguma culpa ou lembrança? Talvez estivesse apenas nervoso, talvez até um pouco apavorado. Na época, essa era a última coisa que passava pela minha cabeça.

Em todo caso, posso dizer sem hesitar: ele me amou, quase que de imediato e com determinação, e eu o amei. Não havia animais mortos pendurados nas paredes ou mulheres descompensadas zanzando do lado de fora e jogando pedras. Mark Foreworth não era casado, maluco nem mesmo francês.

Mas, é claro, Mark não era toda a minha existência. Lá estava o mundo que eu havia criado ao longo do tempo — essa vida interior repleta de fantasmas, cravejada, aqui e ali, do belo, do grotesco. E eu era essa outra mulher, por baixo de todo o cáqui, quem sempre fui, e existia dessa forma — implacável, caminhando para uma espécie de ruína — em meu pequeno escritório no departamento de Estudos Feministas, alojada como algo difícil de engolir, algo que recusa a digestão, no porão do prédio mais antigo da faculdade. Ali, sabia que poderia reconhecer que não era de fato normal, que, na verdade, só fiz um acordo frágil com o normal. Ali, pensava em um garoto ensanguentado e sem polegar chamado Michael Hanrahan e em um cara maluco chamado Elton Birch e na boca arregaçada de Pascal Lemir e na estufa dos Paglia e na morte do meu pai e na preciosa vida da minha mãe. Vagava do meu escritório para a sala de aula e vice-versa. E, acho que, como o meu passado — bom e ruim — não estava sendo extravasado, ele começou a se acumular, as imagens me vindo à mente com grande velocidade. De que outra forma posso dizer isso? Aqui, no meu escritório no porão, eu ficava remoendo meus sentimentos.

Fazíamos coisas exclusivamente com os amigos de Mark. Era uma escolha tanto minha quanto dele. Meus amigos eram desagradáveis de se estar por perto, sempre revirando os olhos. Sabiam que estávamos condenados. Mas os colegas de trabalho de Mark, sério, estavam tão convencidos de nós. Davam-nos a maior força como um bom evento de caridade — o desafio do balde de gelo em prol de crianças com deficiência. Houve um longo período em que Mark e eu éramos uma promissora ação na bolsa que poderia ter um excelente desempenho no mercado. Precisavam admitir que havia um fator de risco: eu. Era meio esquisita, não era boa o suficiente, sabe, no cômputo geral, com um sólido auxílio de atividades extracurriculares; todos pareciam saber por instinto que a srta. Flint tentara me convencer a integrar o anuário do colégio, mas que escolhi ser fotografada por um milionésimo de segundo. Apesar disso, investiram. O mercado estava pronto para uma recuperação. Dava para sentir o cheiro do futuro da Pottery Barn. Ah, a IKEA da coisa toda! Viva a Volvo!

Dormíamos na casa de Mark porque era maior, uma escada mais apropriada para algum futuro que poderíamos ter juntos. Também poderíamos cuidar melhor do cachorro lá. O lugar estava todo preparado para Archie, Mark me contou, e mudar de casa poderia confundi-lo. Como todos os bons casais, sentíamos pena dos cães de divórcio e estávamos tentando enriquecer a vida de Archie proporcionando-lhe o forte senso de uma família estável.

Uma noite, com Archie esparramado ao pé da cama, respirando com a grande língua de labrador para fora, Mark perguntou:

— Por que não vem trabalhar no banco em RP? Você não costumava fazer RP naquela livraria?

Isso era verdade. Antes de eu deixar a Festoova para assumir o cargo de professora em tempo integral, ela havia me promovido a diretora de relações comunitárias da livraria porque os autores a deixavam deprimida.

— Sei lá — respondi. — Quero dizer, eu sou professora. Sou licenciada. Levou bastante tempo. Trabalhei duro.

— É só uma ideia — argumentou Mark. — Tem ar-condicionado e não cheira a ginásio velho. Você não teria que corrigir trabalhos nem fazer tarefas que, bem, a deixam deprimida.

— Acha que meu trabalho me deixa deprimida?

— Você sempre volta daquele escritório parecendo abatida e esgotada. O banco traria um rosa a suas bochechas!

— Tem ar-condicionado.

— Exatamente!

Mark parecia saber que eu era outra mulher quando estava em meu escritório no porão e tinha medo dela. Eu estava com medo do abismo, da divisão dentro de mim. Talvez, se parasse de ser professora, essa outra mulher aqui dentro parasse de remoer os próprios sentimentos, se encolhesse e o normal assumisse completamente o controle. Enquanto participava de intermináveis reuniões de departamento em que meus colegas de trabalho entoavam o mantra *Não estou com raiva, estou só desapontado*, eu queria estar no banco chique, fresco e inodoro como uma gaveta da geladeira para manter os vegetais frescos novinha em folha. O carpete do escritório do banco era aspirado e formava barcos à vela enfileirados. Era algo bastante atraente. (Há dias, até hoje, quando me sinto mole demais para proferir estatísticas como a causa principal de morte de mulheres grávidas ser o assassinato, que sinto falta dos veleiros.)

Deixe-me ser clara: eu tinha enlouquecido um pouco. Às vezes, segurava um objeto simples — um saleiro, um frasco de aspirina — e invejava o fato de ele saber seu lugar, seu papel, sua função. É insuportável agora olhar em retrospecto e pensar como eu era capaz de ficar impressionada com o prazeroso autoconhecimento de um interruptor de luz.

Levei Mark para conhecer meus pais no hospital. Eles nos olhavam como se estivessem espiando de um grande buraco.

Minha mãe comentou:

— A vida é uma caixinha de surpresa, hein? Quem poderia imaginar...

E meu pai rebateu:

— Você não pode prever como vai acabar.

Pela primeira vez, pareciam estranhamente satisfeitos.

Claro que gostaram de Mark, mas fiquei perplexa por ele ter gostado dos meus pais. Estava abismada. Ele achava que os dois tinham certa pureza. Mark comentou:

— São inteligentes, à sua maneira. Sacaram algumas coisas. — Isso me fez levá-lo mais a sério. Decidi que talvez ele se encaixasse em um esquema maior, talvez Mark me ensinasse a valorizar os meus pais. Ele continuou: — Se parar para ouvir, pode aprender algo com as pessoas que menos espera.

Era estranho, pode-se dizer até que era suspeito, que eu não tivesse conhecido o sr. e a sra. Foreworth, Jerome e Kit antes. Moravam a apenas uma hora e meia de distância. Mark disse que eles falavam coisas boas sobre querer me conhecer, mas nunca foi combinado. E havia aquela velha questão de saber se ele tinha vergonha de mim ou deles. Brinquei com isso na época. Mas agora, olhando para trás, acho que Mark sabia que era simplesmente uma combinação que não funcionaria.

Os pais de Mark tinham uma entrada circular e colunas de cada lado da porta da frente. Archie veio conosco. Em geral, era uma presença saltitante, mas, na casa dos Foreworth, ele se esgueirava, abanava o rabo modestamente e apenas quando falavam com ele — eu deveria ter seguido seu exemplo.

Kit e Jerome nos encontraram no insosso *foyer*. Eram um casal alto e malconformado, que usava muita lã irlandesa. Falaram em uníssono:

— Prazer em conhecê-la.

Foi um uníssono acidental e não planejado, mas, ainda assim, desconcertante. Eles apertavam as mãos, não abraçavam, mas amavam Mark do mesmo jeito.

Logo começaram a falar sobre uma nova bomba que haviam instalado no porão — uma compra emocionante para o casal. Reclamaram do mecânico e depois do homem que instalou as janelas.

Kit chamou o irmão mais novo de Mark, Todd, para se juntar a nós. Tinha 24 anos e nunca poderia atender às expectativas. Ele conferiu à família um pouco de esperança de ser mais real para mim. Retornara para casa depois da formatura tardia da faculdade.

— Só até ele poder andar com as próprias pernas — explicou o sr. Foreworth em voz alta o suficiente para Todd ouvir. Todd esgueirou-se pelas bordas da cozinha, da sala de estar onde bebíamos, da sala de jantar. Brincou um pouco de luta com Archie.

Mark o chamou de Captain Jack, em um sussurro.

— Ele fica em casa se masturbando como se achasse que encontrou nosso pai na piscina.[7]

Olhei para o sr. Foreworth, sentado distraído à cabeceira da mesa da sala de jantar, arrancando fiapos do suéter azul-marinho, uma espécie de rosto inchado em um pescoço fino. Parecia um homem afogado para mim, ou pelo menos fermentado. Isso soa duro, eu sei. (Brutal?) Mas, veja, não fui capaz de compreender a humanidade deles. Não a estavam usando com

---

[7] Referência a versos da canção "Captain Jack", de Billy Joel. (N.T.)

JULIANNA BAGGOTT & STEVE ALMOND

sinceridade ou mesmo de modo ornamental; mantinham-na escondida. Lembro-me de que a sra. Foreworth tinha uma tosse irregular e, cada vez que tossia, ela olhava para o restante de nós ao redor da mesa de jantar, de olhos um pouco marejados, e se desculpava, como se isso fosse humanidade demais para mostrar.

Os pais de Mark eram economistas. Entendiam o mundo como um gigantesco fluxo de capital. Durante o jantar, no entanto, eles tentaram ser íntimos. Conversaram sobre as férias na praia e os antigos jogos de beisebol de Mark, mas ficou claro que não tinham muita aptidão para lembranças ou para o passado. Alguém dizia: lembra aquela antiga casa de praia? Aham. Aham. Ponto-final.

Mas até que mostraram algum interesse em mim. O sr. Foreworth disse:

— Mark nos contou que você dá aula na faculdade.

— Dou, sim.

— Que departamento?

— Estudos Feministas.

— Ah, você é feminista! — exclamou o sr. Foreworth, tentando agir como se estivesse alegremente surpreso.

— Bem — acrescentou a sra. Foreworth com um sorriso gentil —, você não parece uma, querida.

Retruquei:

— Na verdade, às vezes, quando estou sozinha em casa, uso cardigãs cinza e sapatos de cadarço com sola de borracha. — Abaixei a voz. — No momento, estou usando roupas íntimas extremamente confortáveis. Sou uma espécie de feminista vestida de homem.

Todd riu muito. O sr. e a sra. Foreworth sorriram e rapidamente passaram manteiga em pãezinhos extras, e Mark esfregou as mãos com força.

Os Foreworth me assustaram pra caralho. Eles eram um futuro que eu não queria considerar. Mark, no entanto, andava como os pais e falava como eles. No meio do jantar, pedi licença para ir ao banheiro.

— No fim do corredor à esquerda — indicou o sr. Foreworth. — Você deveria ir com ela — acrescentou à esposa. — Mostre o caminho.

A sra. Foreworth começou a se levantar. Isso parecia esquisito, desnecessário.

— Não precisa — falei. — Eu vou encontrar. — Perguntei-me se eles achavam que eu ia roubar alguma coisa.

— Ela é uma menina grande, já está crescida — interveio Todd. — Vai ficar bem.

E assim, com certo pesar, a sra. Foreworth concordou:

— Sim, ah, é verdade. — Como se se lembrasse de que, afinal, eu era feminista e não toleraria ser guiada por ninguém.

Na verdade, tenho um péssimo senso de direção. No fim do corredor, virei à direita, não à esquerda. Abri a porta de um quarto escuro sem janelas com uma cama de solteiro presa às paredes acolchoadas. Havia um banheiro grande e alto para deficientes físicos com assento acolchoado elevado. Não havia mais nada na sala exceto um capacete — mais uma vez, branco e padrão hospitalar. A sala abafada tinha um ligeiro cheiro de urina, suor e produtos de limpeza. Mark nunca havia mencionado nenhum problema na família. A quem pertencia aquele quarto? A cabeça de quem cabia no capacete?

Fechei logo a porta e dirigi-me ao banheiro que era pintado de verde-menta e cheirava a sabonete de maçã verde, mas não conseguia parar de pensar no quarto e em uma garota com problemas mentais que conheci quando era mais nova. As mãos da garota eram curvadas, o maxilar frouxo, os olhos grandes e com as pálpebras pesadas. A mãe da menina a levou para a piscina da Associação Cristã de Moços, e uma vez nós as encontramos lá. Minha mãe me disse para ajudar. "Leve-a para dar uma volta." Lembro-me de suas pernas lisas e leves, do jeito como me segurava com muita força em volta do pescoço.

Quando voltei a me sentar à mesa da sala de jantar, os Foreworth não eram os Foreworth. Mark, sua mãe e seu pai — até Todd, também um conspirador — eram frágeis, empoleirados delicadamente nas cadeiras. Estavam tão amanteigados à luz do candelabro que pareciam estar derretendo. Pareciam agora constrangidos, espetando desconfortáveis a comida. Trocavam olhares e sorriam. Pensei em suas histórias resumidas, como tudo tinha que ser abreviado ou acabariam contando mais do que era permitido. O quarto acolchoado pertencia a um deles, alguém que gemia, batia e agarrava, alguém que foi tirado dali por minha causa.

Antes de Jerome pegar nossos casacos no armário, Todd me puxou de lado na cozinha e disse:

— Me avise se precisar de alguma coisa. Ok? Qualquer coisa que você precisar, me procure.

E eu não conseguia saber se ele estava dando em cima de mim, se era um traficante de drogas ou se estava apenas tentando ser conspirador.

Estaria falando sobre o quarto? Uma coisa eu digo sobre Todd, porém: ele pareceu mesmo gostar de mim. Riu da minha piada e uma vez me mostrou a língua quando o pai disse que ele estava realmente mostrando sinais de progresso. E os demais Foreworth — incluindo Mark, vez ou outra — não pareciam gostar de mim nem um pouco. Mark odiou a piada sobre me vestir de homem. Ainda parecia um pouco chateado com isso quando nos despedimos de seus familiares e entramos no carro.

No trajeto para casa, ele ligou o aquecedor; tinha acabado de esfriar. Archie estava estirado no banco de trás. O carro cheirava a cachorro.

— Sabe a minha professora de Ética do Ensino Médio?

— Não — disse Mark.

— Nunca te contei sobre a sra. Glee? Você não sabe muito sobre mim, na verdade.

— Claro que sei coisas sobre você. Do que está falando?

— Eu vi o quarto.

Ele olhou para os lados da estrada escura, de volta para Archie no banco de trás. Tocou a maçaneta do câmbio manual e se virou para mim.

— Por que você faria isso?

— Por que não me contou? De quem é o quarto?

— Por que olharia lá dentro? Típico de você.

— Por que não me contou?

— Porque não é algo que eu saia falando por aí.

— Por que não?

— Éramos três. Mas ele nasceu com problemas e morreu jovem. Meus pais não conseguiram se livrar do quarto, eu acho. Eles o amavam. Não tinham vergonha dele.

É claro que interpretei essa atitude defensiva não provocada como um indício evidente de que os Foreworth tinham vergonha dele. Estávamos em estradas vicinais. Passamos por uma igreja com cemitério e uma placa de metal pregada em uma cerca de madeira: Ore. Deus está ouvindo. Estava perfurado pelo que pareciam ser buracos de balas de pistola de pressão.

— Eu não o vi nas fotos do lago — comentei.

— Ele não estava conosco. Ele morreu.

O rádio mudou para um DJ rouco com atualizações sobre Hollywood. Eu desliguei.

— Sinto muito — falei, referindo-me à morte de seu irmão, mas Mark me interpretou errado.

— Bem, fico feliz que esteja arrependida. Você não deveria ter entrado naquele quarto.

Quando chegamos em casa, Mark estacionou o carro na rua. Descemos do veículo. Eu segurava a coleira de Archie. Ele fez xixi em uma árvore. Estava frio e ventando forte, como se fosse nevar. Mark esfregou as mãos. Suspirou. Tomou minhas mãos nas suas e falou:

— Não ia dizer isso agora, mas queria que você conhecesse meus pais porque queria que eles conhecessem a mulher com quem quero me casar.

Ainda penso nesse momento. O vento que soprava, o céu escuro, as nuvens passando na frente da lua e a ideia de que Mark havia me escolhido. Ele estava cercado dia após dia por mulheres apropriadas, mas havia algum desejo nele por outra coisa. Na época, não achei que ele desejasse nada de verdade, mas agora eu o vejo como desejando, em silêncio, constantemente. (É o tipo de coisa que eu gostaria de dizer a ele agora se pudesse, se esse tipo de coisa fosse possível. Gostaria de ligar para Mark e dizer que o interpretei errado.) De certa forma, não éramos tão diferentes.

— É sério? — perguntei. Archie resistiu na coleira, tirando meu equilíbrio. Inclinei-me para o lado e, em seguida, endireitei-me. — Deixe-me ver se estou interpretando direito o que está dizendo. Você está me pedindo em casamento?

— Sim, claro! O que acha que estou fazendo aqui?

— Não sei.

— E então?

Questionei:

— Você gosta de mim?

— Se eu gosto de você? É claro que gosto de você! Acabei de te pedir em casamento. Eu te amo. Que tipo de pergunta é essa?

— Sei lá.

Lembrei-me de ter lido uma pergunta em um dos livros de romance de Festoova. (Festoova era uma romântica. A seção de autoajuda no amor era lendária.) O questionamento era mais ou menos assim: você prefere ser amado de verdade, mas não compreendido, ou compreendido, mas não amado de verdade? Na época, parecia uma pergunta idiota. Eu queria ser compreendida, porque parecia que ser amada sem ser compreendida não poderia ser amor verdadeiro. Não queria ser amada de mentirinha ou sem paixão. Mas o questionamento não era tão simples quanto aparentava. Mark me amava, me amava mesmo, não de forma inexpressiva, não de mentirinha, mas não pelos motivos mais importantes, não pelos motivos importantes para mim. Eu tinha desistido especificamente do meu desejo por compreensão. Aonde isso me levou, afinal? Desastres. E meu pai estava doente. Eu acordava nos últimos dois anos todas as manhãs e escolhia ser amada. Sabia que Mark me amava, mas ele me compreendia o bastante para gostar de mim? E que tipo de pessoa pede em casamento alguém de quem não gosta pra valer? Há uma coisa que Mark tinha contra ele. No fim das contas, entretanto, não será suficiente. Não vai superar minhas ações. Mas, por enquanto, vamos nos apegar a isso. Que tipo de pessoa...

Envolvi-o em meus braços. Eu disse "sim". Para ser sincera, amei Mark naquele momento. Eu o amava o suficiente para dizer sim e estar falando sério, mas não o amava muito. Nunca o amei demais, e acredito em amar demais alguém.

Alguns dias depois, Mark me ligou em meu escritório. Eu estava usando o anel àquela altura. Tinha garras gigantescas e diamantes gordos. Prendia-se nos meus suéteres, no meu cabelo. Ele se destacava e me assustava quando o via com o canto do olho. Não se encaixava muito bem na fluorescência ruidosa do departamento de Estudos Feministas. Eu estava com o ouvido no fone, mas encarava o anel.

Mark disse:

— Pode me fazer um favor? Todd quer participar da sua aula.

— Todd?

— Meu irmão, Todd. Ele está pensando na pós-graduação.

— Em Estudos Feministas?

— Não sei. Meu pai acabou de me ligar para dizer que ele demonstrou interesse em assistir à sua aula e perguntou se havia algum problema nisso, e eu respondi que não, sem problemas. Ele não precisa obter créditos nem nada. Só quer observar.

— O semestre já avançou bastante.

— Ele demonstrou interesse. Isso é raro.

— Ótimo. Está bem, então. Fale para ele vir.

Dei a Mark as informações para minha aula da tarde, para que transmitisse ao irmão, e, passados vinte minutos do início da minha apresentação, a porta dos fundos se abriu. Todd Foreworth arrastou-se para um assento na fileira dos fundos. Os dois irmãos não se assemelhavam em nada. Mark era bem barbeado e estava sempre sorridente, e Todd era jovial e largadão. Ele parecia extasiado, mas como se estivesse extasiado por sexo. Tinha aquela expressão vidrada de quem acabou de rolar sobre o outro após o ato.

No meio da aula, ele pegou emprestada uma folha de papel de um aluno meu e uma caneta de outro, e começou a escrever. Eu me perguntei: será que está anotando? Não parecia plausível, embora parecesse estar ouvindo. Na verdade, em determinado momento, Todd fez uma pergunta inteligente. Não me lembro da aula, da pergunta nem se respondi com clareza. Ele me observou com cuidado. Acompanhou meu gesticular. Estava mais me estudando que me olhando com cobiça.

Depois que a aula acabou e os alunos se retiraram indiferentes, ele caminhou até a frente da sala.

— Sr. Foreworth — cumprimentei-o.

— Você é muito articulada.

— Você chegou atrasado. Perdeu a melhor parte.

— Desculpe.

— Fiquei surpresa só de ter aparecido.

— Na verdade, estou pensando em fazer pós-graduação, me tornar professor, a coisa toda.

— Fala sério.

— Olha, não sou o maluco que me fazem parecer. Eu fui importado.

— O que quer dizer com "importado"?

— Importado soa mais exótico que adotado. Eles queriam dois filhos, mas o segundo filho não é exatamente o que esperavam, né? Então, fizeram uma remodelação. Eu sou um substituto.

— O segundo filho deles não *era* o que esperavam, você quer dizer.

— Não, ele ainda não é o que esperavam. Não sei por que todo mundo age como se estivesse morto.

— Pensei que ele estivesse.

— Ah, essa velha história. Mark lhe disse que Jarvis está morto?

— Não quero me envolver nisso. — Veja, eu estava repassando isso em minha mente. Jarvis (agora eu sabia o nome dele) não estava nas fotos do lago porque já havia morrido, mas o banheiro do quarto acolchoado era projetado para comportar um adulto, o capacete era grande e as instalações ainda evidenciavam uma forte presença de suor e urina.

— Escrevi um bilhete para você, um pedido de desculpa pelo meu atraso. — Todd me entregou um pedaço de papel.

Estimada professora, estou apaixonado por você. Acho difícil chegar às aulas no horário porque fico nervoso, fico andando pra lá e pra cá e perco a noção do tempo. Atenciosamente, Todd Foreworth.

Perde a noção do tempo?

— Você está sabendo que Mark e eu estamos noivos, não está?

Todd enfiou as mãos nos bolsos, deu de ombros e balançou nos calcanhares.

— Não vai durar.

— Por que está dizendo isso? — Enfiei de qualquer jeito os papéis na minha pasta.

— Ele não te compreende. Não sabe que você é engraçada, por exemplo. E você é muito engraçada.

— Estamos apaixonados — declarei, espiando rápido o relógio na parede.

— Você deveria pedir a ele para lhe apontar a localização de qualquer pinta específica, qualquer verruga em seu corpo. Pergunte se ele memorizou alguma delas.

— Que coisa mais bizarra de se dizer. — Era o que Mark teria dito, refugiando-se numa defensiva hermética.

— Ok. Ok. — Todd virou-se para ir embora. Fez uma pausa, detendo-se diante da porta. — Você não vai corrigir a minha ortografia?

— Não sou professora de ortografia.

— Não acha que, se o tempo está correndo, está com bastante folga?

Sim, falei na minha cabeça. Sim, claro. Como tenho passado meus dias, senão no turbilhão de lembranças. Naquele exato momento, estava meu pai, saudável e ágil, acordando-me no meio da noite. *O Homem dos Peixes está aqui.*

Eu respondi:

— Vou marcar com caneta vermelha.

Na tarde do décimo quarto dia do noivado, minha mãe ligou, anunciando:

— Seu pai vai ficar bem. — Não falávamos de morte, então também nunca falávamos de sobrevivência, porque isso simbolizava um sinal desconfortável para uma alternativa inaceitável. — Ele não vai morrer. — É claro que eu sabia que a morte era uma possibilidade, mas foi nesse ponto que percebi que meu pai estava de fato próximo de morrer. Comecei a chorar. — Qual é o problema? Eu disse que ele vai viver! — Minha mãe insistia nisso. — Ele ganhou uma segunda chance! — Mas parei de ouvir. Senti-me enlevada. De alguma forma, meus pais estavam curados. E, então, fui tomada por essa sensação avassaladora de haver a possibilidade de segundas chances, de coisas tomando um outro caminho, encerrando um ciclo, de uma espécie de lugar-comum, uma graça ordinária manifestada a mim em palavras simples. Esse é o meu ponto de vista... é relevante para o que acontece a seguir.

Mark e eu deveríamos nos encontrar em um restaurante naquela noite. Cheguei um pouco atrasada. Falei ao maître que estava lá para encontrar alguém. O maître era o tipo de maître que já estava ciente de tudo, que fica entediado de falar. Ele não queria mais informações.

— Claro — disse-me. — Siga-me.

Era um restaurante grande, de dois andares com espelhos desorientadores e muitos cantos privados. O sujeito parou em uma mesa, puxou uma cadeira. Sentei-me e sorri. Não era Mark. Era outra pessoa — um jovem de belos ombros, uma elegante gravata listrada um pouco frouxa no pescoço. O maître desapareceu. Permanecemos ali sentados e olhamos um para o outro.

— Engraçado — comentou o jovem. — Achei que tivesse pedido salmão defumado. — Ele parecia bêbado, mas também firme, prático... um pouco como um piloto, fora do expediente.

— Sim — respondi. — E recebeu uma torta.

Ergui os olhos e pude ver Mark do outro lado das mesas postas com toalhas que quase tocavam o chão. Ele sorvia um gole de água, analisava o cardápio, e fui acometida por uma forte sensação de estar praticamente lá: que diferença, de fato, havia entre esta mesa ou aquela? Naquele momento, eu estava convencida de que o mundo estava cheio de Mark Foreworths, como se eu estivesse vagando em uma floresta de Mark Foreworths, árvores grandes, sólidas e balouçantes, como se eu tivesse marcado uma delas, uma das melhores, para trazer para casa nos feriados.

— Ah, quem se importa? Fique — disse o tipo piloto.

Agora Mark tinha me visto. Sua expressão dizia: *O que você está fazendo? Quem é esse?* Expliquei ao piloto:

— Eu deveria estar bem ali.

— Certo. Certo — falou o tipo piloto. — Isso foi muito legal. Deveríamos repetir uma hora dessas.

— Sim — concordei. E eu sabia que sentiria falta do piloto. Na verdade, senti mesmo falta dele. Houve uma leve pontada de dor imediata.

Caminhei até a mesa de Mark. Esclareci a confusão. Ele comentou:

— Isso só poderia acontecer com você. Qual é a razão disso?

— Sei lá — respondi, mas me senti um pouco ofendida. Era o mesmo tipo de tom que minha mãe usava quando eu era mais jovem, seu estribilho: *Qual é o seu problema?*

Mudei de assunto para Norman Rockwell, algo que li em uma revista. (Com certeza não foi ŭm discurso sobre Modigliani.) Norman Rockwell — o bom e velho Norman, famoso por pintar cenas de pesca e barbearias, por pegar o mundo e retratá-lo com inocência — divorciou-se de sua primeira esposa, Irene. Ela se casou de novo e se afogou em uma banheira. Norman e a segunda esposa, Mary, tiveram filhos, mas ela sofria de episódios de depressão e quando morreu um dia — os filhos já estavam crescidos —, presumiu-se que havia se matado porque vinha definhando há anos, mas as pessoas estavam erradas. Ela simplesmente morreu. Anos depois, Norman se casou com Molly, e a mulher estava em forma e era vigorosa, e os dois andavam de bicicleta pela cidade.

— E eles eram felizes — disse a Mark. — Tenho certeza de que eram felizes. Mas eu não sei nada, de verdade, sobre o amor.

— Eu gosto das pinturas dele. Cidades de interior da América e tal, casinhas cor-de-rosa para você e para mim — disse Mark.

— Mas as pessoas podem parecer bastante felizes, bastante normais, bastante americanas e isso não ser verdade, não? Quero dizer, veja os Foreworth, por exemplo.

Mark retrucou:

— O que quer dizer com isso?

— Conte-me algo sobre sua infância. Algo verdadeiro e terrível — pedi. Isso era errado? Eu não estava tentando pegá-lo na mentira. Queria que ele me contasse sobre Jarvis. Queria que fosse sincero. Esperava que Mark cedesse.

— Bem, só as coisas normais. Você sabe. Causamos cãibras uns aos outros, muitas cãibras. É isso que você quer ouvir?

— Não — falei. — Não se preocupe com isso.

Mas senti náuseas. Não queria mais comer a minha comida. Sabia que ele não era capaz de me dizer a verdade. Eu era alguém de fora e, por mais estranho que pareça, saber disso não o tornava menos amável. Na realidade, isso o tornou mais real, mais humano e, portanto, mais amável. Mas também ficou evidente que eu não poderia viver com ele pelo resto da minha vida. Não era trabalho meu ensinar Mark Foreworth a ser honesto consigo mesmo. É egoísta da minha parte? Talvez seja egoísmo ou preguiça. Talvez seja minha culpa, mas eu conhecia minhas próprias fraquezas bem o suficiente para saber que não conseguiria levar isso até o fim.

Fiquei revirando a comida com o talher e, durante a sobremesa, comecei a chorar.

— Qual é o problema? — perguntou Mark, inclinando-se sobre a mesa, tão próximo que nossa cabeça quase se tocou.

Eu falei:

— Tenho uma marca de nascença na parte interna da coxa. Você sabia disso? Não é exatamente uma verruga ou uma pinta. É só uma mancha, como chá. Você sabia disso?

— O que há de errado com você esta noite? Por que tudo isso agora?

— Meu pai vai viver!

— Claro que vai — afirmou Mark. — Ele está se recuperando bem.

Eu não estava sendo normal. Havia desistido. O normal não pode proteger ninguém, porque ele não existe. Os Foreworth não eram normais, apesar de todos os esforços inesgotáveis. Nada pode nos salvar. Isso não era um conforto, mas era um alívio.

Expus de forma simples:

— Quero desistir.

Eu deveria fazer uma pausa aqui, não deveria? Deveria me debruçar sobre esse instante. Deveria me permitir sentir isso, não apenas apressar as coisas, bancando a durona, seguir em frente. Mas, sinceramente, eu não estava tão consciente de mim mesma naquele momento. Talvez tenha sido a primeira vez em muito tempo que não estava tão insegura. As palavras estavam na minha cabeça e eu as verbalizei em voz alta.

— Desistir do quê? — perguntou Mark, mas, ao fazê-lo, sabia sobre o que eu estava falando. Isso, em retrospectiva, é um indício do quão frágil era o noivado. Talvez ele estivesse esperando isso. Mark baixou os olhos para o prato. — Que história é essa? Já divulgamos nossa relação. Há outras pessoas envolvidas.

Não disse nada. Eu era… o que eu era? Eu estava partindo o coração de Mark. Uma coisa horrível de se fazer. Era meu próprio coração, aquele impulso de remoer meus sentimentos, que estava se pronunciando. Era Todd Foreworth na minha aula, desembuchando a verdade, a noção do tempo, minhas verrugas, Jarvis. Era meu pai que não morreu. Era o piloto. Mas também não era nenhuma dessas coisas específicas. O que quero dizer é que, se não fossem essas coisas, teriam sido outras. Eu não amava Mark Foreworth, não o bastante.

Ele ficou atônito, exasperado.

— Você está louca?

— Talvez — reconheci. — Sim. — Tirei o anel do dedo e o depositei sobre a mesa.

— Pare já com isso — vociferou Mark. — Coloque-o de volta. — Ele empurrou o anel de volta para mim. O objeto se agarrou ao pano e puxou um pouco do tecido.

Coloquei o anel mais uma vez. Foi uma atitude estúpida. Escolhemos nossas sobremesas sem conversar de verdade. Olhei para o salão, para as mesas postas com toalhas que quase tocavam o chão, para as pessoas se alimentando, procurando seus talheres prata, umas às outras, rindo, cantando. Os garçons transitavam incansavelmente para lá e para cá, automatizados, robóticos. Entravam e saíam de portas de vaivém, como num filme de faroeste, feito pistoleiros cheirados de cocaína. Este era um mundo frágil. Ele se inclinava em um eixo e agora eu podia sentir o eixo, a gravidade, a atração e o peso do mundo; em algum lugar lá fora, as ondas do mar se quebrando.

Após o jantar, saímos do restaurante. A noite estava quente e ventosa. Mark pediu:

— Só… só pense nisso.

Assenti.

Mas então ele fechou os olhos com força. Seu rosto se contraiu como se estivesse tocando sax, e eu me senti mal. Foi a primeira vez que o vi fraco e, falando sinceramente, caiu-lhe como uma luva. (E, neste ponto, deve ser imprudente dizer isso, mas talvez eu estivesse errada. Talvez Mark fosse capaz, no fim das contas, de manifestar uma vulnerabilidade real. Afinal, não foi ele que disse que era uma coisa típica minha abrir a porta que eu não deveria ter aberto? Ficou bravo com isso na época, mas era uma coisa típica minha — e isso não era algo que ele precisava de mim?) Mark deixou as lágrimas rolarem pelo rosto.

E, então, por que eu prossegui, aqui. Por que eu tive que forçar a barra? Acho que precisava saber. Tinham mentido para mim. Eu estava mais perto de alguma verdade — alguma verdade real sobre Mark e queria ver se conseguia chegar a ela. Perguntei:

— E Jarvis? Onde ele está? — Mark balançou a cabeça. — Ele ainda está vivo — afirmei.

— Quem disse isso?

— Todd me contou.

— Isso tem a ver conosco — rebateu —, não com Todd, Jarvis ou minha família. É sobre nós.

— Isso é sobre nós não nos conhecermos.

— Só pense nisso. — Ele esfregou as mãos, deixando-as dobrar uma sobre a outra. — Não, você terminou. Eu sei que você terminou. Não quero tocar no assunto. Não — repetiu, mais para si mesmo que para mim —, não precisamos revisitar isso.

Ele se virou e se afastou de mim, andando pela rua. E se Mark quisesse falar sobre isso? E se estivesse morrendo de vontade de revisitar isso? Talvez as coisas tivessem transcorrido de maneira diferente... não, não, só teria prolongado tudo. (Esse relacionamento ainda não foi totalmente assimilado na minha cabeça. Posso perceber que estou falando pelos cotovelos. Peço desculpa por falar pelos cotovelos.) Eu tinha certeza de que a coisa certa a se fazer era largá-lo, mas, ao mesmo tempo, tinha certeza de que era a coisa errada. Tinha certeza de que acabara de selar meu estranho e solitário destino. Jamais faria parte de um desses casais felizes, uma cria da cultura americana, com filhos radiantes em uniformes de escoteiros. Tinha certeza de que me tornaria uma daquelas pessoas que acreditam que seus gatos realmente as entendem. Eu teria que arranjar um gato.

Estava solitária de verdade sem Mark, mas não reatei. Vi-me enfurnada em meu apartamento com longos períodos dedicados à infelicidade — mas era uma infelicidade estranha, porque a divisão dentro de mim estava se recompondo, e isso era bom. (Essa confissão me traz uma sensação boa.)

O fato de Mark ter me punido ajudou. Ele me disse que ter terminado com ele foi um golpe para as delicadas psiques da gerência intermediária e do pessoal do secretariado e do que poderiam ter sido meus próprios colegas cheirosos de relações públicas, para não mencionar os pais dele e nosso pobre Archie e seu irmão mais novo, Todd, que já tinham problemas suficientes para se conectar com o mundo!

Foi um alívio ouvi-lo com raiva de mim. Eu respondi:

— Você está certo. Isso é irresponsável da minha parte.

O fato de eu poder ser tão racional só agravou ainda mais a situação. Houve uma enxurrada de telefonemas acalorados; uma reunião na casa dele, quando peguei minhas coisas e devolvi o anel; e trombamos um com o outro na rua, constrangidos, quando ele caminhava com um grupo de amigos do escritório. Agimos de forma amigável e brincalhona sobre a coisa toda por uma questão de manter as aparências. Mas logo acabou.

Em outra ocasião, caminhando ao entardecer, esbarrei na mulher que formava fileiras de barcos à vela no carpete com o aspirador de pó. Eu a tinha visto algumas vezes, abrindo a porta do banheiro feminino com um carrinho de produtos cinza. Ela tocou meu braço.

— Ah — exclamou —, é você. Aquele Mark Foreworth! Você merece coisa melhor. Vai achar algo melhor!

(Quem não ficou sabendo?) Quis concordar com ela, mais que tudo. Meus olhos se encheram de lágrimas. A mulher deu tapinhas no meu ombro e arrastou o aspirador industrial para dentro.

Cerca de dois meses depois, o irmão de Mark me ligou em uma noite de sexta-feira, dizendo:

— Oi, e aí. É o Todd.

— Oi — respondi. Kit e Jerome nunca gostaram de mim, mas tinham levado o noivado a sério, e estou certa de que isso exigiu um bom esforço. Não importava o motivo do telefonema. Nem questionei. Eu queria me desculpar. — Olha, sinto muito pelo que aconteceu. Diga a seus pais que sinto muito por fazer todo mundo passar por tudo isso…

— Mark queria que eu fosse até aí pegar umas coisas dele, mas ele não queria vê-la, sabe.

— Ok. Tudo bem…

— Posso passar aí para pegar? Só isso.

— Claro.

Ele desligou. Juntei alguns CDs e um boné de beisebol. Não tinha muita coisa. Tomei um ou outro drinque… três, no máximo. Todd tocou a campainha, deixei-o subir e abri a porta. Ele era mais alto que Mark, mas nunca parecera mais alto. Espiou ao redor da sala de estar, as mãos nos bolsos. Olhou para mim.

— Lugar legal.

— Não é tão legal assim. — Continua não sendo. Tem um sofá velho de veludo vermelho que eu adoro, estantes abarrotadas e uma mesa de centro que um dos meus amigos artistas fez com uma prancha de surfe. Não é um estilo de decoração.

— É melhor que morar com os pais. Kit e Jerome têm essa vibe deprimente.

— Quer uma cerveja?

— Claro, obrigado.

Caminhei até a cozinha.

— As coisas de Mark estão em uma caixa na mesa de centro.

Quando voltei, Todd a estava examinando. Entreguei-lhe a cerveja.

— Não dou a mínima para as coisas do meu irmão — declarou. — Mark não sabe que estou aqui. — Ele se levantou e passou por cima da mesa de centro. Falou: — Eu devia ir embora.

Olhando para trás agora, não parecia plausível que Mark mandasse Todd pegar umas porcarias que nem enchiam uma caixa de papelão.

— Por que veio aqui então?

Todd entornou a cerveja. Colocou a lata na beirada de uma estante. Sorriu de leve.

— Eu queria te dizer que você fez a coisa certa. E fiquei empolgado pra cacete. Você me deixou muito feliz.

— Fico feliz por ter deixado alguém feliz.

— Hummm. Mas você também está feliz. — Ele se inclinou, aproximando-se de mim. — Porque ele é o Mark e sempre será o Mark, e tudo sempre vai dar certo para ele. Menos isto. Menos você. Ele te decepcionou.

— Acho que fui eu quem o decepcionou. — E decepcionei mesmo.

— Não estou interessado nos detalhes. — Todd se aproximou de mim. — Ele não a merecia.

— Olha, eu tenho idade para ser sua mãe.

— Se você me tivesse com o quê? Seis anos de idade? Isso não é possível.

— Tenho idade para ser sua babá.

— Eu adoraria que fosse.

Esse tipo de coisa continuou e continuou. Era implacável. E deixei Todd chegar bem perto de mim, tão perto que pude sentir o cheiro de seu desodorante esportivo, da pasta de dente, até mesmo algo que era exclusivamente dele, e — essa é outra parte difícil da confissão — deixei que ele me beijasse também. Foi um beijo maravilhoso, suave e longo. Não consigo pensar em uma porra de justificativa racional que tiraria a impressão de quão péssimo é isso.

Acho que a verdade é que, embora eu tenha terminado com Mark, ressenti-me de sua superioridade, de certa forma, porque acho que a vida era mais fácil para ele que para mim. Isso parece injusto de se dizer. Como você pode julgar os fardos de outra pessoa? Ele estava com saudade. Posso ver isso agora. Mas, ainda assim, pareceu-me que Mark se encaixava mais confortavelmente no mundo maior. E eu não, não de verdade. Nem Todd. (E você também não.) Concordei com Todd que Mark havia me decepcionado, de certa forma. E eu sabia que ele ficaria bem. No fim das contas, estaria melhor sem mim. Encontraria uma companheira mais graciosa, mais adorada, e eles valsariam vida afora. E eu não estava tão segura quanto a meu próprio futuro.

E Todd. O doce e mal-ajambrado Todd. Ele era digno, porque sabia que havia mais em mim a ser compreendido. Foi atraído a mim por razões mais essenciais. Era uma boa alma, lutando o melhor que podia. Estava feliz pra cacete, à sua maneira. Estava aproveitando pra caralho. Ele era admirável pra caralho, cavalheiresco pra caralho.

Mas acho que você ficará aliviado em saber que não fizemos sexo de rancor. Nada de desafivelar, puxar zíper, nada de se despir, só o suficiente — como um vendedor de seguros de vida culpado e sua secretária contra um arquivo. Foi apenas um beijo demorado.

Será que Mark já descobriu? Todd foi obrigado a lhe contar? Será que ele vai esperar até o Dia de Ação de Graças daqui a vinte anos, quando surgir um assunto relacionado a dinheiro ou para que faculdade os filhos de alguém estão indo ou temas mais relevantes do coração? *Beijei Jane depois que ela terminou o noivado.* Quem é Jane?, uma das esposas perguntará, ou ambas, as futuras sras. Foreworth. E o sr. e a sra. Foreworth originais, agora velhos, cambaleando em seus cardigãs e mocassins, registrarão o nome há muito esquecido. (E onde está Jarvis a essa altura? Está em seu quarto acolchoado? Em uma instituição?) Mas então uma criança virá da outra sala correndo para anunciar um *touchdown* e os pratos serão retirados da mesa. Talvez seja apenas um pequeno segredo de família em uma família que tem segredos muito maiores para guardar.

Acontece que minha família também tem um segredo. Meus pais se amavam o tempo todo. Eram apenas ignorantes nesse quesito. Ignorantes desesperados, lutando contra o amor, precisando muito dele, exasperando-se. E agora enfim são generosos. Mesmo que seus suprimentos de amor sejam finitos, eles descobriram que a vida também é e não estão mais racionando. Minha mãe não olha fixo pela janela com uma expressão sonhadora nem usa o colete jeans. E meu pai não passa os dias no porão imerso em pensamentos sobre os intrincados mecanismos dos relógios ou refletindo sobre suas versões encaixotadas do passado. Continuam sonhadores e imersos em pensamentos à sua maneira, mas agora são pessoas suportáveis de se ter por perto. A morte meteu o bedelho e os dois se prepararam para ela. Eles resistiram. E agora, recém-inundados pela realidade mais sombria da vida — morrer —, prosseguem com determinação, com entusiasmo, com coração.

Seu amigo Curt é casado com a filha da cunhada da minha tia-avó, Elaine. (Isso exigiu uma preparação mental excruciante.) Meus pais não puderam comparecer, por causa da condição de meu pai. Era para eu representar a alegria da família. Não levei Mark, como era o planejado quando os convites chegaram. Fui sem acompanhante e te conheci pelo gato que não estava morto. E aqui estamos nós, e o que será de nós?

Não consigo me lembrar do seu rosto. Você era magro nas costelas? Os ombros eram retos? Ouvi em algum lugar que um homem ficou cego e aos poucos se esqueceu completamente da própria aparência, e isso o fez sentir que não era mais um corpo, mas uma alma. Você é uma alma. Será que devo deixá-lo voltar a ocupar um corpo? Devo me tornar eu mesma novamente para você? Como nos ajustaremos dentro dessas peles?

Você ainda tem dúvidas: sou inacessível? Vou me recusar a expor minha vulnerabilidade? Posso morrer quando estiver com você? Sim, se durarmos o suficiente, haverá momentos em que serei inacessível, que me recusarei a expor minha vulnerabilidade, que poderei morrer quando estiver com você.

E o que vai fazer? Você vai embora? Vai me consolar? Será que eu vou te consolar?

Deixe-me ser franca: não sou nenhum doce de pessoa. Se você leu esta última confissão e se eu sou além da conta para você aguentarr, eu, com meu remoer de sentimentos e meus fantasmas inquietos, os enfeites bizarros da minha alma, minha memória obstinada e modos imprudentes, então tudo bem. Não tem problema. Afinal, confissões são o foco aqui. E direi apenas o seguinte: você vai ficar bem, John. No fim, você vai ficar bem. E, embora eu não tenha autoridade alguma para dizer isso, nenhuma mesmo, tudo está perdoado. Lisa ficaria orgulhosa. Você não é um desses homens.

A verdade é que não me arrependo de me despir com você no armário de casacos da chapelaria, mesmo que não dê em nada entre nós dois. Porque me parece que o pecado mais comum, o pior deles, é o ato de meramente passar pelas pessoas. Ontem eu estava voltando para casa na chuva e observei como caminhamos apressados por aí, fugindo uns dos outros, como ignoramos nossa humanidade. Havia uma mulher puxando o filho pelo punho, havia um velho realizando respirações curtas sob um toldo, havia uma moça asiática embrulhando flores em papel-celofane. Parei e contemplei o rosto deles, e vislumbrei algo semelhante a amor, talvez o próprio amor. Não acho que isso teria acontecido sem você e sua sinceridade absoluta.

E, aqui, com medo de que, por um motivo ou outro, isso seja o nosso fim, que nunca mais nos encontremos cara a cara, quero confessar que te amo. Não é o tipo de amor que você imaginaria ou que eu suspeitaria que algum dia sentiria. É o tipo de amor que se deveria ter por todos, por cada estranho com quem se cruza. Mas é um amor que nunca fui capaz de sentir e surgiu de conhecê-lo, assim, e ele se espalhou pelo mundo. E, embora isso não esteja muito claro, não posso oferecer uma explicação melhor que essa.

Você e eu, nós não passamos simplesmente um pelo outro, não deixamos para trás, e, mesmo que isso seja tudo o que conseguimos — confissões, uma espécie de perdão, o tipo frágil que um ser humano pode oferecer a outro —, então isso é bom o bastante.

Mas, só por precaução...

Eu moro na Filadélfia. Você mora em Nova York. Equidistante está a desavisada cidade de Hopewell, Nova Jersey. Não que eu esteja tentando fazer quaisquer trocadilhos com as palavras "esperança" e "bom". Não consigo reunir tanta graciosidade neste momento. É apenas uma pequena e agradável cidade na linha do trem. Pouco acontece naquele lugar. Mas suponho que poderia suportar dois — praticamente — estranhos entre si aparecendo por lá. Poderia lidar com o encontro deles no bar do saguão de um hotel, sob a marquise de um cinema, em um determinado restaurante. Ou não, na estação de trem, onde as pessoas se alvoroçam, se atrasam e recebem a ordem de dar meia-volta; onde as pessoas se sentem perdidas e sem amarras, agarradas a suas posses terrenas, seus casacos, procurando relógios gigantes trabalhados em metal. Parece adequado. (Ou isso é tudo exagerado, extravagante?)

Deixe-me dizer que no próximo sábado estarei na estação de trem em Hopewell, Nova Jersey, às 16h. Vou circular por lá. Se você aparecer, apareceu. Se não, eu vou compreender.

Mas, se o fizer, não posso deixar de pensar que, em algum momento, parece uma gigantesca conspiração involuntária de estranhos — Jodi e Michael, Eve e Elton, Lina e Pascal, Sunny e os Paglia, Maggie e os irmãos Foreworth — quem providenciou a criação de uma cena de estação de trem, baseada em uma série de nossas prolongadas imbecilidades e de nossos graves equívocos e erros de cálculo sem fim? (Não temos cometido pecados um contra o outro?) Talvez eles nos arrastem para a cidade de Hopewell, onde, se reunirmos um quórum e apresentarmos nosso caso frágil, as boas pessoas outorgarão por unanimidade, para o bem ou para o mal: *Ah, mas esses dois se merecem*. Quando foi a última vez que a pequena cidade de Hopewell testemunhou dois fodidos mais perfeitos um para o outro, dois idiotas tão sem precedentes?

Talvez nunca.

Na verdade, dê uma boa olhada no mundo.

Com extremo, absoluto e mais terno carinho,
e martelar do coração e friozinho na barriga,
Jane (e Seus Vários Vícios)

EPÍLOGO

4 DE ABRIL

O dia começa bem, de qualquer maneira, um daqueles presentes do início de abril: brilhos dourados no Edifício Chrysler, as presas de gelo nas escadas de incêndio derretendo, os jogadores de handebol de volta a seus toques decididos, a feira na Union Square fervilhando de vendedores de frutas em gorros de tricô. Somente os taxistas estão contrariados, porque o tempo bom faz as pessoas caminharem. Uma brisa sopra pela Broadway e pelas minhas bochechas, que estão bem barbeadas (só para variar), e eu também estou bem-vestido, estimulado por uma porrada de café e me dirigindo para o norte em direção a Penn.

Digo à mulher no balcão da Amtrak que quero uma passagem de ida e volta para Hopewell, Nova Jersey. Essa é uma das vantagens de se morar na cidade de Nova York: você nunca precisa se preocupar se dá para chegar a um determinado lugar, porque é possível ir a todos os lugares a partir de Nova York. Estou ocupado verificando a mim mesmo na divisória de vidro entre nós, examinando os ângulos de máxima sensualidade e, em particular, a articulação dos músculos da minha mandíbula, quando a mulher levanta os olhos de seu terminal.

— Não tem parada lá — diz ela.

— Perdão?

— Não tem a estação de Hopewell.

Eu sorrio e digo-lhe que deve ser um engano, que sei de uma fonte muito segura que há uma estação de trem em Hopewell e que, aliás, é praticamente equidistante de Nova York e da Filadélfia. Então, repito o nome: Hopewell.

A mulher se mexe no assento. Ela tem as pálpebras pesadas, beirando os cinquenta, gorda e mal-humorada, talvez de maneira profissional.

— Eu ouvi da primeira vez, Olhinhos Brilhantes. — Ela me entrega os horários do trem e sorri, absolutamente deleitada por poder jogar um balde de água fria na minha simpatia.

Ela está certa, claro. Você pode parar em Newark e Princeton e Kendall Park, mas não pode parar em Hopewell, porque não existe Hopewell.

Sou bombardeado por uma série de pensamentos, mais ou menos nesta sequência:

1) Fui enganado. Não há nenhuma Jane. Toda essa série de cartas foi uma pegadinha, uma pegadinha bem elaborada, e, se eu me virar bem devagar, vou encontrar toda uma equipe de filmagem reunida atrás de mim, pronta para registrar a minha reação para o episódio inaugural do reality show da Fox TV: *Ludibriado pelo amor*.

2) Não interpretei direito a carta. Não era Hopewell. Era Hopeville. Ou Hopeshire. Ou Hope-no-Hudson.

3) Jane está me testando.

4) Jane se equivocou.

Descarto a hipótese número um — não há equipe de filmagem — e a número dois não me parece possível. Reconheço a três como uma possibilidade pequena e francamente irritante, e concluo que a quatro é a mais provável, visto que a atenção de Jane aos detalhes é precisa, mas idiossincrática. (Eu a vejo como alguém que pode, sem querer e com arrependimento sincero, permitir que um animal de estimação morra.) Nada disso é relevante para a questão que se coloca agora: o que devo fazer?

Poderia tentar entrar em contato com Jane. Isso exigiria uma ligação para meu amigo Curt, cujo número de telefone eu não tenho, uma longa explicação potencialmente incriminadora — *Lembra-se daquela mina no seu casamento? Vestido justo, grandes olhos verdes, quase trepamos no armário de casacos da chapelaria, pois é, é ela* —, bem como a capacidade de reconstruir seu vínculo familiar com o casamento (algo que envolve uma tia-avó e uma prima chamada Elise) e também pode implicar uma discussão com Penny, esposa de Curt, que ainda me considera responsável (injustamente) pela tatuagem de sereia na nádega esquerda dele.

Uma pequena fila se formou atrás e tudo de repente é bastante humilhante, porque agora posso perceber quanta esperança acumulei nessa visita, como devo parecer desesperado em meu novo suéter e calças cáqui, com as bochechas reluzentes e perfumadas. Quem é Jane, afinal? Alguma vendedora sexy e atrevida do lado encharcado de Jersey, o tipo de mulher que termina um noivado quatorze dias depois, então dá um beijo de língua no irmão mais novo de seu ex por via das dúvidas. Um bom partido. O que preciso fazer é me acalmar, recobrar o juízo, pelo menos voltar para casa e me recompor.

E estou prestes a fazer isso quando a senhorita Amtrak ergue os olhos para mim. Sem qualquer explicação, a expressão dela se abrandou.

— Costumava ter uma parada em Hopewell — murmura. — Alguns anos atrás. A estação ainda está lá. Muito bem reformada. — Ela levanta a mão de seu teclado engordurado e gesticula para que eu me aproxime. — Não é difícil chegar lá, se você tiver um bom motivo para isso. Desça em Trenton e pegue um táxi. — Antes que eu possa agradecê-la, ela se volta para o terminal e seu rosto volta a ficar inexpressivo com o antigo reflexo de desinteresse.

Então, tudo bem, agora estou pensando: qual é a pior coisa que pode acontecer? Uma equipe de filmagem da Fox TV estar me aguardando em Hopewell e eu ser reduzido a motivo de chacota para o país todo ver. Estava fadado a acontecer mais cedo ou mais tarde.

Só que é um pouco mais complicado que isso, porque o motorista de táxi em Trenton me disse que não tem permissão para pegar uma corrida para Hopewell, então tenho que pegar um ônibus para a próxima cidade, Pennington, e depois caminhar pela neve parcialmente derretida até o ponto de táxi, onde o motorista fica feliz em me levar até Hopewell, mas não consegue encontrar o lugar. E, já que saí tarde e me recuso, por princípio, a comprar comida nos trens, estou morrendo de fome, de modo que, quando enfim chego, meu humor está pendendo para o homicida.

A estação em Hopewell é tão pitoresca quanto anunciada, tijolos vermelhos vitorianos com uma grade dourada e uma torre de vigia de ardósia nova. E Jane está lá, em pé em um raio de luz, contra uma das janelas altas, e meu coração faz uma dancinha maluca quando saio do táxi, porque ela realmente parece deslumbrante em seu caban escuro, um pouco mais alta do que me recordo, com os cabelos presos na altura do pescoço e seus grandes olhos verdes, de uma beleza que me faz querer perdoá-la na mesma hora, o que faz eu me sentir totalmente impotente (como me senti no casamento) e isso, por sua vez, de alguma forma me deixa com mais raiva, de modo que não sei se devo gritar com ela ou me jogar a seus pés, uma dúvida que ela habilmente dissipa ao vir de súbito na minha direção e escorregar.

Não se trata de uma quedinha delicada, também, mas de uma verdadeira queda que esmaga o cóccix.

— Ai — resmunga ela.

Corro para ajudá-la a se levantar.

— Você está bem?

Jane se levanta com dificuldade, corando e estremecendo ao mesmo tempo.

— Ah, tudo bem. É só um ritualzinho meu que realizo antes de encontrar minha alma gêmea em potencial em cidades no meio do nada no centro de Jersey.

— Fale sério — digo, mas ela ignora minha preocupação.

— Ei, estou muito feliz por você ter vindo! Porque o trem, bem, acho que você já percebeu, não tem parada aqui. Meu amigo Pete me prometeu que haveria uma parada, ele é um enorme irresponsável, e claro que eu também sou, porque nem cheguei a verificar os horários até esta manhã e já era tarde demais para ligar para você, e não consegui descobrir como entrar em contato. Passei a manhã tentando localizar seu amigo Curt e acho que ele não gostou muito de falar comigo, e, quando consegui seu número, você já devia ter saído de casa. Há algumas mensagens minhas em sua secretária eletrônica (ignore-as, eu estava alucinada) e, seja como for, depois que as deixei, era tarde demais para pegar o trem, então eu simplesmente vim dirigindo. — Jane olha de soslaio para mim, torce um pouco as luvas. — Mas você conseguiu, de qualquer maneira! Aqui está você. Em carne e osso. Está tão bonito. E aí, não ganho pelo menos um abraço, seu bobalhão?

Dou-lhe um abraço, mas algo na pressa ofegante de suas palavras me perturba.

— Você está bravo, não é? — pergunta Jane.

— Um pouco frustrado — confesso. — Eu meio que esperava um pedido de desculpa.

— É lógico que sinto muito. Não foi isso que falei?

— Na verdade, não.

Jane dá um passo para trás.

— Bem, obviamente, sinto muito. É isso que faço quando estou nervosa, eu passo por cima. Mas estou muito feliz por você estar aqui. Será que pode me perdoar?

Faço que sim com a cabeça.

— Isso é um sim mesmo ou um sim sob pressão?

— Não, é mesmo um sim — garanto. — Eu mesmo deveria ter verificado os horários. Só estou mal-humorado porque não comi.

— Ah — exclama Jane —, podemos consertar isso. Baixo nível de açúcar no sangue é uma doença curável. Eles fizeram avanços concretos na última década.

Assim, seguimos pela única rua de Hopewell em direção a um restaurante chamado Soup De Jour, onde, apesar de minhas expectativas, serviram-me uma deliciosa tigela de lentilhas vermelhas e pão com manteiga. Jane pede um Shirley Temple — batido, não mexido — e me observa comer. Ela está vestindo um suéter solto com decote em V que deixa exposta a pele pálida na base da garganta. Seus lábios deixam marcas delicadas na borda da taça.

Quando tem certeza de que eu já comi o suficiente, ela diz:

— Agora escute, não estou tentando ser inacessível, mas toda essa confusão de Hopewell foi ideia minha, então estudei a parada e eis o que poderíamos fazer: uma passadinha no Hopewell Museum, bebidas e jantar no Hopewell Valley Bistro, em seguida talvez uma peça. Há um pequeno teatro onde distribuem sobremesa durante o intervalo. Parece bem qualquer coisa, eu sei, mas as opções são limitadas. Depois, deixo-o onde quer que você queira ser deixado. Que tal?

— Ótimo — concordo. — Quero dizer, podemos alterar o roteiro para sessões de fotos e assim por diante.

— Claro — diz ela. — Isso é apenas para que os paparazzi tenham uma ideia aproximada de nossos movimentos.

Jane coloca uma nota de vinte na mesa e bate na minha mão quando tento devolvê-la.

— Talvez eu queira agarrá-lo mais tarde — comenta, alto o suficiente para que o tipo maconheiro atrás do balcão sorrisse.

Eu a observo passar pela porta. Seu jeans é velho e desbotado, apertado na bunda, e posso ver, enquanto retornamos para o crepúsculo, que ela está mancando de leve.

— Você está machucada.

— Na verdade, não. Talvez um pouco.

— Onde?

— Exatamente onde você acha.

— Você deveria tomar um analgésico.

— Quando se trata de contusões de tecidos moles, vou de Valium — explica ela.

Acabou que o museu estava fechado, então voltamos para a rua principal (e única) de Hopewell, que é, não estou brincando, composta noventa por cento de lojas de antiguidades. Pergunto a Jane se quer dar uma olhada, mas ela balança a cabeça.

— Presentes dos mortos. As famílias deveriam guardar o que herdaram.

— Você fala como seu pai — observo.

— Ai, meu Deus, eu falo? Mas não é isso que quero dizer. Meu pai não sabe distinguir uma tralha de algo herdado. Para ele, um novelo de lã e um broche de pérola são equivalentes. Só estou dizendo que é um lance macabro invadir a cripta da família em busca de itens comercializáveis.

— Não acho que alguém de fato invada uma cripta.

— Você entendeu o que eu quero dizer. As antiguidades são sempre marcadas por essa sombra da vida anterior.

Não tenho certeza se de fato entendo o que ela quer dizer, e dá para ver que Jane percebe isso e fica um pouco aborrecida, e eu mesmo fico aborrecido por ela ter ficado aborrecida, na verdade, mas, em vez de me deixar levar por isso, pergunto-lhe como está seu pai, embora no momento em que essa pergunta sai da minha boca eu possa ouvir como soou falsa.

Jane me conta que ele está bem e pergunta como está minha mãe, e eu respondo bem e caminhamos mais um quarteirão em silêncio. Voltou a torcer as luvas. Efetuamos mais algumas incursões no campo das piadinhas. Mas nós dois podemos sentir a tensão. Não há bebidas para nos resgatar desta vez, nenhuma cobertura sexy proporcionada pelo anonimato e não podemos nos reavaliar (ou idealizar um ao outro à distância), e sabemos muito um sobre o outro, mas não o suficiente. Então, estamos empacados, arrastando nosso corpo pelo crepúsculo.

Jane coloca a mão no meu braço, e eu paro e me viro para encará-la.

— Isso é mais difícil do que eu pensei que seria — confessa ela.

— Sim. Estava percebendo isso.

— É muita pressão.

— Muitíssima pressão.

— Me sinto como uma noiva encomendada pelo correio ou algo assim.

— Exato.

— Ou como se estivesse caminhando sob um vento ártico, completamente pelada, carregando um enorme saco de história pesando nas minhas costas. — Ela solta um suspiro exasperado, afasta uma mecha de cabelo dos olhos. — Talvez devêssemos apenas trocar mensagens de um lado para o outro.

— Olha — digo. — Vamos simplesmente fazer um *mulligan*.

— O que é um *mulligan*?

— Tipo no golfe.

— Você joga golfe?

— Não, é só um termo, uma espécie de nova tentativa. Precisamos apenas recomeçar desde o início. Meio que esperar a temperatura baixar um pouco. E precisamos de um pouco de vinho. Não muito. Só o suficiente para pararmos de nos julgar. Então, quero dizer, o que você acha?

— Vou precisar cair de bunda de novo?

— Não. Mas devemos dar outro abraço. Podemos dar outro abraço?

Sim. Sim, podemos, um belo e longo abraço que transmite os contornos aproximados de nosso corpo através de toda lã e algodão, e o cheiro de seus cabelos (pêssego), seu perfume (próximo a canela) e um beijo relanceando os olhos que é tão sétima série.

— Achei que íamos esperar a temperatura baixar — comenta ela.

— Eu me expressei mal — justifico, e minha boca se move para o ear *cuff* em sua orelha.

O bar Hopewell Valley Bistro é atraentemente escuro, um pouco enfumaçado, o tipo de lugar onde os proprietários de terras podem vir para um martíni extraconjugal ou cinco. Prosseguimos com vinho (tinto) e azeitonas (pretas), e Jane me conta tudo sobre o sequestro do bebê de Lindbergh, que é a única reivindicação de infâmia da cidade. Ela escreveu sobre o caso, como um dos primeiros exemplos de sensacionalismo por parte da imprensa.

A propósito, ela não é fã de Lindbergh, a quem ela se refere como simpatizante do nazismo. ("Ele era um grande entusiasta da pureza racial. Que baita heroísmo de sucesso, hein?") O assunto traz uma cor viva às suas bochechas, as quais de repente me sinto tentado a lamber. O vinho é um fator que pode ter contribuído.

Jane é fascinada, em particular, com a foto do corpo da criança, encontrada três meses após o sequestro.

— Forçaram Lindbergh a vir e identificar o menino. Não sei como ele fez isso. Havia certo nível de decomposição, nada de rosto para servir de evidência, nada de pele, nada de tecidos moles. Vários animais descobriram o corpo. Dá para imaginar?

Balanço a cabeça e Jane sorri, quase com timidez.

— Estou sendo macabra de novo, não estou? Estou um pouco focada no macabro.

— O polegar de Michael Hanrahan me pareceu ser bastante mencionado.

— Era o meu fio condutor — defende-se ela.

— Que sexy — comento. — Bem era digital.

Jane serve o restante da nossa primeira garrafa, toma um longo gole e me olha fixo.

— Eu nunca lhe contei sobre Jennifer Song, contei?

— Não.

— Nossa. Eu deveria ter lhe contado sobre ela. Quer dizer, não tenho certeza do quanto isso vai explicar. Não se enquadra, na verdade, no critério de avaliação de delitos românticos.

— Quem é Jennifer Song? Ela acaba com o polegar de Hanrahan? É onde vai dar essa história?

Jane estende o braço por debaixo da mesa e coloca a mão na minha coxa, e sua palma é muito macia e segura de si ali, de modo que, por um momento, tenho certeza de que chegamos ao ponto de investidas sexuais. Então, ela me dá um beliscão forte.

— Isso é sério.

— Tá — digo. — Me conta.

Ela respira fundo.

— Na verdade, não tenho certeza se devo revisitar isso tudo.

— Ah, não, não me vem com essa. Você não pode simplesmente falar isso e não me contar a história.

(Por acaso mencionei que já tínhamos bebido uma garrafa de vinho?)

— Está bem — cede Jane. — Beleza. Lá vamos nós. Jennifer Song era uma garota da minha turma da sexta série. Sentávamo-nos uma ao lado da outra. O pai dela era asiático. Ele era parente distante da família que dirigia a Chinoiserie na esquina. A mãe era branca, de vaga ascendência irlandesa, acho, voluntária na biblioteca da escola. Jennifer tinha longos cabelos negros que caíam até a cintura e uma leve gagueira. Devia ter uns doze anos. Numa terça-feira, depois da escola, ela levou andando a bicicleta até o posto de gasolina para encher o pneu. Eu deveria ir com ela; esse era o plano. Mas minha mãe mandou um recado pela enfermeira da escola falando que eu tinha que ir direto para casa, algo que minha mãe, como você já deve ter adivinhado, fazia muito. Quer saber por que ela precisava de mim em casa, John? Quer saber qual era a emergência? Ela precisava de ajuda para fazer tomates em conserva. Essa era a emergência.

O garçom chega com outra porção de azeitonas, e Jane as pesca com a ponta dos dedos e enxuga no guardanapo no colo.

— Jennifer Song nunca chegou ao posto de gasolina. A bicicleta dela foi encontrada em uma lixeira dois dias depois. A essa altura, já haviam feito cópias da foto dela e espalhado por toda a cidade. Era a foto escolar dela. Eu tinha uma versão menor na minha carteira. Porque estávamos prestes a nos tornar grandes amigas. Estávamos exatamente naquele limiar. Eu tinha ido à casa dela para brincar apenas dois dias antes. E se tivesse ido com Jennifer até o posto de gasolina... porque, sabe, ela tinha um plano de irmos de bicicleta até a biblioteca principal. Ficou falando sobre isso o domingo inteiro. Ia me mostrar como usar as máquinas de microfilme. — Uma risada suave lhe escapa. — Eu não era exatamente uma rata de biblioteca, para ser sincera.

— O que aconteceu? — pergunto.

Jane olha para mim e, por um segundo, sinto-me bastante idiota ao agir do jeito típico dos homens, porque mulher nenhuma jamais faria tal pergunta, já que elas saberiam o que acontece nessas histórias.

— Nem me lembro de minha mãe me contar que Jennifer estava desaparecida ou de como recebi a notícia. Tenho certeza de que minha imaginação sinistra fantasiou todos os tipos de imagens: o lodo do leito do rio manchando seu corpo, de boca e olhos bem abertos, a expressão solene que ela usava em coro, todo esse tipo de coisa. O que eu me lembro, entretanto, é de como as coisas ficaram a partir daí. Passávamos em fila por sua mesa vazia todos os dias. Ficávamos na frente dos espelhos dando volume aos nossos cabelos. A mãe dela sumiu da biblioteca. E a minha mãe: ela achou que tinha salvado minha vida. Repetidas vezes, ela me dizia: não gosto nem de pensar no que poderia ter acontecido com você. Mas às vezes parecia que era só nisso que ela pensava.

O belo rosto de Jane ficou estranhamente imóvel. É algo que eu nunca havia testemunhado. No casamento, ela era bem apressadinha, uma tarada incansável flertando com o perigo, uma dervixe graciosa, de fala e movimentos rápidos. Mas agora, sozinho com ela na escuridão crepuscular deste bistrô, Jane está paralisada.

— Você está bem?

Ela concorda com a cabeça.

— Nem sei por que rememorei isso tudo.

— É importante — sugiro. — Parece importante.

— É, é? — questiona ela. — Importante como? Quero dizer, o que você acha dessa história, John?

— Quer mesmo saber o que eu acho?

— Foi por isso que perguntei.

Olho para a garrafa de vinho, que agora está vazia, parecendo um pouco arrependido, e ouço a agitação da multidão de sábado à noite ao nosso redor, um burburinho educado e endinheirado, como seria de esperar de um lugar chamado Hopewell.

— Acho que você queria escapar de sua mãe, das limitações do mundo dela, e ela sabia disso, então construiu uma fantasia de que poderia protegê-la. E acho que você a ajudou nisso, mergulhando de cabeça em todos aqueles personagens perigosos, porque se sentiu culpada por querer deixá-la. E você ainda a está ajudando ao se apegar a todos os perigos do mundo. Você deve ser capaz de ver isso. Quero dizer, você sacou a *minha* mãe. O que escreveu, sobre o medo dela do amor que residia totalmente no dinheiro. Você tem o direito de andar com as próprias pernas, sabia? Ser forte não a torna sem coração. — Jane me encara, cansada, talvez um pouco cética, mas não diz nada. — Enfim, é o que penso. Talvez eu tenha falado demais ou seja algum tipo de conversa-fiada psicológica. Mas você pediu minha opinião.

Permanecemos sentados em silêncio por um longo tempo, esperando ver para que lado o clima vai mudar. Jane balança a cabeça. Seus cabelos começaram a se soltar em volta dos ombros.

— Você é mesmo um merdinha sincero, não é? Como faz isso? Nunca se cansa de todo o escrutínio?

— Acho que você está com raiva de mim.

Jane nega com a cabeça e sorri.

— Não, seu imbecil. Estou tentando fazer um elogio.

— Ah, então isso foi um elogio. Todos os seus insultos são ambíguos assim?

— Receio que não.

— Enfim, me desculpe. Não quis deixar o clima sério.

— Não — diz Jane bruscamente. — Não faça isso. Você não precisa se desculpar. Fui eu quem trouxe o assunto à tona.

— Ok. Só quero dizer que sinto muito se esta conversa está, sei lá, séria demais ou desagradável.

— Ouça bem, John: você não precisa se preocupar tanto comigo. Isto é algo que preciso lhe falar: pare de ser tão cuidadoso. Não me trate como porcelana. Porque, francamente, acho um pouco condescendente. E não estou dizendo isso com raiva, acredite em mim. Só quero que saiba que comigo você pode deixar rolar. Não sou como sua mãe, pelo menos não nesse aspecto. Não sou de guardar rancor. Prometo. Sou meio coração mole lá no fundo. Você já deve saber disso. Então, pode me contar o que está pensando. — Ela desliza a mão sobre a mesa e olha para mim. — Entendido?

— Ok. Sendo assim, eu gostaria de conversar sobre Mark Foreworth.

Nós dois estamos nos esforçando para não ser arrogantes, ficarmos na defensiva, todas as velhas fintas. Mas, enquanto digo isso, posso sentir uma pontada suspeitamente agradável de retidão em meu estômago.

— O que tem Mark?

— Bem, pra ser sincero, achei esse relacionamento muito estranho e problemático, e, considerando que é o seu mais recente, quero dizer, dificilmente é motivo de esperança.

Jane contempla sua taça de vinho vazia.

— Eu estava tentando ser sincera, não inspiradora.

— Porque, digo, entendo que ele não era certo para você. E ele era arisco e não compreendia toda a profundidade da besteirada do seu lado sombrio e essa coisa toda. Mas você foi tão cruel com ele. É sério, Jane. O cara não quer falar sobre o irmão, é óbvio que é algo pesado para ele lidar, e você trata isso como uma traição pessoal. E aí larga o cara. E você sabe com quem estava zangada de verdade: com você mesma. Porque foi você quem se meteu nessa situação. Né? Não é? — Minha voz se eleva um pouco além da conta para o local... o casal ao nosso lado pode estar olhando de soslaio... e meus olhos estão meio que se direcionando para toda parte. — Então, é isso que eu acho.

— Tudo bem — diz Jane. Ela está olhando fixamente para mim.

— Porque você pediu.

— Pedi.

Volto a me recostar na cadeira, tento meio que me acalmar, me preparar ou algo assim.

— Já terminou? Porque agora eu gostaria de dizer algo.

— Claro — digo.

— Eis o que gostaria de dizer: você está certo. Eu estava com raiva de mim mesma por aceitar um negócio tão ruim, escolhendo o conforto em vez das formas mais profundas de compreensão que afirmo desejar. E nada desfaz os fatos básicos. Parti o coração dele e não deveria ter aceitado isso em primeiro lugar. Eu me comportei mal. Pra ser sincera, eu queria amá-lo mais. Quem me dera não ter um lado mais sombrio e essa besteirada toda. Muitas vezes, eu gostaria de ser uma pessoa melhor. Você está certo sobre Mark. Então, valeu. E suas sobrancelhas fazem essa coisa maravilhosa de abaixarem quando você está com raiva, e elas o deixam sexy. Então, isso me deixou um pouco excitada, o que é definitivamente perverso, mas aí está.

Jane sorri e minhas bochechas enrubescem na mesma hora. Ela se inclina para a frente e seu suéter roça na mesa, e me pergunto se vamos nos beijar de novo.

— Tem mais uma coisa — diz ela.

— Claro.

Minha voz está toda ofegante e esperançosa, porque estou pensando naquele beijo, no calor úmido de sua boca, na suavidade de seus lábios, ligeiramente entreabertos agora. *Beije-me*, eu penso. Estou tão pronto para isso, pronto para fechar os olhos e fazer um desejo.

— Estive pensando em seu relacionamento com Maggie — prossegue Jane. — Sei que deveria estar feliz por você ter terminado as coisas com ela, mas isso me deixa triste. Em parte, suspeito, porque o início difícil da vida dela me lembra da minha própria situação. Mas principalmente porque posso ver aquele seu antigo complexo de superioridade ainda a todo vapor, e pensar em ter de batalhar contra isso me deixa cansada, fisicamente cansada. — Jane suspira baixinho. — Eu não sou perfeita, John. Nunca vou ser perfeita. Vou estragar as coisas de maneiras ainda imprevistas, talvez todos os dias. E não me importo se você me pressionar para assumir a responsabilidade por meus atos. Eu percebo... o mundo percebe... que você é um cara perspicaz. Mas você não pode usar essa perspicácia como uma arma. Não basta estar certo, não quando o assunto é amor. Você também tem que perdoar. Então, essa é minha aulinha pra você. Alguma pergunta?

— Não vamos nos beijar agora, vamos?

— Não, neste momento nós não vamos.

— Tem previsão para isso acontecer?

— Qual é, vai. Leve a sério. Isso é sério.

— Está bem. Olha, não tenho como discutir com você. Não me entenda mal, eu gostaria de poder discutir com você. Mas a verdade é esta: consigo ser um verdadeiro esnobe. O que posso dizer? Venho trabalhando nisso.

— Ok — diz Jane. — Isso é tudo que estou pedindo. Você trabalha. Eu trabalho. Resguardamos a sinceridade um do outro. Então, escute: tenho que ir ao banheiro agora, não porque estou aborrecida ou quero passar mais batom nem nada desse tipo, mas porque meu corpo começou a registrar todo o vinho que tomei. Então, fique bem aí que eu volto em um segundo. Aí, podemos comer.

Na verdade, aliás, também tenho que fazer xixi (isso conta como "trabalhar"?). Então, vou ao banheiro e, quando retorno para a mesa, as taças de vinho foram retiradas e fico ali por um segundo, sozinho, certo de que Jane me abandonou. De repente, ouço a voz dela erguendo-se acima dos tilintares abafados do salão principal. Está sentada em uma mesa de canto, radiante, uma vela iluminando seu rosto à maneira de um De La Tour.

Sento-me em frente a ela e finjo ler o cardápio. Sei que devemos voltar para o negócio do flerte, o cortejo, mas minha mente está meio agitada.

— Posso dizer mais uma coisa, Jane? É sobre Jarvis, embora eu possa estar falando sobre Hanrahan, Elton ou Jennifer Song. E eu sei que isso não vai soar muito profundo, mas acho que é importante. Não há necessidade de ir atrás do perigo, porque ele é inevitável. É o preço de se viver. E o amor é ele próprio uma forma de perigo, mas também é uma forma de bravura. E isso é tudo que tenho a acrescentar, exceto que você está muito bonita agora e me desculpe por ter sido tão rabugento antes e gostaria de outra garrafa de vinho e vou pedir algo com alho, algo pelo que me desculpo desde já.

Antes que mais declarações lamentosas e ruidosas pudessem se suceder, o garçom chega e pedimos outra garrafa de vinho, e a conversa durante o jantar é leve e fluida. Jane me conta sobre um jogador de futebol idiota para quem deu aula alguns anos atrás, que pensava que a misoginia era uma forma de ioga, mas dá para perceber pelo tom dela que ela ama seus alunos, especialmente os idiotas. É uma daquelas professoras (como o bom e velho sr. Park) um pouco autoindulgentes e teatrais, mas esperando, sempre, com cada gesto e frase, acender a chama do aprendizado. Conto a ela sobre a inauguração a que compareci na semana passada e como a artista, uma mulher chamada Bone, prestou homenagem a Karen Finley (eu acho), realizando um ato indecente com um Hershey's Kiss gigante.

A comida chega. É glorioso ver Jane comer. Ela devora os figos verdes recheados com gorgonzola, passa para o risoto com lascas de parmesão e come metade da berinjela grelhada com orzo. Não estou dizendo que não tem modos. A palavra que me vem à mente é concentrada. Ou, melhor ainda, entusiasmada. Ela solta muitos gemidos de prazer. Passamos com firmeza, criteriosamente, pela segunda garrafa de vinho e, quando o garçom pergunta se queremos ver o cardápio de sobremesas, Jane diz:

— Achei que você nunca fosse perguntar.

— Não vamos comer sobremesa na peça?

— Ah, é mesmo.

Estamos (acho que devo deixar isso claro) um pouco mais bêbados do que venho deixando transparecer.

— Dê-nos um minuto — ela diz ao garçom. — Sobre a peça, o negócio é o seguinte.

— Sim?

— Bem, em primeiro lugar, é *A megera domada*, que, quero dizer, nem vamos começar com isso. Mas o caso é, bem, tem duas coisas. Primeiro, o cara que interpreta Petruchio tem a língua presa. Essa é a primeira coisa. *Sou muito ôsseiro; não a ôrtejarei al qual uma íança!* Estou meio com um pé atrás por ter de aturá-lo. E a segunda coisa é que a mulher que interpreta Kate tem cerca de vinte anos a mais para o papel, uma Blanche DuBois da vida real do teatro comunitário.

— Como sabe de tudo isso?

— Peguei informações detalhadas do cara do posto da Mobil. Ele é o substituto de Lucentio. Pode ser que o cara fosse só amargurado; parecia um pouco amargurado. Mas, quero dizer, mesmo se olharmos além dessas coisas, ainda seria uma daquelas experiências, sabe, como somente uma peça pequena poderia oferecer, os cenários pintados à mão, as atuações exageradas, o bolo inglês ruim e garfos de plástico, e ficaríamos lá sentados, ou zombando dessas pessoas, o que é errado, ou levando tudo com uma seriedade esperançosa, algo com que, desculpe, acho que não consigo lidar agora.

— Por mim tudo bem — respondo. — Posso viver sem o Bardo esta noite. Mas devemos ter um plano.

— Ah, eu tenho um plano — garante ela.

O plano começa com pudim de mocha e duas colheres e um aperitivo (conhaque), e prossegue, um tanto desleixadamente, para um segundo aperitivo e algumas carícias leves na mesa. Eu insisto em pagar e Jane insiste em deixar a gorjeta, que inclui seu grampo de cabelo.

— É sádico, tirânico — conta ela —, um Napoleão em formato de grampo de cabelo.

Encontramos por acaso nossos casacos e seguimos noite adentro, onde uma leve neve está caindo, salpicando os tijolos novos da estação não mais ferroviária. O conhaque está bem assentado, uma pequena chama sob as costelas. Mais adiante na rua, casais mais velhos com casacos de caxemira e cachecóis de vison estão se dirigindo para a peça. Jane agarra minha mão e me leva para o estacionamento atrás da estação. Lá, parado em uma solidão ameaçadora, está o que só posso descrever como um grande veículo automotivo. É amarelo-canário.

— Isso não é seu — digo.

— Ah, pobre californiano. Você realmente não sabe nada sobre Jersey, não é? Não conduzimos importados por estas bandas. Posso apresentá-lo ao avô de todos os *muscle cars*, o Gran Turismo Omologato 1967? — Ela se aproxima do carro e desliza a mão pela lataria impecável, algo digno de um prêmio de programa de TV. — Sob este capô expansivo, você encontrará um monstro de oito cilindros e quatrocentas polegadas cúbicas, com sistema de injeção, uma traseira Richmond de seis velocidades e escapamento duplo. Vai do zero a sessenta em cerca de seis segundos.

— Mas e o carro que você tinha no casamento?

— Era alugado. Este é o meu veículo oficial. O motor é tão potente nesta belezinha que eles quase foram recolhidos. Isso é engenharia americana: toda a energia, nada de suspensão.

— E você vai dirigir essa coisa? Neste exato momento?

— Na verdade, é você que vai dirigir.

— Rá rá, engraçado.

Mas Jane não está brincando. Ela me joga as chaves e pula no banco do passageiro.

— Vamos lá — diz, batendo na janela. — Entra logo no carro. Estou congelando. — Algo do primordial Asbury Park surgiu dentro dela. Jane abaixa a janela e faz um beicinho sinistro. — Você nunca quis dirigir por uma estrada escura com o vento nos cabelos? Vamos lá, Thunder! Viva um pouco.

— Olha, escuta só, nós dois bebemos bastante. Eu não estou familiarizado com nenhuma das ruas por aqui. Está nevando. E você está me pedindo para dirigir um carro com a capacidade de propulsão de um foguete. Eu lhe pergunto: essa é uma decisão sábia?

— Ah, qual é. O que você vai acertar, um bidê antigo?

Ela realmente parece adorável em seu espaçoso *bucket seat*.

— Tudo bem — eu cedo. — Mas só se você prometer mostrar os peitos pela janela.

— Tudo bem. Mas só se você prometer gozar na própria boca mais tarde.

— Combinado — digo.

Deslizo para o banco do motorista e examino os vários dispositivos (o velocímetro chega a quase 300 km/h) e ligo o motor. O acelerador é tão sensível que chega a ser ridículo. Eu praticamente derrapo ao sair da vaga do estacionamento. Os habitantes da Broad Street erguem os olhos, alarmados, quando o carro passa roncando.

— Está vendo? — diz Jane. — Hopeville nos adora! A cidade inteira.

— Hopewell.

— A sensação é ou não é boa? — Jane se aconchega ao meu lado. — Todo esse poder!

— A sensação é maravilhosa — respondo, o que é verdade. — Mas eu me sentiria melhor se você colocasse o cinto de segurança.

— Claro, claro. Mas vamos pegar a estrada primeiro.

— Pra que lado fica?

— Fica por aqui em algum lugar.

Sim, em algum lugar. No momento, estamos serpenteando por Hopewell, que não é mais uma cidade, mas uma série de propriedades, mansões, imitações vitorianas, com entradas para automóveis como longas línguas negras, árvores de sombra desfolhadas e amplos gramados.

— Esta deve ser a outra metade — comento.

— Está mais para três quartos — diz Jane. — Bem-vindo ao centro de Jersey dos sonhos da minha mãe: a terra dos paraísos fiscais, concessão de uso de propriedade para conservação e sotaques indetectáveis. Mas você consegue se ver morando em uma dessas atrocidades, com as colunas dóricas, a despensa e os estábulos nos fundos? Deus, a riqueza me entedia. É um indicador tão primitivo. Cadê essa maldita estrada, John?

A neve está caindo mais forte agora, as aberturas de aquecimento estão bombeando o cheiro de borracha queimada para dentro do carro e não tenho ideia de onde estamos. Finalmente, chegamos a uma via mais larga e Jane bate palmas.

— Isso! É aqui! Rota 51. A boa e velha rota 51! — Ela está gritando agora, porque abaixou a janela de novo, e, apesar do frio, posso vê-la tirando o casaco, estendendo a mão para mexer em algo nas costas.

— O que você está aprontando aí?

— Não tira os olhos da estrada, espertinho.

Ela colocou cerca de metade do torso sobre a beirada do peitoril, uma postura que reconheço dos meus dias de surfe como volta dupla. As terras agrícolas escuras e bem cuidadas de Central Jersey estão passando bem rápido, fileiras de tocos de milho e uma vaca solitária que se registra como uma débil figura contra os pastos cobertos de neve.

— Mais rápido — grita Jane. — Mete o pé nessa caranga, John.

Sinto-me leve, embriagado pela potência robusta do veículo. De canto do olho, posso ver Jane tirar o sutiã de uma das mangas do suéter e jogá-lo no assoalho do carro.

— Prometi a você, não prometi? — continua ela, aos berros.

Então, há um súbito vislumbre de tecido e eu espio por um segundo, e lá está Jane, o suéter puxado em volta do pescoço, os cabelos agitando-se sobre os ombros e os seios ao vento cortante.

São voluptuosos pra caralho aqueles peitos dela, a curva balouçante deles e os arrepios e as manchas de neve grudadas. E me ocorre, naquele singelo meio segundo depois de vê-la, que nunca conhecerei outra mulher assim, e não me refiro apenas a uma professora universitária capaz de ficar seminua em uma estrada no inverno (embora isso, por si só, seja uma categoria bastante rara), mas uma mulher tão ávida para se atirar contra o mundo, tão extasiada diante da grande iniquidade da vida, tão viva. E suponho que seja essa constatação que me faz pisar fundo no acelerador, dar um pouco de gás extra, uma espécie de gesto de comemoração ou extravagância que faz o carro balançar. Jane começa a uivar. Começo a uivar.

— Mais rápido — grita ela. — Vamos lá, Thunder! É uma linha reta!

Posso ver, também, que Jane está me testando (que novidade!), que deve ter feito a mesma coisa tantos anos atrás com o pobre Michael Hanrahan, que logo perderia o polegar, levando-o para aquelas rodovias vazias, rasgando pela costa de pele nua, desesperada por uma saída. Sim, eu entendo isso. Sua noção de poder se embaralhou com o comportamento masculino imprudente. Com certeza, o mais sensato é desacelerar e deixar a carroceria se estabilizar. Mas é claro, eu sou homem, por baixo de todas as minhas camadas de cautela, e algo se revela para mim nesse momento, uma espécie de orgulho em resposta ou talvez simplesmente o desejo de assustá-la para levá-la à autoconsciência, seja qual for, e desço o pé no acelerador e o carro propulsiona a toda velocidade, parecendo um pouco mais suave que antes, embora ainda bastante barulhento, e, então, de repente, vejo algo nos faróis, uma pequena criatura na estrada, um montinho branco se mexendo, e piso no freio, e o carro começa a tremer de novo e, então, não sei direito como isso acontece, mas estamos em uma espécie de derrapagem. Jane é jogada para trás contra o assento. O automóvel nos lança através da linha divisória, para a outra faixa, para fora da estrada e depois de volta, nós dois gritando de terror agora, o carro apenas vagamente sob meu comando, ziguezagueando, pronto para mergulhar em um desastre total e permanente. Posso ouvir o sr. Chopra, meu instrutor de condução, exortando-me a derrapar, e suponho que é isso que eu faço, embora minhas mãos pareçam inúteis no volante, à mercê de alguma força maior, e o tempo tenha diminuído, uma espécie de tumulto preguiçoso durante o qual o mundo entra em foco nítido, quando nos aproximamos do acostamento, em direção ao banco de neve e às árvores além, e penso: Lisa. Claro, minha irmã, meu belo fantasma, será que estaria aí me aguardando?

Meu pé ainda está no freio e os pneus estão quicando nas pedras congeladas do acostamento, disparando em direção à linha das árvores, e as mãos de Jane estão agarradas ao meu corpo e então elas se foram e eu sinto muita falta delas e ouço um guincho alto, uma explosão de amarelo, um rangido suave e metálico, e somos lançados para a frente com força suficiente para bater nossos antebraços no painel. Apenas Jane, por algum motivo, está curvada de frente para mim e eu olho para baixo e vejo sua mão — está envolvendo firmemente o freio que ela de alguma forma puxou quase na vertical.

Proferimos, no silêncio que se segue, todas as frases que se espera numa situação dessas. *Ai, meu Deus. Minha nossa. Você está bem? E você, está?* Examinamos nossos membros, o milagre de nossos ossos intactos, nosso rosto íntegro, e a neve cai e o radiador emite vapor do capô. Jane está tremendo, sua respiração rápida e entrecortada.

— Puta merda — xinga ela. — Ah, que porra. Que idiotice de merda. Minha nossa, John.

— Está tudo bem — conforto-a. — Estamos bem. Você nos salvou.

Quero abraçá-la, mas seu rosto assumiu aquela mesma imobilidade esquisita, todo o sangue se esvaiu, e sua mão permanece no freio, agarrada a ele, trêmula, enquanto a outra puxa o suéter para baixo. Jane está, creio eu, meio em choque. Saio do carro e fico rígido. Não tenho certeza, mas posso ter torcido o punho. Ergo a vista, através da neve, e fica claro onde batemos: a parte inferior de uma placa que diz: *Pista sem acostamento*. E, abaixo dela, 30 km/h.

Jane sai do carro, junta-se a mim e olha para a placa, e de repente está se aninhando profundamente a mim.

— Poderíamos ter morrido — sussurra ela.

— Mas não morremos — eu digo.

— Mas poderíamos! E a culpa teria sido minha! Tudo culpa minha, porra!

— Não — garanto. — Você nos salvou. Você nos impediu de bater.

— Você não entende!

— O quê? Não entendo o quê?

— Eu sabia, John! Eu sabia! Eu sabia!

E, então, ela começa a soluçar e se agarra a mim com uma espécie de fervor histérico, de modo que tudo que posso fazer é abraçá-la e dizer:

— Está tudo bem. Estamos vivos. Acabou.

Depois de alguns minutos, um carro para e somos banhados por sua luz. Eu me viro, temendo uma sirene. Mas é um SUV enorme. Uma voz grave do lado do motorista pergunta:

— Você está bem, filho? Precisa que eu chame a polícia?

— Só uma leve derrapagem — respondo. — O carro está bem, tenho certeza.

Jane ainda está colada ao meu tronco.

— Precisamos voltar para o carro — digo. — Tudo bem, querida?

Estou um pouco atordoado com minha própria postura. Sinto-me cansado, mas animado, por mais estranho que pareça. A chave ainda está na ignição. Eu ligo e o motor chia de forma desconcertante, depois morre. A perspectiva de envolver policiais, dada a nossa situação (para não mencionar o nível de álcool no sangue), não é lá muito bem-vinda. Retiro a chave e piso no acelerador, um velho truque do sr. Chopra, e dessa vez o motor liga. O SUV pisca as luzes. Devolvo-lhe uma buzina de agradecimento e o vejo voltar para a 51. Preciso de toda a força nos braços para soltar o freio de mão.

O anúncio de fechamento no Hopewell Valley Bistro é feito às onze da noite. Chegamos faltando cinco minutos e nos sentamos na cabine mais escura. Esperávamos encontrar uma opção de estabelecimento que não vendesse bebidas, uma lanchonete vazia que lembrasse Hopper, mas, sendo Hopewell, apenas o Bistro ainda está servindo. O caminho de volta para a cidade foi praticamente imerso em silêncio, não desagradável, mas calmo e pós-traumático, e agora estamos sentados um ao lado do outro, nosso rosto rodeado por um vapor de chá de maçã e canela.

Os cabelos de Jane estão soltos e bagunçados; imagine Kim Novak depois de passar uma semana na garupa do selvagem da motocicleta. Posso distinguir alguns fios grisalhos entre as mechas marrom-claras. Ela derrama uma espiral dourada de mel em seu chá.

— Não sei o que deu em mim — diz Jane. — Uma energia juvenil estúpida, talvez. Faz uma cara que não ficava tão animada, eu acho.

— Você não me obrigou. Quem estava dirigindo era eu.

— Mas eu que comecei — argumenta ela. — Eu o levei a fazer isso.

— E eu fiz de bom grado.

Bebericamos nosso chá e espiamos o barman, que está nos lançando olhares penetrantes e fuzilantes que dizem "por favor, terminem logo e vão embora".

— Que coisa era aquela na estrada? Aquele bicho.

— Um gato.

— Não. Não poderia ser um gato. Um guaxinim, talvez. Ou um gambá.

— Era um gato — insiste Jane. — Passamos por ele no caminho de volta.

— Você está tirando uma comigo.

— Não — garante ela, em voz baixa. — Estou falando sério. Eu o vi quando estávamos voltando, sentado à beira da estrada, surpreendentemente calmo.

— Por que você não disse nada?

— Estava em choque, eu acho. — Ela balança a cabeça e dá outro golinho, e sua mão desliza na minha, suave e quente. — Eu só preciso dizer, deixe-me pedir desculpa de novo. Ok?

— Quando um não quer, dois não fazem — justifico. — Sem contar que foi você quem nos salvou. Se não tivesse puxado o freio de mão, bem, não quero usar uma frase que sua mãe usaria.

— Não — pede Jane. — Por favor, não use.

— Mas ainda não sei como você conseguiu puxar aquela coisa daquele jeito.

— O pânico absoluto é um grande motivador. — Abaixo da mesa, Jane desliza um dedo pela palma da minha mão. — Estou feliz que você não está bravo.

— Estamos vivos. Estamos seguros agora, mais ou menos. O GTO está relativamente intacto. E não estamos, apesar de seu longo histórico de nudez pública, presos.

— Não. Isso é importante.

Ficamos os dois em silêncio por mais um minuto, tomando nosso chá.

— Tem só uma coisa que não me sai da cabeça — digo. — O que você quis dizer antes, quando disse "eu sabia"?

A mão de Jane fica mole e ela desvia o olhar por um instante e, quando volta a me encarar, seus olhos estão úmidos. Ela pronuncia uma única palavra, mas tão baixinho que não consigo entender.

— O quê? — Há uma longa pausa.

— Lisa — sussurra ela enfim.

— O quê?

— Lisa. Eu sabia que ela tinha morrido em um acidente. Ai, Deus. Vou começar a chorar de novo, caramba.

E ela começa a chorar, muito mais ternamente desta vez, e eu estendo a mão para segurá-la mais uma vez, mas Jane coloca as mãos no meu peito, para que possa me encarar.

— Não — diz ela. — Deixa eu falar. Venho querendo dizer isso nos últimos dois meses, como eu lamento por sua perda. Porque Lisa, ela foi seu verdadeiro primeiro amor, não foi? E eu sabia que, antes de todas as outras, ela estava lá, e então ela te abandonou e depois morreu naquele acidente horrível. Sinto muito, John. Isso deve deixá-lo tão apavorado, perder alguém que você tanto amou.

Jane ergue os olhos, encarando-me com seu nariz vermelho.

E sei que ela está certa. A dor dessa perda não é algo que eu possa desfazer. Mas há coisas que posso fazer: enxugo as bochechas de Jane com a manga do meu suéter e a beijo, de leve, no alto da testa.

— Provavelmente eu estou com medo, mas não ficarei para sempre.

— Por que não?

— Porque ela se foi — respondo devagar. — E nós ainda estamos aqui.

Terminamos nosso chá e saímos de novo, na Broad Street, passando pelo teatro, de onde a plateia está acabando de sair, casais mais velhos de braços dados, parecendo um pouco derrotados pela peça, um pouco revigorados pelo ar frio.

"O que é um pinto sem crista?", um dos homens questiona a esposa, e uma mulher atrás deles arrebata: "Está dizendo que você penteia o seu, Bob?", e todos caem na gargalhada.

— Pinto — diz Jane.

— Pinto pinto — completo eu.

— Pinto pinto pinto.

Não há o que discordar.

Um pouco mais adiante, há um parque com imponentes carvalhos, bordos e trilhas para caminhada, além de um coreto no centro. Prosseguimos com nosso passeio por uma delas, tentando encontrar um bom ritmo, sem conversar muito.

O coração não consegue suportar tantas palavras. É o que Jane me diz, quando, por fim, paramos nos degraus do coreto. Ela está no degrau mais alto que eu, de modo que ficamos da mesma altura, e seus enormes olhos verdes olham profundamente nos meus.

— O que fazemos agora? — pergunto.

— Nos beijamos.

— Ah, sim.

Nossos lábios se encontram aos poucos e se abrem, e nossas mãos deslizam para dentro dos casacos um do outro, procurando calor. A neve ainda está caindo, suavemente, como se a lua estivesse derramando cinzas e não houvesse som algum a não ser de nossas respirações unidas e nenhum cheiro exceto de perfume e lã molhada e nenhum sabor que não o de maçãs e mel na língua dela.

— Quer se sentar? — sugiro. — Tem um banco.

Jane balança a cabeça.

— Ainda estou um pouco dolorida.

— Do acidente?

— Não, de antes. Da queda.

— Onde está doendo?

— Minha bunda.

— Será que inchou?

— Pode sentir se inchou.

Deslizo a mão abaixo da borda de sua calcinha.

— Aqui?

— Mais para baixo.

— Aqui?

— Sim.

— Está sensível? — Ela assente. — Está bem macia.

— Não está inchado? — murmura Jane.

— Não está tão ruim.

Ela estica o braço e desliza a mão por baixo da minha cueca, e ficamos de pé, apoiados um no outro, tocando-nos.

Começo a perguntar sobre o que faremos a seguir, para onde vamos, se sozinhos ou juntos, o grande futuro de horas e dias pairando.

E é quando ela fala isso, dizendo-me para calar a boca da maneira mais gentil possível: o coração não consegue suportar tantas palavras.

— Só estou preocupado com o tempo — sussurro.

Jane coloca os dedos em meus lábios e beija meu pescoço. Uma coruja pia. A neve cai. O vento faz com que nos aproximemos. Por toda parte, estão os fantasmas de nossos amores, dançando, vivos por teimosia, furiosos de inveja e esperança, aguardando para descobrir o que vem a seguir.

— Temos tempo — declara Jane. Ela deixa a cabeça pender para o lado, fecha os olhos e sorri. — Confie em mim, garotão. — Seus lábios avançam para me oferecer outro beijo. — Ô, se temos.